AF189808

Daniel Elsner

Das Trampolin

PSYCHOTHRILLER

Bibliografische Information der Deutschen
Nationalbibliothek: Die Deutsche Nationalbibliothek
verzeichnet diese Publikation in der Deutschen National-
bibliografie, detaillierte bibliografische Daten sind im
Internet über http://dnb.dnb.de abrufbar.

© 2019 Daniel Elsner
Herstellung und Verlag:
BoD – Books on Demand, Norderstedt

ISBN: 978-3-7504-3114-0

Das Trampolin

Prolog

Die dunklen Wolken am Himmel ließen nichts Gutes erahnen, da passierte es, der erste Tropfen fiel zur Erde, gefolgt von zig weiteren. Er hätte sich den Wetterbericht mal vorher anschauen sollen. Jetzt stand er nervös an einer Ecke, holte eine Zigarette aus einer Hardcoverschatulle und versuchte sie anzuzünden, doch der Regen löschte die kleine rote Glut am Stängel sofort. Frustriert steckte er sie wieder zurück. Die volle Schatulle verstaute er in seiner innen liegenden Jackentasche. Die beiden Äußeren waren ebenfalls gefüllt. Der Mann wartete ungeduldig. Es musste alles exakt klappen, jedoch hatte er noch keine Erfahrung bei der Sache, die er vorhatte. Das Haus, welches er genau im Visier hatte, kannte er inzwischen sehr gut. Zwei Monate lang hatte er es sich haarklein eingeprägt. Alle Eingänge, alle Fenster, alle Räume. Ja, die Räume waren das Wichtigste bei der Sache, die er erledigen musste. *Gut, dass ich den versteckten Schlüssel für die Kellertür des Hauses gefunden habe.* Mit diesem Gegenstand verschaffte er sich immer, wenn er genau wusste, dass das Haus leer war, Zutritt. Er packte an seine linke Jackentasche. Danach checkte er die Rechte. Es schien alles da zu sein. Er schaute auf seine Uhr. Es wurde Zeit. *Du schaffst das. Du schaffst das!*
Seine Schritte waren zielstrebig. Meter für Meter kam er seinem Ziel näher. Wie aus heiterem Himmel stoppte er und fummelte an seiner rechten Jackentasche herum. Sekunden später holte der nervöse Mann eine mit einem knallroten

Lächeln überzogene Clownsmaske heraus. Er setzte sie auf. Die Maske verdeckte bis auf die Augen das komplette Gesicht. Ein neues Selbstvertrauen durchströmte ihn. Die letzten Schritte schlich er leise um das Haus herum. Noch fünf. Vier. Drei. Zwei. Eins.

Das Versteck des Schlüssels lag zu seinen Füßen. Er bückte sich hinunter und griff beherzt zu. Zielstrebig bewegte er sich weiter zur Kellertür. Dort steckte er den Schlüssel in das Türschloss und drehte ihn leise herum. *Klack.* Die Tür drückte er ganz sachte nach innen auf. Der Kellerbereich, den er schon durch sein Ausspionieren kannte, lag dunkel vor ihm. Das Licht betätigte er nicht, aber seine nassen Schuhe zog er aus und ließ sie auf der Kellermatte stehen.

Du schaffst das! Es ist ganz leicht.

Regen tropfte von seiner Jacke auf den Boden. Platsch. Platsch. Es entstand eine nasse Tropfspur. Wenigstens hinterließ er keine Fußabdrücke mit seinen nassen Schuhen. *Du hast es gleich geschafft, nur noch ein paar Stufen.* Auch im Dunkeln kannte er den Weg in- und auswendig. Das Üben hatte sich gelohnt. Eine Stufe nach der anderen bewältigte er mühelos. Das letzte Problem stand ihm bevor: die Tür ins Erdgeschoss. Er drückte die Klinke vorsichtig herunter und stemmte sich sachte gegen das Türblatt. Die Tür glitt ohne ein Quietschen auf. Jede Jalousie war heruntergelassen, somit lag ein unbeleuchtetes Erdgeschoss vor ihm. Unbeirrt verfolgte er seinen weiteren Plan, denn er hatte beobachtet, wie jeden Mittwoch in der Zeit von 11:00 Uhr bis 13:00 Uhr, die Jalousien betätigt wurden. Um 11:00 Uhr gingen sie herunter, exakt zwei Stunden später wieder hoch. Die Casio zeigte ihm

12:15 Uhr an. *Ich muss mich beeilen.* Ein Stockwerk höher lag das Zimmer, welches sein Ziel war. Seine Socken glitten lautlos Stufe für Stufe weiter. Nur die Regentropfen, die von der Jacke fielen, erzeugten leise Geräusche. Platsch. Platsch. *Hoffentlich verraten mich die Wassertropfen nicht.* Aus einem der Zimmer drang sinnliche Musik. *Ich schaffe es, jetzt keinen Rückzieher machen.* Sukzessive näherte sich der Clown der weißen Tür. Die Musik drang immer lauter zu seinen Ohren. *Es muss so sein, wie ich es mir vorstelle, sonst geht es schief.* Er öffnete die linke Jackentasche und tastete nach seinen Handschuhen, jedoch fand er sie nicht. Er war einfach zu nervös gewesen und hatte sie vergessen. Es war ein Fehler so weiter zu machen, doch jetzt aufzuhören, kam nicht infrage. Seine Finger zitterten leicht. Vielleicht wegen der Nässe? Oder vor Nervosität?

Ich muss es auch ohne Handschuhe durchziehen. Ich schaffe es sonst nie.

So weit wie heute war er noch zu keiner Zeit gekommen. Meistens hatte er schon bei der Kellertür den Rückzug angetreten. Nur einmal kam er bis ins Erdgeschoss, doch da verließ ihn endgültig der Mut. Es war sein vierter Anlauf – es sollte der Letzte werden. Entweder heute oder gar nicht. Seine linke Hand erfühlte den kleinen Gegenstand, der sich mit den Handschuhen in der linken Jackentasche befinden sollte. *Wenigstens daran habe ich gedacht.* Mit seiner rechten Hand fummelte er an der Zimmertür herum. Mit ganz viel Gefühl bewegte er die Klinke herunter. Die Geräusche von drinnen boten ihm Schutz. *Jetzt nur keinen Fehler machen. Du schaffst das.* Er betrat das Schlafzimmer.

Es war in schummrig rotes Licht getaucht. Die Musikanlage übertönte die anderen Geräusche. Ein riesiges Bett mit vier Pfosten an jeder Ecke war der Mittelpunkt des Raumes. Ein großer schwarzer Kleiderschrank mit Schiebetüren stand an der rechten Wand des Zimmers; an der linken Seite befand sich das zugezogene Fenster. Es fielen immer noch Regentropfen von seiner Jacke. *Platsch. Platsch.*

Der Mann auf dem Bett nahm die Veränderung wahr. Er versuchte, sich bemerkbar zu machen, doch kam aus seinem geknebelten Mund kein Ton heraus. Die Frau, die nackt auf ihm saß, ritt sich in Ekstase und bemerkte nichts von der drohenden Gefahr.

Jetzt nur nicht ablenken lassen. Du schaffst das.

Der Mann auf dem Bett windete sich so sehr er konnte, doch seine Gliedmaßen waren fest mit den vier Pfosten verbunden. Der Angreifer hatte den Gegenstand, den er jetzt brauchte, aus der Jacke gezogen. Dieses kleine Teil mit dem stählernen Draht zwischen zwei Halterungen war klein genug, um ihn die ganze Zeit in der Jacke mitzuschleppen. Der liegende Mann erkannte eine Art Garrotte in der Hand des Angreifers. Von dieser Gefahr nichts ahnend schmiss das Weib ihren Kopf mit geschlossenen Augen in den Nacken und stöhnte. Der Angreifer stand hinter ihr am Fußende des Bettes, streckte seine Arme aus und legte den Stahldraht um den Hals der Frau. Sie spürte die aufkommende Kälte und erschrak. *Du schaffst das. Du hast es gleich geschafft.* Der leichte Druck verursachte einen kleinen Riss an ihrem Hals. *Ich brauche mehr Kraft.* Er ließ sich mit den Knien auf das Bettende fallen. Die Frau versuchte, laut zu schreien, doch aus ihrer Kehle kamen nur erstickte Laute. Der gefesselte Mann riss seine Augen weit auf und stemmte sich gegen die Katastrophe. Der Druck der modernen Garrotte wurde immer stärker. Das Blut floss an ihrem Hals herab. Als auch noch die Halsschlagader durch den Stahl durchtrennt wurde, spritzte es leicht durch den Raum und traf den liegenden Mann im Gesicht. Daraufhin schloss er schockiert seine Augen. Der Clown lockerte den Druck des Stahls und ließ den erschlafften Körper zur Seite fallen. Den Blick richtete er nun starr auf den blutbefleckten Mann. *Du schaffst das. Du hast es gleich geschafft.* Die Regentropfen der Jacke durchnässten das weiße Bettlaken. Der Clown fummelte abermals an seinem Kleidungsstück herum. Aus der rechten Jackentasche holte er einen weiteren kleinen Gegenstand, eine kleine 50 ml Plastikflasche gefüllt mit Salzsäure. Er öffnete sie und ein beißender Geruch verteilte sich im Raum. Der Maskenmann näherte sich dem liegenden Opfer. Sein Zeigefinger und sein Daumen öffneten das rechte geschlossene Auge des gefesselten Mannes, und die Plastikflasche wurde leicht gekippt. *Ich muss vorsichtig sein. Ich habe keine Handschuhe an.* Die ersten Tropfen der beißenden Flüssigkeit liefen in das panikerfüllte Auge. Das Opfer versuchte, vor Schmerzen laut aufzuschreien. Die Säure brannte wie Feuer. Das erste Auge war versorgt. Es folgte das Zweite. Er ging behutsam vor. Das gleiche Spiel wie vorhin. Doch der Clown verschüttete etwas und traf seinen Daumen. Er schrie auf: »Verdammter Mist, tut das weh!« Die halbe Flasche war verbraucht und das Opfer windete sich vor Qualen in seinen Fesseln. Sein Kunstwerk war noch nicht fertig, mit leichtem Druck kam weitere Säure heraus. Er war kurz davor den Knebel zu entfernen, um die Schreie des Mannes zu hören, aber entschied sich dagegen. Er genoss es, zusehen, wie sich die Stirn stark rötlich färbte, Bläschen sich bildeten, und die Haut sich abschälte. Den gedämpften Lauten hätte er gerne länger zugehört, doch ihm lief die Zeit davon. Er nahm ein Kissen in die Hand und drückte es dem Opfer kräftig aufs Gesicht. Aus den Boxen dröhnte der Text des Liedes: *Die Firma - Die Eine.* Die Atmung verlangsamte sich. Der Brustkorb senkte und hob sich immer spärlicher. Er merkte, wie der Körper unter dem Kissen dahin sackte. Er riskierte es und entfernte den Knebel.

Stille.

Totenstille.

Der leblose Körper lag erschlafft im Bett.

Ich habe es tatsächlich geschafft. Man sagt, dass es beim ersten Mal am schwierigsten sein soll. Er empfand es genauso.

Nur die erhoffte Befriedigung blieb aus.

Kapitel 1

Die Sonne strahlte durch das Blätterdach des Waldes, in dem das Haus der Familie Goblin stand. Es war ein sehr verstecktes Gebäude, überwuchert von Ranken und Efeu. Die Fassade aus Backstein war kaum noch zu sehen. Das Prunkstück des Grundstücks war der weitläufige Garten mit einer schönen Schaukel, einem Trampolin und einem kleinen Pool. Von dem in der Nähe liegenden Campingplatz war nur zur Hochsaison etwas zu hören oder wenn mal wieder eine Sommerveranstaltung im Café AHOI stattfand. Es war die letzte Woche vor den großen Sommerferien für Melanie, der Tochter von Pierre und Jenny Goblin. Doch in diesem Zeitraum musste noch eine wichtige Mathearbeit geschrieben werden. Melanie hatte aber keine Lust zu lernen. Sie wollte lieber ihre Zeit auf dem Trampolin verbringen. Als Pierre Goblin aus dem Haus kam und sagte: »Mel, was machst du denn hier draußen? Musst du nicht für deine Mathearbeit lernen?« Melanie wollte gerade das Trampolin betreten, stoppte ihre Bewegung und drehte sich um. »Ach Papa, ich habe doch schon genug gelernt. Ich möchte das schöne Wetter genießen. Es ist doch nur eine Mathearbeit – nichts Wichtiges.«
»Fräulein, so sehe ich das aber ganz und gar nicht. Du bist kurz davor eine schlechte Note in Mathe auf dem Zeugnis zu bekommen. Also, komm jetzt mit rein! Wir lernen jetzt gemeinsam!«
»Ich will nicht. Ich möchte lieber hier draußen bleiben.«

»Du kommst jetzt mit rein! Und keine Widerworte«, sagte Pierre Goblin energischer zu seiner Tochter.

»Ich hasse dich Papa, du bist fast nie da! Und wenn ich mal Zeit zum Spielen habe, dann versaust du mir das. Total unfair«, antwortete Mel trotzig. Sie schrie ihren Vater förmlich an.

»Ich hoffe, ich habe mich da gerade verhört, Mel?«

»Nein, hast du nicht!«

Erschüttert zerrte er Melanie vom Trampolinrand zurück ins Haus und schlug energisch das Mathebuch auf. Klammerrechnen. Mel machte stets den Fehler, wenn ein Minus vor der Klammer steht, die Vorzeichen der Summanden innerhalb der Klammer nicht zu ändern. Ihr Vater rechnete es ihr vor, doch Melanie drehte sich desinteressiert immer wieder weg und schaute zu ihrem schönen Trampolin. *Ich würde viel lieber draußen herumspringen, anstatt mit Papa hier drinnen Mathe zu lernen.*

»Hörst du mir überhaupt zu?«, fragte Pierre Goblin, der gesehen hatte, dass seine Tochter ständig aus dem Fenster schaute.

»Ja, ja, schon, Papa.«

»Dann kannst du ja sicherlich auch die Aufgabe ohne Fehler lösen?«

»Ja, sicher«, stammelte Mel und machte sich an die Aufgabe. Sie musste lange überlegen. Wie ging das noch mal? Kurze Zeit später hatte sie ein Ergebnis – falsch. Ihr Vater wurde stinksauer. »Du hast mir überhaupt nicht zugehört! Willst du wirklich eine schlechte Note bekommen?«

»Es ist doch nur Mathe!«, platzte es zickig aus ihr heraus.

»Nur Mathe also. Es wird dich dein Leben lang begleiten. Beim Einkaufen. Beim Bezahlen von irgendwelchen
Verbindlichkeiten. Beim Renovieren. Einfach immer und
überall.«

»Papa, das langweilt mich.«

»Du willst es anscheinend nicht anders. Du hast die ganze
Woche Hausarrest! Keine Freunde und das blöde Trampolin
bleibt für dich tabu.«

»Du bist gemein!«, kreischte Melanie ihren Vater an. Sie
sprang trotzig vom Stuhl auf, rannte wütend in ihr Zimmer
und schaute traurig auf das Trampolin.

Kapitel 2

Peter Stark erwartete seinen nächsten Patienten in seiner Praxis im 1. Obergeschoss. Diese befand sich in einem Ärztehaus in der Nähe des örtlichen Krankenhauses. Er hörte sich die sozialen und familiären Probleme der Menschen an. Peter Stark besaß ein normales Gesicht, welches er durch den braunen Rahmen seiner Ray Ban Brille optisch verschönerte. Seine drahtige Gestalt wirkte auf seine Patienten sehr beruhigend. Sie sahen in ihm einen guten Zuhörer und Berater für schwierige Probleme. Die Praxistür wurde geöffnet und der nächste Patient trat herein: Max Gerlach, ein dicker Familienvater von zwei Kindern. Die Haare fielen ihm schon reichlich aus und eine große kahle Stelle hatte sich auf seinem Kopf gebildet.

»Hallo, Herr Gerlach.«

»Hallo, Herr Stark«, gab Max Gerlach zurück und schüttelte dem Mann kräftig die Hand, sodass die Finger leicht schmerzten. Beide nahmen in den bequemen Stühlen, die im Raum standen, Platz. Peter Stark schlug die Beine übereinander und legte seine Hände auf das oben liegende Knie. Max Gerlach ließ sich unmotiviert in das Sofa fallen, welches knarrend nachgab.

»Wie geht's Ihnen heute?«

»Ich fühle mich nicht so gut, meine Kinder tanzen mir auf der Nase herum. Mein Chef nervt mich die ganze Zeit mit immer mehr neuen Aufträgen. Und mein Weib will, dass ich zu Hause noch viele Reparaturen erledige, wenn ich Feierabend habe.«

»Das klingt nach sehr viel Stress für Sie. Bei mir können Sie sich frei entfalten und ihrem Ärger freien Lauf lassen«, bot Peter Stark an.

»Ich wäre gerne mehr für meine Kinder da. Aber wenn ich nach der Arbeit zu Hause ankomme, lasse ich mich zu sehr aus der Ruhe bringen und fühle mich genervt.«

»Ich kann Sie sehr gut verstehen. Der Körper möchte auch einmal abschalten. Vielleicht sollten sie den ganzen Alltagsstress mal hinter sich lassen und mit der Familie einen schönen Urlaub machen.«

»Ja, das wäre toll. Aber aktuell bekomme ich keinen Urlaub von meinem Chef, da so viel zu tun ist.«

»Dann unternehmen Sie doch einen Wochenendausflug mit ihrer Frau und den Kindern. Ein Zoobesuch? Oder ein Besuch in einem Freizeitpark?«

»So etwas könnten wir tatsächlich mal machen. Es gibt auch einen Freizeitpark, der gar nicht so weit weg ist. Und für die Kinder wäre es bestimmt ein riesiger Spaß.«

Die Therapiestunde ging langsam zu Ende und Max Gerlach verabschiedete sich und verließ den Raum. Peter Stark machte sich seine Gedanken. *Gut, dass ich keine Kinder habe. Die scheinen nur Probleme zu machen.*

Kapitel 3

M arc Eisenberg machte sich auf den Weg zum St. Elisabethen Krankenhaus, um Lina Branco zu besuchen. Sie war mit einem grausamen Schrecken ins Hospital eingeliefert worden, als sie mit ansehen musste, wie ihrem Ehemann Franco die Kehle durchgeschnitten wurde. Seitdem stand sie unter Schock und wurde vom Krankenhauspersonal im Auge behalten. Oft wachte sie in der Nacht auf und drückte verschreckt den Alarmknopf. Jedes Mal kam eine Pflegerin herein, um sie zu beruhigen. Sobald die Person es geschafft hatte, konnte sie wieder einschlafen.

Es klopfte jemand an ihre Zimmertür.

»Herein, bitte!«

Marc Eisenberg betrat das Zimmer 204 und sah Lina im Bett liegen. »Hallo Lina«, begrüßte er sie freundlich. Lina war perplex und konnte es nicht glauben, wer da gerade das Zimmer betreten hat. »Marc?«

»Ja, ich bin es.«

»Ich freue mich ja so. Endlich wieder ein bekanntes Gesicht zu sehen. Es ist ja so langweilig hier.«

Marc Eisenberg kam näher zum Bett. »Ja, das glaube ich dir sofort. Hier ist nicht wirklich viel los. Funktioniert denn wenigstens der Fernseher?«

»Ja, der funktioniert. Ich bin auch immer froh, wenn ich seichte Unterhaltung zu Gesicht bekomme. Das Bild von Franco, wie er so da lag, macht mir gewaltig zu schaffen.«

Marc Eisenberg setzte sich schwerfällig zu ihr aufs Bett. »Das war auch kein schöner Anblick. Mir fällt es auch schwer alles aus meinem Kopf zubekommen. Franco war ein guter Partner und Freund. Ich muss hart dagegen ankämpfen, nicht einzubrechen. Aber ich wollte ... ich musste einfach nach dir sehen, ob es dir schon besser geht.«

»Ich wache zwar noch oft in der Nacht auf, weil die Bilder mich immer und immer wieder heimsuchen, aber ansonsten geht es mir körperlich gut. Wenn alles normal läuft und ich es möchte, darf ich bald das Krankenhaus verlassen.«

»Das ist ja wunderbar! Dann muss ich nachher erst einmal zu Walter fahren und ihm die tolle Nachricht überbringen. Er wird sich bestimmt freuen.«

»Wenn du meinen Schwiegervater nachher triffst, grüßt du ihn dann von mir?«

»Klar doch. Er wird sich bestimmt darüber freuen.«

»Ja, bestimmt.« Lina ergriff Marcs Hand und drückte sie ganz fest. Er erwiderte den Druck. Sie plauderten noch ein wenig über übliche Sachen wie das Wetter, den Tagesablauf und den Ausgang der Wahlen. Nach zwei Stunden angenehmen Small Talk, kam das Mittagessen hereingerollt. Daraufhin stand er auf. »Mach's gut Lina. Wir sehen uns, wenn du wieder draußen bist.«

»Ja, Marc. Wir sehen uns auf jeden Fall sehr bald wieder. Schön, dass du da warst.« Zum Abschied drückte er Lina noch einmal kräftig. Für einen kurzen Augenblick schloss sie die Augen und genoss den Moment der Nähe und Geborgenheit. Marc Eisenberg verließ das Krankenhaus und ging zu seinem Fahrrad. Die Sonne strahlte und es herrschten wohlige Temperaturen. Er schwang sich auf sein Vehikel und fuhr zur Fuchstanzstraße 6, dem Zuhause von Walter Branco. Der Fahrtwind blies ihm eine schwache Brise ins Gesicht. Der Weg vom Krankenhaus zur Fuchstanzstraße 6 betrug nur wenige Kilometer. Was wird Walter zu der guten Neuigkeit sagen? Wird er sich trotz des Todes seines Sohnes freuen können? Hat er den Schock gut überstanden? Marc Eisenberg trat kräftig in die Pedale und kam mühelos vorwärts. So ein bisschen Fahrradfahren half ihm, um selbst den Kopf freizubekommen. Nach zwanzig Minuten zog er links und rechts an den Bremsen des Rades und kam zum Stehen. Schwungvoll hievte er seine Beine auf den Boden und schloss sein Fahrrad ab. Schritt für Schritt kam er der Haustür näher. Sein rechter Zeigefinger betätigte die Klingel. Ein hoher Ton erklang. Es passierte nichts. Marc Eisenberg drückte die Klingel erneut. Wieder nichts. *Ist Walter draußen? Oder schläft er?* Er horchte, doch er konnte keinen Ton vernehmen. Er ging seitlich am Haus vorbei und betrat den Garten. Die Blumen gediehen prächtig, der Rasen war gepflegt, doch auch hier keine Spur von Walter. *Ist er eventuell einkaufen gefahren?* Die Sonne sprach dagegen, da sich Walter Branco bei gutem Wetter meistens draußen aufhielt. Marc Eisenberg näherte sich dem großen Fenster, das von innen einen grandiosen Blick in den Garten freigab. Er hielt sich die linke flache Hand als Sonnenschutz gegen seine Stirn. Mit der rechten berührte er das Glas des Fensters. Er schaute nach links, sah nur die Einrichtung des Wohnzimmers. Seine Augen wanderten langsam nach rechts. Der Lieblingssessel von Walter kam in sein Blickfeld. Sein Blick wanderte noch weiter nach rechts. Und blitzschnell zurück, denn dieser warf einen merkwürdig verformten Schatten. So ein Umriss war für einen Sessel nicht normal. Irgendetwas stimmte da nicht. Er fasste einen spontanen Entschluss, holte einen Stein aus dem Garten, den er vorhin beim Herumlaufen gesehen hatte, und ging mit ihm zurück zum Fenster. Mit voller Kraft schmiss er den Gegenstand gegen die Scheibe, Glas splitterte und Scherben flogen klirrend zu Boden. Das Fenster war kaputt und der Griff zum Umlegen war erreichbar. Sein Arm erreichte den Hebel. Eine kleine Bewegung später ließ sich das Fenster öffnen. Ein fauliger, abgestandener Geruch lag in der Luft. Seine Augen untersuchten die Umgebung und blieben an dem Sessel kleben. Ein Arm ragte über der linken Lehne. Die Schritte von Marc Eisenberg beschleunigten sich und der Blick von vorne auf den Sessel wurde frei. Das ausdruckslose Gesicht von Walter Branco starrte ihn an. Eine abgestellte Flasche Cognac und eine leere Packung Schlafmittel befanden sich vor dem Sessel. Er fühlte den Puls. Vergeblich. Walter Brancos Herz schlug nicht mehr. Er war tot. Marc Eisenberg war routiniert genug, dass er alle Anzeichen erkannte und eine Wiederbelebung gar nicht erst versuchte, dann sammelte er sich und zückte sein Handy. Er wählte eine bekannte Nummer.

»Hallo, hier spricht Nils Nolan von der Frankfurter Polizei.«
»Hi Nils, ich bin es, Marc. Ich rufe an, weil ich gerade Walter Branco, den Vater unseres verstorbenen Kollegen, tot aufgefunden habe. Es sieht stark nach Selbstmord aus. Kannst du mir ein paar Kollegen und die Spurensicherung herschicken? Die Adresse lautet Fuchstanzstraße 6.«

»Ja, klar. Es dauert ein paar Minuten. Bleibst du vor Ort?«

»Natürlich bleibe ich hier!«

Marc Eisenberg ging zurück an die frische Luft und wartete auf seine Kollegen.

Ein paar Minuten später hielt ein Einsatzwagen an der Straße und zwei Beamte stiegen aus. Sie sahen ihren Kollegen und gingen direkt auf ihn zu. Sie wechselten einige Worte. Kurz darauf rollte auch die Spurensicherung an, die der Selbstmordtheorie später zustimmten, da jegliche Fremdeinwirkung ausgeschlossen werden konnte und es keine Beweise für fremdes Eindringen gab.

Die Kollegen kümmerten sich um den Rest, damit Marc Eisenberg den Schock in Ruhe verarbeiten konnte.

Er konnte es nicht glauben, dass Walter sich umgebracht hatte. Er setzte sich auf sein Fahrrad und die Füße überschlugen sich beim Hoch- und Runterbewegen der Pedale. Die Geschwindigkeit erhöhte sich rasant. Nur noch ein Ziel im Kopf: nach Hause. Das Adrenalin wurde durch seinen Körper gepumpt. Er fuhr sich in einen sportlichen Rausch. Seine Wohnung rückte immer näher. Zu Hause fühlte man sich zu jeder Zeit geborgen. Die letzten Meter zu seiner Wohnung rollte er aus. Die Reifen stoppten und er schwang seine Beine vom Rad. Er überlegte kurz, ob er vor Zorn sein geliebtes Fahrrad einfach wegschmeißen sollte, doch er hob es hoch und trug es die Kellertreppen hinunter. Er schloss die Kellertür auf und verstaute das Rad im Inneren des geräumigen Raumes.

Zwei Minuten später befand er sich in seiner Wohnung. Dort

fing er an sein T-Shirt, welches klitschnass von der Anstrengung war, auszuziehen. Hose und Unterwäsche folgten. Der Wasserhahn der Dusche wurde betätigt und Marc Eisenberg sprang unter den kalten Strahl. *Ich muss erst mal wieder einen kühlen Kopf bekommen.* Nach der erfrischenden Dusche beschaute er sich im Spiegel. So ein perfekter Körper von außen, aber innerlich zerbricht er immer mehr. *Vielleicht tut mir ein Ortswechsel gut?* Er lief nackt durch die Wohnung zu seinem Kleiderschrank, holte frische Klamotten heraus. Boxershorts, Socken, T-Shirt und eine bequeme Hose. Angezogen nahm er sein Smartphone in die Hand und blätterte seine Kontakte durch. Bei Pascal Ehrmann, einem alten Freund, stoppte er die Suche. Der Anruf wurde aufgebaut und ein Freizeichen ertönte. Es war eine Weile nichts zu hören, dann wurde auf der anderen Seite abgenommen. »Ehrmann«, meldete sich eine tiefe, raue Stimme.

»Eisenberg. Marc Eisenberg.«

»Nein, Marc bist du es wirklich? Ich habe schon eine Ewigkeit nichts mehr von dir gehört. Ich wollte erst gar nicht abnehmen, weil ich die Nummer nicht zuordnen konnte.«

»Oh sorry, ich habe dir wohl die Nummer von meinem anderen Handy gegeben. Ich mache inzwischen fast alles mit meinem beruflichen Smartphone. Ich muss ja immer erreichbar sein.«

»Schön mal wieder was von dir zu hören. Wie geht's dir denn?«

»Total beschissen.«

»Wieso was ist passiert? Du musst es mir nicht erzählen, wenn du es nicht willst.«

Marc Eisenberg holte einmal tief Luft und fing an: »Mein Partner wurde bei den letzten Ermittlungen ermordet und vor ein paar Minuten habe ich einen weiteren Toten gefunden, den ich gut kannte.«

»Das klingt ja fürchterlich.« Es entstand eine unangenehme Stille, dann fuhr Pascal fort: »Wie kann ich dir denn helfen?«

»Ich habe mir über einen Ortswechsel Gedanken gemacht. Ich hoffe, du wohnst noch an dem schönen Campingplatz in Dülmen.«

»Da wohne ich noch. Ich fühle mich hier einfach sehr wohl.«

»Das klingt super. Kann ich ein paar Tage zu dir kommen? Ich muss einfach mal wieder was anderes sehen.«

»Ja, an sich schon. Nur weißt du ja, dass ich hier nicht sonderlich viel Platz habe.«

»Kein Problem. Hauptsache ich bekomme irgendwie einen Schlafplatz, da bin ich nicht so wählerisch.«

»Dann ist das kein Problem.«

»Schwingst du dich auch noch regelmäßig aufs Fahrrad, so wie wir es früher immer zusammen gemacht haben?«

»Na ja, ich muss eingestehen, dass es weniger geworden ist, aber ich habe immer noch zwei Räder zur Auswahl.«

»Das ist ja perfekt. Dann hätte ich ja sogar ein Fortbewegungsmittel in Dülmen, wenn du mir ein Rad leihen würdest?«

»Einem alten Freund leihe ich alles. Also, wann möchtest du denn zu mir kommen?«

»Am liebsten so schnell es geht. Ich muss nur meinen Chef nach Urlaub fragen, falls ich eine Freigabe erhalte, würde ich mich noch mal bei dir melden.«

»Dann kläre das ab. Ich würde mich sehr freuen, dich mal wiederzusehen.

»Ich mich auch.«

»Dann bis später, Marc«

»Bye, Pascal.« Marc Eisenberg legte auf und das Gespräch war beendet. Es wäre eine klasse Gelegenheit den emotionalen Stress hinter sich zulassen.

Pascal fing an, seinen kleinen Wohnwagen auf Vordermann zu bringen. Als Single nahm er es mit der Sauberkeit nicht so genau. In den Ecken hingen einige Spinnweben, leere Pizzakartons lagen unordentlich herum und der Boden war leicht fleckig. Es dauerte zwei Stunden, bis ihn das Ergebnis zufriedenstellte. So gestrahlt hatte sein Heim schon lange nicht mehr.

Derweil führte Marc Eisenberg ein weiteres Telefonat. »Hallo Chef, ich bin es Marc.«

»Hallo, Kommissar Eisenberg«, gab eine forsche Stimme zurück. »Haben Sie ein Anliegen oder warum rufen Sie mich an?«

»Ich habe ein Anliegen an Sie. Ich würde gerne um Urlaub bitten, da ich zurzeit etwas neben der Spur bin und etwas Zeit für mich bräuchte.«

Ein Räuspern drang durch die Leitung. »Also was Sie in letzter Zeit durchgemacht haben, war bestimmt nicht leicht, da würde Ihnen eine Ablenkung sicher nicht schaden. Ihr Glück ist es, dass die Belegschaft momentan wieder sehr gut besetzt ist. Also genehmige ich Ihnen den Urlaub. Sie müssen ihn direkt morgen antreten, bevor sich unsere Personalstärke wieder verschlechtert.«

»Das klingt gut.«, antwortete Marc Eisenberg, da er wusste, dass sich sein Chef auf keine Diskussion einlassen würde.

»Wie lange dann? Eine Woche? Zwei Wochen?«

»Zwei.«

»Ist genehmigt.«

»Vielen Dank, Chef. Ich weiß das sehr zu schätzen.«

»Erholen Sie sich gut, ich erwarte Sie in alter Stärke zurück.«

Mit Bestätigung seines Chefs fing er an zupacken. Es dauerte nur zwanzig Minuten, da stand ein fertig gepackter, verschlossener Koffer neben dem Bett bereit. Er griff zum Handy und rief Pascal Ehrmann erneut an.

»Ehrmann.«

»Pascal, ich bin es noch mal.«

»Ah, sorry Marc. Ich war gerade voll im Stress. Hab deine Nummer nicht erkannt. Hast du deinen Urlaub schon bewilligt bekommen oder warum rufst du an?«

»Ich habe vorhin meinen Chef angerufen. Das Gespräch mit ihm dauerte keine drei Minuten. Er sagte, dass unsere Personalstärke gut genug ist, damit ich direkt morgen meinen Urlaub antreten kann.«

»Das klingt ja super. Dass es so schnell geht, hätte ich im Leben nicht erwartet. Wann möchtest du zu mir kommen?«

»Ich würde mich jetzt um ein Zugticket kümmern und wäre dann aller Voraussicht nach morgen Nachmittag bei dir.«

»Sehr gut, die Adresse kennst du noch?«

»Ja, die kenne ich noch. Wir sehen uns dann morgen.«

»Bis morgen.«

Marc Eisenberg schmiss den Laptop an, gab eine Internetseite ein, ließ sich die verschiedenen Verbindungen anzeigen und wählte eine aus. Er bezahlte das Ticket per Kreditkarte. Zufrieden schaltete er seinen Laptop aus.

Kapitel 4

Die Mathe-Schulstunde bei Frau Müller an diesem Mittwochmorgen begann mit einem *Ding Dong*. Sie begrüßte ihre Schüler kurz und verteilte dann einen Test. Melanie schluckte kräftig, hätte sie ihrem Vater nur besser zugehört. Sie überflog die Aufgaben, massenweise Klammerrechnen. Wie ging das noch mal? Melanie grübelte. Aufgabe für Aufgabe erledigte sie. Fünfundvierzig Minuten später legte sie ihre Mathearbeit auf den Abgabestapel auf dem Lehrerpult ab. Ihr Gefühl war nicht das Beste, aber sie hatte immerhin überall etwas stehen. Vier weitere Schulstunden verflogen wie im Fluge, dann kam die sechste und letzte Schulstunde. Nochmals Mathe. Frau Müller betrat zum zweiten Mal am heutigen Tag das Klassenzimmer. Melanie Goblin staunte, als sie einen dicken Packen Papier erkannte.

»Schreiben wir noch einen Test?«

»Nein, Melanie, wir schreiben keinen weiteren Test, aber ihr bekommt euren Test, den ihr heute Morgen geschrieben habt wieder. Das Korrigieren ging sehr fix.« Frau Müller schrieb den Notenspiegel an die Tafel, dreimal ein sehr gut, elfmal gut, zweimal befriedigend, sechsmal ausreichend und einmal mangelhaft. Melanie betete für eine schöne Note. Sie durfte auf gar keinen Fall nicht die Fünf haben. Der Moment der Wahrheit war gekommen, der Test lag vor ihr. Sie blätterte ihn durch und am Ende stand ihre Note. *Mangelhaft.* Die roten Buchstaben hatten etwas Bedrohliches an sich und

Melanies gute Laune war dahin. *So was Dummes! Papa wird fürchterlich sauer sein.* Sie traute sich kaum nach Hause und hatte Angst vor der Reaktion ihres Vaters. Als der Schulbus an der Haltestelle stand, überlegte sie kurz, ob sie einsteigen oder lieber wegrennen sollte. Mit einem mulmigen Gefühl stieg sie ein. Die anderen Kinder lachten und alberten herum, doch sie saß nur still mit ihrem Rucksack auf dem Schoß auf ihrem Platz. Der Bus hielt an ihrer Haltestelle. Zögerlich stieg sie aus.

Jenny Goblin wartete mit dem kleinen Opel Corsa, den sie an der Gaststätte Böinghoff geparkt hatte, auf ihre kleine Tochter. Als Melanie aus dem Bus, der gerade an der Halternerstraße hielt, stieg, breitete die Mutter vor Freude ihre Arme aus. Melanie zögerte kurz, dann rannte sie ihr entgegen und ließ sich von ihr stoppen. »Na Süße, wie war die Klassenarbeit in der Schule?«
»Ach Mama, können wir nicht über etwas anderes sprechen.«
»Oh, so schlimm? Wann bekommt ihr den Test zurück?«
»Ja! Wir haben ihn heute schon wieder bekommen. Papa wird bestimmt sauer sein.«
»Nein, das glaube ich nicht, Kleines,« sagte Jenny zu ihrer Tochter, um sie zu beruhigen. Dann nahm sie Melanie den Schulrucksack ab und führte sie zum geparkten Auto. Sie stiegen ein und fuhren ein paar Minuten bis nach Hause.
Pierre Goblin hatte es sich im Garten mit einer Flasche Bier bequem gemacht. Es war zwar erst dreizehn Uhr, doch für heute war seine Arbeit erledigt. Seine Mitarbeiter schafften den Rest auch ohne ihn, hoffte er zumindest. Er sah, wie

das Auto auf dem Parkplatz stoppte und war bereit, eine gute Nachricht zu erhalten. Jenny und Melanie waren in Reichweite. »Na Mel, wie lief der Test? Hat das Üben was gebracht?« Mel schaute zu Boden. »Ja, der Test lief super.«
Pierre Goblin freute sich innerlich. Unbedacht sagte Jenny: »Die haben den Test sogar heute schon zurückbekommen.«
»Dann zeig mal die gute Note her.« Melanie zierte sich und wollte an ihrem Papa vorbeirennen, um schnellstmöglich aufs Trampolin zu können. »Ach Papa, kann ich dir den Test nicht ein anderes Mal zeigen?«
»Ich würde die gute Note gerne jetzt sehen, damit ich bei meinen Mitarbeitern angeben kann, was für eine kluge Tochter ich habe.« Melanie fummelte an ihrem Rucksack herum, den sie wieder an sich genommen hatte. Sie zog den Reißverschluss auf und holte den Mathetest heraus. Pierre schaute drauf. Ein sehr langes Wort stand in roter Farbe auf dem Test. Mangelhaft. Dieses Wort war wie ein Schuss in Herz. »Ist das dein Ernst?«, brüllte Pierre seine Tochter an. »Ich habe versucht, mit dir zu üben, doch du warst total desinteressiert. Hattest immer nur dein blödes Trampolin im Kopf. Jetzt kann es sein, dass du ein mangelhaft in Mathe auf deinem Zeugnis bekommst, ist dir das klar?«, redete sich Pierre in Rage. »Jetzt komm mal runter. Es ist doch nur eine Note von vielen auf dem Zeugnis«, wand Jenny ein, um ihre geliebte Tochter in Schutz zu nehmen.
»Du hältst auch immer zu deiner Tochter. Sie darf sich wohl alles erlauben und du würdest sie trotzdem immer in Schutz nehmen.«
»Jetzt reicht's! Hast anscheinend zu viel Bier auf, Liebling.

Wir führen die Diskussion später weiter.« Jenny nahm ihre Tochter an die Hand und ließ ihren Ehemann eiskalt stehen. »Das blöde Trampolin ist an allem schuld! Ich werde es wohl verkaufen müssen«, brüllte er seinen beiden Frauen hinterher. Melanie blieb erschrocken stehen, als sie die Worte »Trampolin« und »verkaufen« hörte, doch davon bekam Jenny nichts mit, da sie so stark an der Hand ihrer Tochter zog.

Marc Eisenberg saß im Taxi zum Bahnhof. Ihn plagte ein schlechtes Gewissen, da er sich vor seiner Abreise nicht mehr bei Lina blicken ließ, aber er wollte sie nicht mit weiteren unheilvollen Nachrichten konfrontieren. Ein Koffer war sein einziger Begleiter für die Reise. Die Taxifahrt dauerte nicht lang und er bezahlte die Rechnung mit einem kleinen Trinkgeld. Er betrat den Bahnhof, schaute hoch zur Anzeigetafel und entdeckte das Gleis, von dem sein Zug abfahren sollte. Gleis 6, ICE 26 mit der Endhaltestelle Bremen Hauptbahnhof. Er begab sich zum Gleis und der Zug hielt pünktlich. Er stieg ein und suchte seinen reservierten Sitzplatz Nummer 78. Den Koffer schmiss er oben auf das Ablagefach. Er machte es sich im Sitz der 2. Klasse bequem und nutzte die fast vierstündige Fahrt bis nach Münster (Westfalen) Hauptbahnhof, um sich zu erholen. Von der Landschaft bekam er kaum etwas mit, da seine Augen den größten Teil der Reise geschlossen waren. »Nächster Halt: Münster (Westfalen) Hauptbahnhof. Ausstieg links«, dröhnte es aus den Lautsprechern im Zug. Marc Eisenberg holte seinen Koffer herunter und begab sich zum Ausgang. Ein Zugumstieg wartete noch auf ihn. Er lief vom Gleis 12 zum Gleis 14 und stieg in den dort schon wartenden RE 10246. Die Fahrt von Münster bis nach Dülmen betrug exakt dreiundzwanzig Minuten. In Dülmen angekommen, stieg er aus und holte sich in dem kleinen Kiosk eine Kleinigkeit gegen seinen Hunger. Glücklicherweise stand ein Taxi parat, als er nach draußen kam. Er trat heran und sprach den Fahrer durchs offene Fenster an. »Einmal zum Dülmener See.«

»Alles klar.«, antwortete der Fahrer und kam heraus. Er verstaute Marcs Koffer im Kofferraum und sagte beiläufig: »Sie können schon einsteigen.« Marc Eisenberg stieg ein. Zwanzig Sekunden später saß der Taxifahrer neben ihm und betätigte das Taxameter. Die Fahrt war schnell vorbei und die Rechnung bezahlte Marc Eisenberg erneut mit einem kleinen Trinkgeld. Nach fast fünf Stunden Anreise kam er endlich bei Pascal an. Dieser wartete schon an der Eingangsschranke des Campingplatzes auf seinen Freund. »Hi Marc, hattest du eine angenehme Anreise?«, fragte Pascal ihm die Hand entgegenstreckend. Marc Eisenberg nahm die Begrüßung an und sagte: »Es hätte schlimmer sein können, die Züge waren wenigstens heute mal alle pünktlich. Ich hatte keine Verzögerungen.«

»Das ist ja mal was ganz Neues.«

Beide fingen an zu lachen.

»Marc, du hast dich ja kaum verändert. Du bist immer noch so durchtrainiert wie früher.«

»Danke, aber du hast ein kleines Bäuchlein bekommen, wie kommt's?«, neckte er seinen Freund.

»Zu viele Zigaretten halten mich vom regelmäßigen Fahrradfahren ab«, gab Pascal zurück und als wäre das sein Stichwort gewesen, zündete er sich auch prompt einen Stängel an.

»Also hast du dir das Rauchen noch nicht abgewöhnt?«

»Alte Laster lassen sich nur schwer verändern.«

»Ist wohl wahr. Was ist denn hier in Dülmen so los? Gibt's die alte Disco – den Giga-Parc – noch?«

»Du warst echt sehr lange nicht mehr hier. Den Giga-Parc gibt es schon ein gefühltes Jahrhundert nicht mehr. Danach haben noch der Club Masquerade und der Terrordome versucht, Leben in das alte Gebäude zubringen. Ohne Erfolg. Das Gebäude steht zurzeit leer.«

»Oh Mann, schade. Gibt's denn gute Alternativen?«

»Die beste Adresse für unser Alter, um etwas zu feiern, ist eine Kneipe auf der Borkenerstraße direkt neben einem Friseurladen.«

»Mal sehen, ob wir die Zeit finden, da hinzugehen.«

Durch das Gespräch, war der Weg von der Schranke bis zu Pascals Wohnwagen sehr schnell umgegangen. Sie betraten die kleine Behausung. Es fehlte kaum etwas, nur alles war viel enger beisammen und das Platzangebot begrenzt. Marc Eisenberg stellte seinen Koffer ab. Kurz darauf verließen sie den Wohnwagen und setzten sich nach draußen in zwei bereitstehende Stühle. Sie vernahmen laute Geräusche, denn jemand brüllte: »Ich habe versucht, mit dir zu üben, doch du warst total desinteressiert. Hattest immer nur dein blödes Trampolin im Kopf. Jetzt kann es sogar sein, dass du ein mangelhaft in Mathe auf deinem Zeugnis bekommst, ist dir das klar?«

Marc Eisenberg drehte sich irritiert zu Pascal um. »Schreien die Leute hier öfters so laut herum? Und was ist das überhaupt für ein komischer Kerl, der hier den ganzen Campingplatz zusammen brüllt?«

»Na ja, streng genommen gehört das Haus, woher das Gebrüll kommt, nicht zum Gelände des Campingplatzes. Der Herr, der da brüllt, wird wohl Herr Goblin sein. Er hat Geld, wie manch andere Heu.«

»Also weil er meint, dass er reich ist, kann er herumschreien, wie er will?«

»Herrn Goblin gehört ein Architekturbüro in Buldern und er verdient schon ordentlich. Eigentlich ist er eher ein ruhiger Vertreter, außer etwas läuft nicht genau nach seiner Pfeife.«

»Da scheint ihn wohl gerade seine Tochter mit zu ärgern. Einfach ein mangelhaft in Mathe mit nach Hause zu bringen. Armes Kind, bei solch einem Vater!«

Kapitel 5

Peter Stark fieberte dem Wochenende entgegen. Er brauchte endlich wieder Ablenkung von den ganzen Problemen seiner Patienten. Gleich sollte der Letzte am heutigen Donnerstag kommen. Ein gut gekleideter Mann mit einem kleinen Bäuchlein. Er erzählte sehr viel. Es hörte sich immer grausam und langweilig zugleich an. Doch irgendwas hatte der Mann an sich. War es die Ausstrahlung? Der fesselnde Blick? Oder einfach die ganze Art und Weise seines Auftretens? Der Patient jammerte ständig herum, wie schlecht es ihm ging, und dass er von dem Geld, welches er verdiente, kaum einen Cent selbst ausgeben kann. Er wirkte immer leicht traurig. Peter Stark fand ihn auf eine bestimmte Art faszinierend. Irgendetwas hatte er an sich, nur was? Er hatte gar nicht das Gefühl, dass der Mann seine Hilfe benötigte und so war er jedes Mal, wenn er wieder wegging, erleichtert und froh, unbeschadet aus der Sache herausgekommen zu sein.

Der Mann kam auch heute wie immer pünktlich. Keine Sekunde zu spät. Er nahm kerzengerade Platz. Er hatte heute ein erstaunlich gut riechendes Parfüm aufgetragen. Hatte der Mann vorher ein Date? Oder nachher? Oder war das Parfüm ein Geschenk von irgendwem? Das Gespräch handelte erneut um dieselben Angelegenheiten, bis er sich bewegte und sich leicht zu Herrn Stark drehte. Seine Augen durchbohrten den Psychologen beinahe. Peter Stark hörte dem Mann genau zu und dieser genoss die volle Aufmerksamkeit. Als der Mann in seinem Rederausch war, nahm das Gespräch eine Wendung, die Peter Stark nie im Leben erwartet hätte. Als die Therapiestunde beendet war, verließ der Patient mit breitem Lächeln das Zimmer.

Kapitel 6

Max Gerlach hatte die ganze Arbeit satt. Er war zu seinem Chef gegangen und hatte um Urlaub gebettelt, doch dieser blieb hart und verweigerte ihm in der Hochsaison die erhoffte Freizeit. *Dieses Arschloch, das wird er büßen*, fluchte Max Gerlach innerlich. Unmotiviert und niedergeschlagen ging er an seine Arbeit zurück. Er hätte zu gerne einen kleinen Urlaub mit der Familie gemacht. Jetzt blieb ihm nur das Wochenende für irgendwelche Unternehmungen, wenn seine Frau nicht schon alles verplant hatte.

Peter Stark freute sich auf zwei Wochen, in der er die Therapiestunden vergessen und sich mal richtig entspannen konnte. Urlaub stand vor der Tür. Die Worte von dem Mann mit der charismatischen Ausstrahlung hingen weiterhin in seinem Kopf. Es waren beeindruckende gewesen und es war das erste Mal, dass ein Patient so rasante Fortschritte machte. Selbst Peter Stark wurde in einen Bann gezogen, den er für unmöglich hielt. Der Terminkalender war abgearbeitet. Beruhigt und zufrieden nahm er seinen Mantel vom Haken, schlenderte aus dem Therapiezimmer und verabschiedete sich von seiner Sekretärin. Sie wünschte ihm einen schönen Urlaub. Den Rest des Abends verbrachte er damit, einige kleine Vorbereitung zu treffen, damit er entspannt seinen ersten Urlaubstag genießen konnte.

Jenny Goblin ging zu ihrer Tochter und fragte sie:» Sollen wir morgen zum Zoo fahren?«

»Oh ja, Mama. Das wäre voll cool.«

»Finde ich auch! Ich kläre das nur noch eben mit deinem Vater ab.« »Muss das sein?«

»Ja Schätzchen, das muss sein.«

Der morgige Zoobesuch stieß bei Pierre Goblin sauer auf, denn er sah es nicht ein, seine versagende Tochter noch zu belohnen. Die Entscheidung von Jenny, trotzdem zu fahren, fand er nicht gut. Die Diskussionen darüber waren laut und endeten in einem riesigen Streit.

Doch Pierre hatte ein Ass im Ärmel, wie er fand. Er hatte das unheilbringende Trampolin auf einer Internetseite zum Verkauf angeboten und fünfzehn Minuten später ein Angebot erhalten. Der Käufer wollte das Objekt vor Ort genau in Augenschein nehmen. Pierre Goblin schrieb ihm, dass es ab morgen Vormittag besichtigt werden und bei Gefallen auch direkt mitgenommen werden kann. Mit dem Gedanken das Richtige zu tun, konnte er dem restlichen Tag positiv entgegensehen.

Kapitel 7

Früh morgens klingelte der Wecker und Jenny Goblin stand auf. Sie ging auf die Toilette, wusch sich die Hände und putzte sich die Zähne. Sie verließ das Badezimmer und lief zum Kinderzimmer. Sie wollte es gerade betreten, da öffnete sich die Tür und Mel kam heraus. »Hi Mama, ich hab dich schon gehört, da bin ich aufgestanden.« Jenny schaute ihre Tochter an. »Seh ich Süße, dann mach dich mal frisch und ziehe dich an. Ich gehe mich auch eben umziehen und dann treffen wir uns in der Küche.«

»Okaaay.«

Es wurden Temperaturen um die 25 Grad Celsius für den heutigen Samstag erwartet, deshalb entschieden sich beide für luftige und leichte Kleidung. Jenny Goblin bereitete das Frühstück vor. Mel kam in die Küche geschlendert und fröhlich nahm sie auf einem Stuhl Platz. Sie frühstückten ausgiebig, jedoch ohne Pierre; der bevorzugte es, im Bett liegen zu bleiben. Gesättigt stand Mel auf und ging ins Bad, um sich ihre Zähne zu putzen. Währenddessen packte Jenny einen Rucksack mit kleinen Wasserflaschen, Äpfeln und ein paar Haselnussschnitten.

Um 9:40 Uhr ging es dann endlich los. Sie stiegen in den Opel Corsa, mit dem Jenny superzufrieden war. Sie schnallten sich an und fuhren nach Gelsenkirchen zum Zoo. Der Weg dorthin war an diesem Samstag gut zu bewältigen. Es gab keine Baustellen auf der Autobahn. So kamen sie vierundzwanzig Minuten später auf dem Parkplatz des Zoos an. Jenny Goblin parkte das Auto. Sie stiegen aus und gingen zum Eingang, wo ein kleiner, steinerner Elefant sie begrüßte. Zwanzig Meter weiter bezahlte Jenny Goblin das Geld für den Eintritt. Sie bewaffneten sich mit einem Übersichtsplan. »Können wir als Erstes hier hin?«,fragte Mel und zeigte auf die Erlebniswelt Alaska. »Sicher Süße.«

Freudig erkundeten sie den Zoo, ohne zu ahnen, was in ihrer Abwesenheit zu Hause passierte.

Gegen zehn Uhr fand auch Pierre seinen Weg aus dem Bett. Er zog ein dunkelblaues Polohemd mit einem weißen Krokodil auf der linken Brust an und schlüpfte in eine weiße Leinenhose. Auch im Sommer bevorzugte er lange Hosen. Er schlurfte schlaftrunken ins Erdgeschoss und machte sich einen starken Espresso. Der eventuelle Käufer des Trampolins hatte sich für elf Uhr angekündigt. Er machte sich für eine harte Verhandlung bereit. Zwei Vollkornschnitten mit Marmelade und Schinken sollten ihn dafür stärken.

Es war kurz vor elf Uhr, als ein Mann seinen BMW auf dem Parkplatz vor dem Haus der Goblins abstellte. Er stieg aus und ging mit zielstrebigen Schritten zum Gebäude, dabei schaute er sich genau um, ob er beobachtet wurde. Niemand war zu sehen. Pierre Goblin erwartete ihn vor der Tür und begrüßte ihn anschließend. Doch warum trug der Mann bei der Wärme eine Jacke? Vor allem mit so ausgebeulten Taschen. Pierre Goblin zeigte dem merkwürdigen Mann das Trampolin. Dieser schaute es sich haarklein an, dann nickte er zufrieden. Der Mann sprach kein Wort, denn er musste seine Gedanken ordnen. *Du schaffst das. Du schaffst das garantiert. Jetzt nur nicht versagen.* Pierre Goblin hatte einen Kaufvertrag im Wohnzimmer auf dem Tisch vorbereitet, obwohl es reichlich übertrieben war für so eine kleine Sache. Nur war es seine Angewohnheit alles schriftlich festzuhalten.

»Möchten Sie das Trampolin kaufen?«

Der Mann nickte erneut, schaute immer wieder zum Trampolin und dann zu Herrn Goblin zurück.

»Wären Sie bereit, einen Kaufvertrag zu unterschreiben? Den habe ich im Wohnzimmer schon vorbereitet.«

Der Mann nickte erneut. *Du schaffst das.* Sie betraten gemeinsam das stilvoll eingerichtete Wohnzimmer. Ein großer Tisch mit weißen Schwingstühlen, auf dem der Vertrag bereit lag, stand mittig im Raum. Der riesige Fernseher und die Couchlandschaft zeigten, dass es den Goblins gut gehen musste. Der Käufer fummelte an seiner rechten Jackentasche herum und blitzschnell zog er eine Clownsmaske heraus und setzte sie auf.

Pierre Goblin staunte nicht schlecht. »Sind Sie verrückt, was hat das zu bedeuten?«, fragte er sichtlich irritiert zu dem Gesicht mit dem breiten roten Lächeln. Der Mann antwortete nicht, sondern holte aus seiner linken Jackentasche eine kleine Spritzflasche heraus. Er öffnete den Verschluss und ein beißender Geruch stieg in die Luft.

»Was wollen Sie?«, brüllte Pierre starr vor Angst.

Der Mann drehte den Vertrag auf die Rückseite, und sagte: »Ich sage Ihnen, was sie schreiben sollen. Und wenn sie nicht gehorchen, landet Salzsäure in ihrem schönen Gesicht und glauben sie mir, das tut höllisch weh.«

Pierre nahm einen Stift in die Hand und fing mit zittrigen Fingern an zu schreiben.

Liebe Jenny,
ich schreibe diese Worte an dich, während ein Mann mir droht, Säure ins Gesicht zu schütten. Ich hoffe, dein Tag war gut. Ich weiß leider nicht, wann wir über die Ereignisse reden können, aber der Mann sagte, dass er mir nichts antun wird, solange DU die eine oder andere Forderung erfüllst. Welche das sein werden, hat er nicht gesagt. Aber du musst immer erreichbar sein, deswegen liegt das Handy hier auf dem Tisch. Und kein Wort zur Polizei, sonst werde ich dafür bezahlen müssen.
Dein dich liebender Ehemann

Der Käufer ließ ein Smartphone mit einer Prepaidkarte auf dem Wohnzimmertisch der Goblins liegen. Er verband Pierre die Augen und nahm daraufhin seine Clownsmaske – mit der er sich selbstbewusster fühlt – ab. Er führte sein Opfer zu seinem BMW. Pierre Goblin hatte resigniert und versuchte erst gar nicht zu entkommen. Seine Härte war gebrochen. Doch hatte er das Gesicht seines Entführers gesehen.

Mel hatte großen Spaß in den verschiedenen Bereichen des Zoos. Alaska, Afrika und Asien. Sie konnten einige Tierfütterungen anschauen und ein leckeres Eis in einer Waffel war bei dem Wetter eine Selbstverständlichkeit. Melanie faszinierte die Vielzahl der Tiere, die sie zu Gesicht bekam. Doch ihre kleinen Füße taten inzwischen weh. Ihre Mutter hingegen machte sich Gedanken. *Hoffentlich hat Pierre gleich wieder besser Laune, wenn wir zurückkommen.* Gegen sechzehn Uhr verließen Jenny und Mel Goblin den Zoo in Gelsenkirchen und machten sich auf den Rückweg. Die Rückfahrt dauerte genauso lang wie die Hinfahrt. Die Hofeinfahrt zu ihrem versteckten Haus kam in Sichtweite. Eine Sekunde nachdem das Auto stand, schnallte sich Mel ab und ging zielstrebig zu ihrem geliebten Trampolin, sie zog ihre Schühchen aus und fing an zu springen. Hoch und runter. Eine Drehung. Die schmerzenden Füße störten sie in diesem Moment nicht mehr.

Jenny Goblin schloss das Auto ab und ging ins Haus. »Pierre, wir sind wieder da.« Keine Antwort. »Wo steckst du, Pierre?« Erneut keine Antwort. *Der ist bestimmt kurz unterwegs.* Sie packte den Rucksack aus, betrat danach das Wohnzimmer, um vor dem Fernseher ein paar Minuten zu relaxen. Auf dem Weg zur Couch nahm sie in ihrem Blickwinkel einen Zettel wahr. *Oh, Pierre hat mir eine Nachricht hinterlassen. Dann weiß ich zumindest, wo er steckt.* Sie näherte sich dem Tisch, und als sie nah genug dran war, griff sie mit ihrer rechten Hand nach dem Zettel. Die Schrift war sehr krakelig. *Pierre hat sonst immer eine akkurate Handschrift.* Sie las die Botschaft, Zeile für Zeile. Am Ende versagte ihr Körper und sie musste sich erschöpft auf den weißen Schwingstuhl setzen.

Die Fahrt in dem BMW dauerte einige Minuten und Pierre Goblin versuchte sich zu orientieren, aber es gelang ihm nicht. Sein Gefühl täuschte ihn. *Bewegen wir uns nördlich? Östlich? Westlich? Oder eventuell sogar nach Süden?* Es war nicht herauszufinden. Eventuell konnte er sich mögliche Ziele ausdenken, wenn er wusste, wie lange sie unterwegs waren. Waren es fünf Minuten? Zehn? Fünfzehn? Er konnte es schlecht einschätzen.

Das Ziel des Mannes lag auf dem Brokweg. Ein einzelnes Gebäude ohne direkte Nachbarn, dafür mit Blick auf den Wildpark. Der Mann stoppte seinen BMW, zerrte Pierre Goblin aus dem Auto und führte ihn in sein Haus. Weiter ging es zum schallisolierten Keller. Dort wurde Pierre Goblin an einen Stuhl gefesselt. Die Augenbinde wurde gegen einen undurchsichtigen Jutesack getauscht, die das Atmen erschwerte. Pierre Goblin hatte große Angst. *Passiert das gerade wirklich mit mir?* Wären seine Augen nicht verbunden, hätte er den Beistelltisch im Keller gesehen und noch mehr Angst bekommen. Auf dem Tisch lagerten viele angsteinflößende Utensilien: ein scharfes Messer, ein Rohrschneider, eine Autobatterie, ein kleiner Kanister mit Öl. Das ganze Arrangement erinnerte an eine Szene aus einem beliebten Gangsterspiel. »Willkommen im Reich des großen Doktor Pain«, lachte der Mann. »Hier ist der Ort, an dem ich meine Wünsche in Erfüllung bringen kann. Findest du das nicht gemütlich hier?«

Pierre Goblin war zu keiner Antwort fähig.

»Halt schön still für die erste Aufnahme, deine Frau muss ja auch sehen, dass du in meiner Gewalt bist.« Er machte mit seiner Handykamera das erste kleine Video von seinem Gefangenen. Das zehn Sekunden lange Video war im Kasten. Er wählte die Nummer des Smartphones, welches er im

Haus der Goblins liegengelassen hatte. Es klingelte einmal, zweimal und beim dritten Klingeln meldete sich eine aufgeregte, weibliche Stimme. »Hallo, wer ist da?«

»Das tut nichts zur Sache. Melden sie sich bei Snapchat an und suchen sie nach Doktor Pain. Ich erwarte ihre Anfrage. Beeilen Sie sich lieber.«

»Was? Wieso? Ich kenne Sie doch gar nicht!«

»Tun Sie's! Sonst erleidet ihr Mann die ersten Schmerzen.« Die Verbindung wurde getrennt. Zögerlich überlegte sie sich einen Namen. Am liebsten hätte sie einen genommen, der ihre Wut und Trauer widerspiegelt, aber sie entschied sich anders: JennybestMum. Nach der Profilerstellung loggte sie sich sofort ein und suchte nach Doktor Pain. Sie fand den Namen schnell. Eine Verbindung entstand und ein zehn Sekunden langes Video wurde ihr zugeschickt. Sie schaute es sich an. Ein Mann, der ein dunkelblaues Polohemd und eine weiße Leinenhose trug, war mit einem Jutesack über dem Kopf an einen Stuhl gefesselt. Sie erkannte ihren Ehemann anhand seines Polohemdes und schluckte kräftig.

Doktor Pain: Wie Sie sehen können, habe ich ihren Mann in meiner Gewalt. Ich hoffe, wir kommen gut miteinander aus, dann passiert ihm auch nichts. Wenn nicht, werden Sie schon sehen, was ich mir einfallen lasse.

JennybestMum: Ich habe verstanden.

Doktor Pain: Gut, ich melde mich, bleiben Sie erreichbar. Jenny war total neben der Spur. *Was sage ich Mel, wenn sie hereinkommt? Lüge ich sie an? Oder erzähle ich ihr die Wahrheit?* Sie entschied sich für eine Lüge. Als Melanie vom Trampolinspringen genug hatte, kam sie zurück ins Haus. Währendessen hatte Jenny den Zettel in ihrer Jeans verschwinden lassen. »Wo ist Papa denn schon wieder?«, fragte Mel, als sie ihren Vater nicht im Haus sehen konnte. »Dein Dad ist mal wieder unterwegs. Er hat aber nicht gesagt, wann er wiederkommt. Es könnte sein, dass er etwas länger fort ist.«

»Okay, ich bin ja schon gewohnt, dass Dad ständig unterwegs ist.«

»Geh doch erst mal duschen, Mel. In der Zeit zaubere ich ein leckeres Essen.«

»Okay, Mum«, sagte Mel und begab sich fröhlich ins Badezimmer, um sich zu duschen.

Marc Eisenberg saß zusammen mit Pascal Ehrmann vor dem Wohnwagen, sie tranken Bier und erzählten sich alte Geschichten. Marcs Blick wanderte durch die Bäume und er konnte einen Menschen in der Luft sehen. Hoch, runter, hoch, runter. Eine Drehung. Hoch, runter. Der kleine Körper vollführte schon tolle Kunststücke. Das blonde Haar schwirrte wild durch die Gegend, bis es aufhörte hin und her zu fliegen und aus dem Blickfeld verschwand.

Kapitel 8

Die Gattin von Max Gerlach hatte das komplette Wochenende verplant, es blieb keine Zeit, um gescheit entspannen zu können und etwas Schönes mit den Kindern zu unternehmen. Ein Termin jagte den nächsten. Veranstaltung einer Baufirma, Trödelmarkt – Stress pur. Max Gerlach war sichtlich genervt. Seine Arbeitswoche war anstrengend und seine Wünsche wurden alle abgelehnt. Er hasste sein derzeitiges Leben. *Wann erlebe ich wieder etwas Positives?* Er trottete seiner Gattin hinterher und die Kinder forderten viel Aufmerksamkeit, da sie ständig versuchten, sich zu entfernen, und einfach nicht hören wollten. *Ja, es wird Zeit für einen Urlaub.* Max Gerlach hatte sich für den nächsten Arbeitstag fest vorgenommen, mit seinem Chef noch einmal über den Urlaub zu sprechen. So leicht würde er sich diesmal nicht abwimmeln lassen. Sein verstorbener Vater hatte immer zu ihm gesagt: »Junge, du kannst alles schaffen, du musst nur daran glauben.« Bisher hatte er noch nichts Weltbewegendes erreicht. Es reichte immerhin für einen gut bezahlten Job und zwei gesunde Kinder. Diese waren ihm das Wichtigste in seiner jetzigen Situation.

Das Fitnessstudio war an diesem Sonntag sehr gut besucht. Alle Parkplätze waren belegt. Jörg Haacke verließ gerade nach seiner zweistündigen Trainingseinheit das Gebäude und stieg auf sein Fahrrad. Er fuhr los. Das Auto, welches ihn langsam verfolgte, bemerkte er nicht. Der Mann am Steuer fuhr immer dichter auf. Als er den Hinterreifen des Fahrrads berührte, kam Jörg Haacke ins Schleudern und verlor die Kontrolle. Der Sturz wurde gar nicht gefedert und er landete unsanft im Straßengraben. »Sie Spinner, haben Sie keine Augen im Kopf?«, fluchte er laut vor Schmerzen. Der Autofahrer stoppte und stieg aus. Der Verunfallte war irritiert, er schaute in ein Latexgesicht mit breitem roten Lächeln. *Kein Wunder, dass er nichts sieht. Ist bestimmt einer vom Zirkus, welcher aktuell in der Stadt ist.* Der Clown kam näher und bückte sich zu dem Gestürzten. Jörg Haacke sah den Lappen in der Hand des Mannes und ein stark riechender Geruch kroch in seine Nase. Chloroform. Der Verletzte verlor das Bewusstsein, als der Lappen wenige Sekunden auf sein Gesicht gedrückt wurde. Der Clown hob den Mann hoch, schleifte ihn mühevoll bis zu seinem Auto, um ihn dort auf den Beifahrersitz zu schnallen. Zum Glück hatte das Opfer keine verdächtigen Schrammen im Gesicht. Er fuhr mit seiner neuen Errungenschaft zum Brokweg. Da er inzwischen Übung hatte, fiel es ihm immer leichter. Am Brokweg angekommen, zerrte der Maskierte sein Opfer in das Haus und zog es komplett aus. Danach begutachtete er ihn. »Perfekt!«, murmelte er leise vor sich hin. Das Opfer wurde in einen Heizungsraum gesperrt.

Kapitel 9

E s war zehn Uhr, als Jenny und Melanie Goblin erwachten, sich aus ihren Betten erhoben, anzogen und zum Frühstücken in die Küche gingen. Es gab leckere Brötchen mit diversen Brotaufstrichen. Mel aß genüsslich. Jenny hingegen musste sich das Essen rein zwängen, da sie keinen großen Hunger verspürte. Während Mel es sich nach dem Frühstück vor dem Fernseher bequem machte, räumte ihre Mutter die Teller in die Spülmaschine und die Aufstriche in den Kühlschrank. Sie fummelte an ihrer Jeans, die sie gestern auch angehabt hatte und erfühlte den Zettel. *Den habe ich total vergessen.* Plötzlich klingelte ein Handy, es war nicht ihr Eigenes, sondern *das andere*. Eine Leuchtdiode blinkte am oberen linken Rand weiß. Eine Nachricht wurde ihr angezeigt.

Doktor Pain: Heute habe ich die erste Aufgabe für Sie. Es ist verkaufsoffen und ich möchte, dass sie in den Drogeriemarkt in der Stadt gehen und dort ein Parfüm für mich stehlen.

JennybestMum: Ihr Ernst? Ich soll etwas für Sie klauen?

Doktor Pain: Sie haben es noch immer nicht verstanden, oder? Ich stelle die Forderungen und für jedes Widerwort passiert ihrem Mann etwas. Apropos Widerwort, das war gerade eins, also werde ich wohl handeln müssen. Grins.

JennybestMum: Sorry. Es tut mir leid.

Doch Sekunden später erhielt sie ein Video, in dem der Mann mit dem dunkelblauen Polohemd zwei Klemmen an die Brustwarzen bekam. Die Kamera schwenkte zu einer Autobatterie und dann wieder zurück. Der Mann auf dem Stuhl fing an zu zucken.

Doktor Pain: Verstehen wir uns jetzt?

JennybestMum: Ja.

Doktor Pain: Ich will, dass Sie Punkt zwölf Uhr ein Parfüm klauen und den Ausgang zum Marktplatz nehmen.

Die Verbindung wurde beendet. Jenny Goblin blickte ins Wohnzimmer und sah Melanie, wie sie »Siebenstein« schaute. Es war kurz nach elf. *Was mache ich nur mit Mel? Ich darf sie nicht dabei haben.* Jenny Goblin lief ins Wohnzimmer.
»Mel, was hältst du davon, wenn ich dich ein paar Stunden zu Oma bringe?«
»Zu Oma? Muss das sein?«
»Ja. Oma würde sich bestimmt sehr freuen, dich mal wiederzusehen, und es ist auch nur für eine kurze Zeit.«
»Warum denn überhaupt? Ich möchte viel lieber wieder aufs Trampolin.«
»Das kannst du danach machen. Ich muss nur kurz eine Kleinigkeit in der Stadt erledigen.«
»Kann ich denn noch ›Siebenstein‹ zu Ende schauen?«

Jenny überlegte kurz, bevor sie sagte: »Ja Schätzchen, das kannst du noch.«

In der Zeit, in der Mel ihre Serie weiter schaute, fing Jenny an sich fertig zumachen. Sie legte leichtes Make-up auf und band ihre Haare zu einem geflochtenen Zopf. Den Zettel, der noch in ihrer Jeans steckte, versteckte sie in einer Nachttischschublade. Es war kurz vor halb zwölf, als Melanie sich endlich fertigmachte. Es ging sehr schnell. Sie hatte ein Röckchen angezogen und trug ihre blonden Haare offen. So fertig gemacht, fuhren sie los.

Oma Gerlinde wohnte in einer Seniorenwohnung auf dem Mühlenweg und war meistens zu Hause, als sie gerade aus dem Fenster schaute, sah sie den Opel Corsa ihrer Tochter auf dem Parkplatz stehen. Sie machte einen kleinen Freudensprung, dabei waren ihre Augen weiterhin auf das Auto fixiert. Sie sah, wie Jenny und Melanie ausstiegen, zur Tür kamen und klingelten. Sofort öffnete Gerlinde ihnen.

»Hallo, Mama.«

»Hallo, Jenny. Hallo, Melanie. Du siehst bezaubernd aus. Wollt ihr reinkommen?«

»Mutter, ich würde Mel gerne kurz bei dir lassen. Ich muss etwas Wichtiges in der Stadt erledigen.«

»Und Mel kannst du nicht mitnehmen?«, fragte Gerlinde, mit einem unangenehmen Unterton.

»Nein, das geht leider nicht. Wärst du so nett?«

»Ja klar! Ich freue mich immer, wenn ich Zeit mit Mel verbringen kann. Mel, willst du reinkommen?«

Melanie nickte und betrat die Wohnung, die voller alter

Möbel war. Nur der Fernseher wirkte wie aus einer anderen Welt.

»Danke Mutter. Ich bin gleich wieder da.« Jenny schaute auf ihre Armbanduhr: 11:45. Die digitale Anzeige brannte sich in ihre Netzhaut. *Das wird ganz schön eng.* Sie stieg in ihren Opel Corsa, startete den Motor und fuhr vom Parkplatz in Richtung Innenstadt. Totales Chaos. Alle Parkplätze waren voll. Um 11:54 Uhr fand Jenny eine kleine Parklücke auf der Borkenerstraße, manövrierte ihr Auto hinein, stieg aus und schloss ab. Jenny Goblin machte sich zu Fuß auf den Weg zum Drogeriemarkt. Sie checkte abermals die Uhrzeit: 11:57. Diese vier leuchtenden Zahlen hatten ihr noch nie solche Panik bereitet, wie in diesem Moment. Sie hoffte, dass ihre Uhr korrekt ging, und betrat den Drogeriemarkt.

Derweil hatte es sich Doktor Pain auf einer Bank mit dem Rücken zum Geschäft bequem gemacht. Er hatte eine Sonnenbrille auf, aber auf eine weitere Verkleidung verzichtete er. Er schaute auf sein Smartphone, noch zwei Minuten bis zum entscheidenden Moment.

Jenny Goblin war nervös, sie sah ihr eigenes Spiegelbild in den vielen Spiegeln des Geschäftes. *Ich kann das nicht. Ich habe noch nie etwas gestohlen.* Es war eine Minute vor zwölf. Ihre Finger zitterten und ein flaues Gefühl im Magen breitete sich aus. *Ich muss es für Pierre tun.* Sie stand vor den Regalen mit den verschiedenen Düften. Die Auswahl war riesig und sie konnte sich nicht entscheiden. *Es ist total egal, welches ich nehme. Ich soll doch nur irgendein Parfüm stehlen,* machte sie sich ihre Gedanken, während ihr linker Arm sich langsam dem Regal näherte. Die Finger umrundeten einen Flakon und packten zu; dieser verschwand langsam in ihrer Gesäßtasche, in der vorher noch der Brief mit den Worten von Pierre Platz gefunden hatte. Sie schlich zum Ausgang. Die Tür war nur noch ein paar Meter entfernt und ihre Schrittfrequenz erhöhte sich. Das optische rote Blinken erschien und ein auffallender Ton ertönte. Die Kassiererin drehte sich um und schrie: »Halt, bleiben Sie stehen!«

Doch Jenny blieb unbeeindruckt und rannte weiter. Sie blickte auf ihre Uhr.

Der Mann sah das rot aufleuchtende Licht in der Glasfront. Er schaute auf sein Smartphone. 12:01 zeigte ihm das Display an. Er öffnete ein Programm und fing an zu schreiben.

Doktor Pain: Sie haben sich verspätet!

JennybestMum: Nein, nein, nein. Ich war pünktlich.

Doktor Pain: Es war genau eine Minute nach zwölf, als sie das Geschäft verlassen haben.

Jenny Goblin schaute auf ihre Uhr. Zwei Minuten nach zwölf. *Woher weiß er das nur?* Danach blieb sie stehen und suchte nach jemand Auffälligem mit einem Smartphone. Mindestens jeder Zweite hielt eines in der Hand. Auffällig verhielt sich niemand. Es fixierte sie auch keiner. Es war unmöglich diejenige Person, die ihr schrieb, zu sichten.

Doktor Pain: Für ihre Verspätung wird es Konsequenzen geben! Das ist ihnen klar, oder?

JennybestMum: Neiiiiin. Es tut mir so leid.

Sie brach in Tränen aus.

Doktor Pain: Ich melde mich wieder! Lachsmiley.

Sie wollte etwas erwidern, doch ihr Gesprächspartner war nicht mehr online. *Scheiße, warum bin ich so eine Memme.* Was tut der Kerl Pierre nur an? Sie starrte fest auf das Display. Der geklaute Flacon fühlte sich wie eine schwere Last an.

Der Mann stand von der Bank auf und bewegte sich langsam in Jennys Richtung. Er sah, dass sie total schockiert auf das Display schaute und sich Feuchtigkeit auf ihren Wangen bildete. Er war zufrieden. *Wenn sie jetzt schon so reagiert, dann kann es nur besser werden.* Er lief ganz normal an ihr vorbei, erhaschte einen letzten Blick auf die feuchten Wangen und machte sich auf den Weg nach Hause, denn er hatte wichtige Sachen zu erledigen.

Jenny Goblin war total durch den Wind, doch trotzdem trat sie den Rückweg zu ihrem Opel Corsa an. Ihr Blick fixierte das Display und ihre Hände zitterten leicht. Nach fünfminütigem Fußweg erreichte sie das Auto, schloss auf und wollte sich hinsetzen. Doch dabei wurde sie wieder an den geklauten Flakon, der hinten in der Jeans steckte, erinnert. Sie holte ihn heraus und legte ihn ins Seitenfach der Autotür. Niedergeschlagen fuhr sie zurück zu ihrer Mutter. Dort angekommen betätigte sie die Klingel, wartete und klingelte noch mal.

»Ja, ich komme doch schon,« rief Gerlinde von drinnen. Ihre Mutter erschien in der Tür. »Möchtest du jetzt reinkommen?«

»Nein, ich wollte nur eben Mel abholen. Ich hab's eilig«, antwortete Jenny sehr patzig. Es lagen Frust und Angst in ihrer Stimme. Ihre Mutter erschrak bei der Antwort, drehte sich um und holte Melanie aus der Wohnung. »Mama, da bist du ja wieder, das ging ja schnell.« Gerlinde fügte noch hinzu: »Ich hoffe, du hast alles bekommen. Ich hatte auf jeden Fall viel Spaß mit Mel. Komm doch öfters vorbei.« Jenny umarmte ihre Tochter. »Ja, ja, Mutter, das mache ich. Ich habe alles bekommen. Wiedersehen.«

»Mach's gut.«

Jenny Goblin führte ihre Tochter an der Hand zum Auto. Sie stiegen ein und brausten davon. Neun Minuten später erreichten sie die Straße »Zum Dülmener See«. Zweihundertzehn Meter weiter kam ihre Hofeinfahrt zum Vorschein, danach schon ihr Parkplatz und das Haus. Der Opel wurde abgestellt und Jenny machte die Fahrertür auf. Sie hatte den ersten Fuß nach draußen gesetzt, als ihr das Parfüm wieder in die Augen stach. Sie nahm es an sich. Mel war viel schneller aus dem Auto gestiegen und hatte dieses umrundet, um ihre Mutter zu erschrecken. Sie sah die Flasche und fragte verdutzt: »Deswegen hast du mich bei Oma abgesetzt?«

Jenny, außerstande eine direkte Antwort zu geben, schaute ihre Tochter nur starr an.

»Papi, hat doch erst in drei Monaten Geburtstag. Du hättest sein Geschenk auch an einem anderen Tag holen können.«

Jennys Verwirrung steigerte sich. »Wieso? Was? Geschenk für Papa? Was meinst du?«, fragte sie sichtlich irritiert, das Fläschchen dabei fest umklammernd. »Ja, Mami, da vorne auf der Flasche steht »For Men« und ich habe im Englischunterricht gelernt, das »Men« in der deutschen Sprache »Männer« bedeutet.«

Noch irritierter schaute Jenny die Rückseite der Flasche an. Sie drehte sie langsam in ihren Händen und die beiden englischen Wörter »For Men« versetzten ihr einen Schlag ins Gemüt. Sie war so durch den Wind gewesen, dass sie es noch nicht einmal gemerkt hatte, wie sie ein Parfüm aus der Männerabteilung geklaut hatte.

»Mami ist alles in Ordnung?«

»Ja, Mäuschen. Es ist alles in Ordnung. Ich wollte das Geschenk schon haben, bevor ich es vergesse. Und da Papa gerade weg ist, bot sich die Gelegenheit an«, versuchte sie ihrer Tochter eine gute Erklärung abzugeben.

»Okay, Mami. Darf ich zum Trampolin?«

»Ja, klar.«

Mel spurtete auf direktem Weg dorthin und hüpfte fröhlich herum. Währenddessen begab sich Jenny Goblin ins Haus, den Flakon immer noch fest im Griff. *Was passiert nur mit mir?* Ein weiterer Gedanke galt dem Brief in ihrer Schublade. *Was geschieht mit Pierre?*

Kapitel 10

London, 11. Juli 2016

Investor Paul Wright saß in seinem riesigen Büro. Die Aussicht aus dem vierten Stock mit Blick auf die Themse war gigantisch. Sein Mahagonitisch mit dem breiten Chefsessel waren die Hauptbestandteile seines Büros. Beamer, Leinwand, Flipchart und ein Tisch mit vier Stühlen füllten den Raum aus. Mit seinen fünfundfünfzig Jahren und seinen teuren maßgeschneiderten Anzügen war er auf dem Höhepunkt seiner Karriere. Es verlief bisher alles steil nach oben. Rückschläge kannte er nicht. Paul Wright blätterte seine Unterlagen durch, die ihm seine Mitarbeiter mit interessanten Immobilien und Investmentmöglichkeiten auf den Tisch legten. Er suchte nach einem neuen Investment. Dabei stieß er erneut auf eine leer stehende Immobilie in dem entfernten Dülmen in Deutschland, die seit Wochen sein Herz höherschlagen ließ. Dort wurden bis vor ein paar Jahren noch Sportwagen in Handarbeit hergestellt. Für ihn war es immer ein Traum gewesen ein Autohaus zu besitzen. Die Chance ergab sich bisher leider noch nicht. Seite für Seite mit Details zu dieser Immobilie blätterte er durch. Größe, Baujahr und der Kaufpreis standen dort geschrieben. Um sich den eigenen Wunsch zu erfüllen, zog es Paul Wright in Erwägung die Immobilie zu kaufen. Fünf Millionen Euro für den Erwerb besaß er ohne Probleme, denn sein Geschäftskonto war prall gefüllt. Er führte ein Telefonat mit dem Makler. Sie sprachen einige Minuten über die Details und am Ende einigten sie sich. Der Kaufvertrag wurde zugefaxt, und als er vor Paul Wright lag, wanderte seine rechte Hand langsam zur Halterung seines Montblanc Füllfederhalters. Er nahm ihn zwischen seine Finger und begab sich an das untere Ende der Seite. Er unterschrieb den Vertrag. 4.264.250 Pfund – fünf Millionen Euro – ärmer, aber um eine Immobilie reicher, faxte er den Kaufvertrag zurück. Hoch erfreut über seinen Erwerb, wählte er die Rufnummer seiner Sekretärin.

»Hallo, Herr Wright.«

»Hallo, Frau Lane. Können Sie einmal für mich nachschauen, ob ich in den nächsten Tagen wichtige Termine im Kalender stehen habe?«

»Haben Sie etwas Wichtiges vor?«, fragte sie, während sie den Kalender durchschaute.

»Ich habe eine Immobilie in Deutschland erworben und möchte diese schnellstmöglich besichtigen.«

»Ihr Terminplan ist mit einigen Informationsveranstaltungen, Presseterminen und Konferenzen gefüllt.«

»Okay, dann sorgen Sie bitte dafür, dass die Pressetermine verschoben werden und die Konferenzen können, wenn ich es nicht schaffe wieder vor Ort zu sein, online abgehalten werden. Die sind ja nicht ganz so wichtig.«

»Verstanden Chef! Ich werde die nötigen Telefonate führen.«

»Sehr gut und lassen Sie meinen Privatjet so schnell wie möglich startklar machen.«

»Ist schon so gut wie erledigt.« Die Verbindung wurde getrennt und Frau Lane kümmerte sich sofort um die Angelegenheiten. Die Reporter waren erbost, weil es ein lang abgemachter Termin zu weiteren Investitionen von Herrn Wright war. Doch jede Nachfrage wurde rigoros von Frau Lane abgeblockt. Den Flughafen, wo der Privatjet stand, erreichte sie schnell. Das Ergebnis übermittelte sie Herrn Wright über das Telefon. »Der Privatjet sollte in drei Stunden vollgetankt und zum Abflug bereit sein.«

»Perfekt!« Paul Wright verließ das Büro und packte die notwendigen Sachen.

Drei Stunden später parkte sein silberner Bentley auf dem Hangar. Der Privatjet stand in Startposition und die Treppe war ausgefahren. Paul Wright stieg aus dem Bentley, welcher von einem Chauffeur gefahren wurde und ging mit strammen Schritten zur Flugzeugtreppe. Nach ein paar Stufen befand er sich im Inneren seines Flugzeuges. Es gab Platz für acht Leute. Doch sein Sitz war mit Abstand der Bequemste. Heute war er der einzige Passagier, da ihn sonst auf Geschäftsreisen einige Gefolgsleute begleiteten. Er nahm Platz und schnallte sich an. Die Maschine rollte los. Die rasante Beschleunigung drückte ihn in seinen bequemen Sitz. Sekunden später befand sich die Maschine in der Luft. Als sie ihre vorgesehene Flughöhe erreicht hatte, genehmigte sich Paul Wright einen guten Wein. Der Kapitän kündigte eine Flugzeit von siebzig Minuten an. Die Hälfte der Strecke träumte Paul Wright von seiner neuen Immobilie.

Kapitel 11

Es war Montagmorgen und der Chronometer am Arm von Max Gerlach zeigte: 9:15 Uhr. Frühstückspause. Heute hatte er sich vorgenommen, einmal Klartext mit seinem Chef zu reden. Er ließ seine Pause sausen, um den Weg zum Büro anzutreten. Zwischen seinem Chef und ihm stand nur noch das Vorzimmer mit einer Empfangsdame.

»Ich möchte zum Boss«, sagte Max Gerlach in einem aufgebauschten Ton, ohne seine Schritte zu verlangsamen.

»Herr Goblin ist heute nicht zur Arbeit erschienen«, gab die Empfangsdame freundlich zurück.

»Das glaube ich nicht! Sie wollen mich nur nicht zu ihm lassen.«

Die Empfangsdame zeigte auf die Tür und sagte schnippisch: »Versuchen Sie Ihr Glück und Sie werden sehen, dass Herr Goblin nicht da ist.«

Max Gerlachs kräftige und entschlossene Schritte hallten auf dem Boden wieder. Die Tür kam in Reichweite, er hob seine Hand, ballte sie zur Faust und klopfte mit großer Wucht gegen sie. Das Geräusch war laut und die Empfangsdame drehte sich um. »Sehen Sie, es gibt keine Reaktion von innen.« Er war davon unbeirrt und drückte die Klinke nach unten. Nichts. Die Tür blieb verschlossen. »Warum ist die Tür verschlossen?«

»Weil Herr Goblin sein Büro jeden Abend nach der Arbeit abschließt. Wie Sie jetzt selbst gesehen haben, ist er nicht da. Ich kann Ihnen auch nicht sagen, wo er ist. Ich weiß es nicht und ich habe auch keine telefonische Auskunft erhalten, ob er später oder gar nicht zur Arbeit erscheint. Zumindest, wenn irgendetwas ist, gibt Herr Goblin sonst immer Bescheid.«

»Was ist, wenn er verschlafen hat?«,fragte Max Gerlach.

»Daran habe ich auch schon gedacht, aber auf dem Handy erreiche ich nur die Mailbox. Selbst auf der Festnetznummer erwische ich niemanden, noch nicht mal seine Frau geht ran.«

»Vielleicht sind sie in Urlaub gefahren?«

»Das glaube ich nicht«, sagte die Empfangsdame und fügte noch hinzu: »Da Herr Goblin wichtige Projekte nicht alleine lässt.«

»Da haben Sie recht. Herr Goblin war bei allen Projekten sehr oft vor Ort und schaute, ob alles planmäßig lief. Sollen wir die Polizei informieren?«

»Nein, warum? Er ist der Chef! Und wenn er wegbleibt, dann wird er seine Gründe haben. Wir werden es morgen sehen, ob er wieder auftaucht.«

Max Gerlach ging geknickt aus dem Vorraum heraus. Seine Mühe und Entschlossenheit waren umsonst. Sein Chef war nicht da. Die Frühstückspause neigte sich dem Ende und ohne einen Bissen gegessen zu haben, ging er wieder an die Arbeit.

Die Sonne strahlte schon kräftig, als Marc Eisenberg in seinem Zelt erwachte. Aus dem Campingwagen hörte man leise eine Kaffeemaschine vor sich hinbrodeln. Bekleidet mit

Boxershorts und T-Shirt schlüpfte er hinaus und klopfte an die Tür des Wagens. Prompt öffnete Pascal sie, als hätte er ihn schon gehört. »Guten Morgen, Marc.«

»Moin«, erwiderte er kurz und knapp zurück.

»Möchtest du einen Kaffee?«

»Ja. Ein Kaffee wäre super. Ich bin total müde und muss erst mal *richtig* wach werden.«

»Da hast du Glück, der Kaffee ist gerade fertig.«

Im Hintergrund tropfte das letzte Wasser durch den Filter in die Kanne. Pascal holte sie und füllte die zwei bereitstehenden Kaffeetassen mit der schwarzen Flüssigkeit auf. Käse, Kochschinken, Nougat-Creme und ein paar Schnitten Brot lagen vorbereitet auf dem Tisch. Sie setzten sich hin. Marc Eisenberg griff sich eine Schnitte und schmierte Nougat-Creme darauf. »Ich freue mich auf die Fahrradtour gleich«, sagte Pascal. Da Marc Eisenberg gerade den Mund voll hatte, nickte er zur Bestätigung. »Die fünfundvierzig Kilometer Rundweg des ›R10‹ plus einige Kilometer von hier bis zum Start der Strecke, sind doch für uns kein Problem, oder?«

Sein Freund schluckte gerade den letzten Bissen herunter und antwortete: »Also für mich sind die Kilometer kein Problem, aber bei dir habe ich ernsthafte Bedenken.« Er lächelte.

»Hahaha, ich werde den Weg locker schaffen. Ich bin noch in guter konditioneller Form.«

»Das will ich hoffen. Ich habe keine Lust, dich den ganzen Weg zu ziehen.«

Die Schnitten waren aufgegessen und der Kaffee geleert. Gut gestärkt zogen sie sich sportliche Kleidung an. Pascal stellte die Fahrräder parat und überprüfte den Luftdruck. »Das sieht super aus!« An einem Fahrrad hatten Spinnen schon Netze gesponnen. Marc Eisenberg warf einen Blick auf das Rad und sagte: »Selbst die Spinnen lieben Fahrradfahren und ganz besonders deine Räder.« Pascal wischte die Spinnweben weg, drehte sich zu ihm um und sagte: »Leider willst du ja mitfahren, somit müssen die guten Spinnen wohl hier bleiben und sich ein anderes Gefährt suchen.«

Marc Eisenberg fing an zu lachen. »Ja, das ist wohl wahr.«

Sie schwangen sich auf die Sättel und trampelten los. Sie fuhren direkt zum Dülmener Bahnhof. Hier, an dieser Fahrradstation war der offizielle Startpunkt der Route.

Doktor Pain grinste breit, als er aus seinem Bett stieg und sich lange schwarze Kleidung anzog. Er ging vom Obergeschoss ins Erdgeschoss und betrat die Küche. Er stellte den Wasserkocher an und nahm eine Tasse aus einem beigen Hängeschrank. Diese bestückte er mit einem Teebeutel mit der Geschmacksrichtung Hagebutte. Der Wasserkocher schaltete sich ab und Dampf stieg auf. Er nahm den Kocher in die Hand und schüttete das heiße Wasser in seine Tasse. Die sechs Minuten Ziehzeit überbrückte er mit einem Gang zur Toilette. Als er zurückkam, entfernte er den Teebeutel und trank genüsslich den durchgezogenen Tee. Er blätterte die Prospekte und Zeitungen, die er gestern aus dem Briefkasten mit reingenommen hatte, durch. Es stand nichts Interessantes darin, aber es war ihm egal, denn er hatte heute wieder schöne Dinge vor. Den Tee leerte er zügig. Es konnte losgehen. Doktor Pain machte sich auf den Weg in den Keller. Seine Clownsmaske begleitete ihn. Dort angekommen zog er sie über sein Gesicht. Selbstbewusst betrat er den Raum mit dem außergewöhnlichen Stuhl. Der Gefesselte saß regungslos da. Durch die Clownsmaske ertönte eine leicht verzerrte Stimme: »Guten Morgen! Gut geschlafen?« Der Gefesselte regte sich und versuchte irgendetwas zu sagen, doch es ging nicht.

»Wir haben heute was Schönes vor. Eine Minute Verspätung muss ordentlich behandelt werden. Dafür habe ich mir etwas ganz Besonderes überlegt. Es wird mir mehr Spaß machen als dir«, teilte Doktor Pain dem Gefangenen mit. Er schaute auf den Tisch und bewunderte all die schönen Sachen. Ein scharfes Messer, einen Rohrschneider, eine Autobatterie und ein kleiner Kanister mit Öl lagen für seine Auswahl parat. Er entschied sich für den speziellen Rohrschneider. Bestückt mit dieser Waffe näherte er sich seinem Opfer. Eine Kamera, die auf den Stuhl gerichtet war, lief mit und nahm das Szenario auf. Der Rohrschneider legte sich um den rechten Digitus minimus – dem kleinen Finger. Der Abstand zwischen Schneidrädchen und Finger verringerte sich immer mehr. Doktor Pain fing an, fester zu drehen. Es war mühselig, aber nach und nach kam Blut zum Vorschein. Der Geknebelte bäumte sich vor Schmerzen auf und stemmte sich gegen die Fesseln. Vergeblich. Tiefe Schnitte übersäten den Digitus minimus. Immer mehr Blut floss heraus. Den größten Widerstand boten die Knochen. Der Maskenmann erhöhte erneut den Druck auf das Schneidrädchen. Es knirschte. Und das Opfer wand sich immer heftiger. Doktor Pain genoss die Anstrengung und die dabei entstehenden Geräusche. Es war geschafft. Der abgetrennte Finger fiel zu Boden und zurückblieb ein blutender Stumpf. Die dunkelrote Flüssigkeit bahnte sich ihren Weg. Doktor Pain schaltete die Kamera ab und erfreute sich an dem Anblick des herauslaufenden Blutes. Hoch motiviert machte er sich auf den Weg, um Verbandsmaterial aus einem alten, hölzernen Schrank zu holen. Er legte seinem Opfer einen ordentlichen Druckverband an. Trotzdem verfärbte sich das weiße Verbandsmaterial rot. Doktor Pain war es egal. Er ließ das Opfer wieder alleine. Die Kamera mit der Aufnahme nahm er mit nach oben. Im Erdgeschoss angekommen, schloss er sie an seinen Laptop und lud sie darauf. Die Szene wurde zurechtgeschnitten und bearbeitet. Das fertige Video überspielte er auf sein Handy. Es war hell genug, um das Geschehene zu sehen, doch zu spärlich für Einzelheiten. Es hatte ihm Spaß gemacht und sein Opfer war noch am Leben. Er hatte sich beherrschen können. Kurz darauf holte er sein Handy heraus, loggte sich bei Snapchat ein und schrieb JennybestMum an.

Doktor Pain: Hallo, ich hoffe, Sie haben gut geschlafen?

JennybestMum: Was wollen Sie?

Doktor Pain: Fragen, wie es Ihnen geht?

JennybestMum: Als ob! Das interessiert Sie doch überhaupt nicht.
Doch die Sorge um Pierre trug ihre Früchte, denn ihre Sorgen wuchsen gewaltig und quälten sie innerlich.

DoktorPain: Ach, mich hätte es interessiert. Lachsmiley.

JennybestMum: Ja klar!

Doktor Pain: Sie sind anscheinend nicht an Smalltalk interessiert, dann werde ich zum Punkt kommen. Ich habe wunderbar geschlafen. Die ganze Nacht habe ich mir schöne Gedanken gemacht, wie ich die einminütige Verspätung behandeln soll.

Jenny schluckte kräftig und las die Nachricht erneut. Sie hoffte, sich verlesen zu haben, doch sie ahnte Böses.

JennybestMum: Ich war pünktlich. Ich habe alles so gemacht, wie Sie es wollten.

Doktor Pain: Nein! Es hat genau eine Minute zu lange gedauert.
Er schickte die zurechtgeschnittene Szene an Jenny.

Sie schaute es sich an, während sie sich in der Küche befand und sah den Mann auf dem Stuhl mit derselben Kleidung wie auf dem ersten Video. Pierre!
Ein Rohrschneider kümmerte sich um den kleinen Finger. Blut spritzte. Am Ende der Szene fehlte der Finger und ein blutiger Stumpf blieb zurück. Das Video war stumm und das Gesicht des Mannes war verdeckt. Sie stellte sich die Höllenqualen vor. *Warum habe ich nur gezögert?*

DoktorPain: Haben wir uns jetzt verstanden? Oder war das noch nicht deutlich genug?

JennybestMum: Ja, ich habe verstanden.

Doktor Pain: Sehr gut. Dann geh heute in die Bank und hol das ganze Geld vom Konto.

JennybestMum: Da ist nicht viel drauf.

Doktor Pain: Verarsch mich nicht! Ich weiß von den 133.212 Euro. Fast hätte ich es vergessen, die vier Goldbarren aus dem Schließfach will ich auch!

JennybestMum: Woher wissen Sie davon?

Doktor Pain: Ihr Mann war sehr redselig bei meinen Behandlungen. Er hat mir einfach alles verraten.

JennybestMum: Hmmm, okay.
Scheiße, was hat er Pierre alles angetan? Dass er schon einen Finger weniger besaß, hatte sie gerade in dem Video selbst gesehen. Doch was hatte der Erpresser Pierre noch angetan, damit der so gesprächig war?

Doktor Pain: Sie haben bis morgen 14:00 Uhr Zeit das Gold und das Geld zu beschaffen, andernfalls wissen Sie bestimmt, was passieren wird.

JennybestMum: Ja. Sie werden meinem Mann wehtun.

Doktor Pain: Genau! Hihihi.

Das Gespräch wurde gerade in dem Moment beendet, als Melanie die Küche betrat. »Mami, machst du gleich was zu Essen? Ich habe voll Hunger.«

Irritiert, den Blick zwischen Mel und dem Smartphone wechselnd, gab sie in einem rauen und harten Ton zurück: »Mach dir selbst etwas! Ich habe keine Lust! Du weißt selbst, wo alles steht!«

Erschrocken von der Härte der Worte, drehte sich Melanie hungrig um und verließ die Küche. Feuchtigkeit bildete sich rund um ihre Augen.

Was habe ich nur getan? Jenny Goblin konnte ihre eigene Reaktion selbst nicht fassen. Sie hatte ihre Tochter lauthals angeschrien. Zur Beruhigung wollte sie sich einen Tee machen. Dafür holte sie eine Tasse aus dem Hängeschrank. Packte sie am Henkel, doch drei Sekunden später glitt sie ihr aus den Fingern und sauste zu Boden. Sie zerbrach in tausend Scherben. »So ein verdammter Mist!« Sie fing mit ihren Händen an die Bruchstücke einzusammeln, dabei kreisten ihre Gedanken wieder. *Scherben sollen ja bekanntlich Glück bringen. Das will ich hoffen!*

Melanie war inzwischen in ihrem Zimmer und hatte sich auf das Bett geschmissen. Ihren Kopf vergrub sie tief in die Kissen. Sie dachte nur daran, dass sich ihre liebe Mutter seit Samstag verändert hatte und immer mehr ihrem Vater ähnelte. Sie konnte es nicht glauben, wie aggressiv sie sie angeschnauzt hat. Wo steckte ihr Vater nur? Und warum verhielt sich ihre Mutter so merkwürdig? Mel versuchte, sich zu beruhigen. Sie stand kurz wieder auf, lief einige Schritte zum Fenster und schaute hinaus. Ihr Blick fiel auf die eine Sache, die ihr am meisten Spaß macht: dem Trampolin.

Kapitel 12

Dülmen, 11. Juli 2016

Die ersten zwanzig Kilometer des Rundweges lagen hinter ihnen, als sich das Tempo von Pascal verringerte. Seine Tritte ließen die Pedale kaum noch drehen. Die Bewegung sah wie in Zeitlupe aus. »Ich, ich brauch ne Pau-«, hechelte Pascal vor sich hin. Marc Eisenberg, der ein paar Meter voraus war, drehte sich auf dem Fahrrad nach hinten und fragte: »Eine Pause?«
Er nickte, und Marc Eisenberg stoppte. Bei Pascal passierte das von alleine, so langsam war er geworden. »Wasser, ich brauche Wasser«, meinte er. Sein Mund war von der Anstrengung total ausgetrocknet. Marc Eisenberg ging zu seiner Fahrradtasche, holte eine kleine Wasserflasche heraus, drehte sie auf und gab sie Pascal. Er kippte sich das Wasser gierig in den Hals. Die kalte Flüssigkeit war eine Wohltat für seine ausgetrocknete Kehle. Langsam ging es Pascal besser.
»Ich dachte, wir schaffen die Tour ohne Pausen«, äußerte Marc Eisenberg, ein leichtes Zwinkern in Richtung Pascal gebend. »Das habe ich auch gehofft, aber ich habe mich geirrt. Die Wärme und dein Tempo haben mich fertiggemacht. Du trittst in die Pedale wie von einer Biene gestochen. Mein Tacho zeigt mir eine Durchschnittsgeschwindigkeit von 28 km/h an.
»Ja, ich bin nicht gut drauf und trödel heute etwas rum«, sagte Marc ganz trocken.
»Waaas? Du willst mich doch verarschen, oder?«

»Nein, eigentlich nicht. Ich habe beim Fahrradfahren immer ein gutes Tempo drauf. Ich will ja schnell irgendwo ankommen.«

»Ach so, ja dann ist alles klar.« Die erste Wasserflasche war leer. Den Schweiß, der ihm von der Stirn lief, wischte er sich provisorisch mit dem Handrücken ab.

»Sollen wir weiter?«, fragte Marc Eisenberg, der ohne einen Schluck Wasser während der Pause auskam.

»Ja, aber bitte etwas langsamer. Wir sind doch nicht auf der Flucht.« Nach einer kurzen Pause fügte er noch hinzu: »Was freue ich mich später auf ein Bierchen, das haben wir uns dann richtig verdient.«

»Auf jeden Fall. Dann greifen wir jetzt die letzten paar Kilometer an. Wenn du eine weitere Verschnaufpause brauchst, musst du dich einfach melden.«

»Mache ich, aber spätestens, wenn du anfängst, Selbstgespräche zu führen, weil ich schon lange zurückgeblieben bin und nicht mehr in deiner Hörweite bin. Dann habe ich vergessen, Bescheid zu geben und mir eine Zwangspause gegönnt.«

»Okay. Ich werde öfters nach dir schauen.«

Die Fahrt ging über zahlreiche Waldwege, leichte Steigungen und an Feldern vorbei. Die Stille tat Marc Eisenberg gut, um seine Seele von den schrecklichen Ereignissen abzulenken. Pascal meldete sich nicht, obwohl seine Beine und Lunge brannten und er eine weitere Pause gebraucht hätte. Doch er wollte Stärke zeigen und nicht schon wieder einfach aufhören zu trampeln. Die Gespräche strengten ihn zusätzlich an. Das Atmen wurde immer schwerer. Durch die Anstrengung hatte er die Orientierung verloren. Er hätte nicht mehr sagen können, wo sie sich befanden. Wie lang würden sie noch fahren müssen? Er hatte absolut keine Ahnung. Eine kleine Brücke in einem Waldpfad zwang die beiden zum Absteigen. Sie schoben die Räder fünf Stufen hoch. Oben auf der Brücke schaute Pascal erst nach links, dann nach rechts und erkannte die Stelle. Er wusste, auf welcher er stand, denn sie lag nur wenige Meter von seinem Campingplatz entfernt. Sie trugen ihre Räder die fünf Stufen von der Brücke herunter und schwangen sich abermals auf ihre Sättel. Jetzt war es Marc Eisenberg, der Pascal hinterherschauen musste; getrieben von der Gewissheit, dass sie gleich zurück waren, gab Pascal noch einmal richtig Gas. Sie hatten es geschafft. Am Wohnwagen angekommen, riss sich Pascal direkt das durchgeschwitzte T-Shirt vom Leib, ging zur Fahrradtasche, holte eine weitere Wasserflasche heraus und leerte sie in einem Zug. »Du hattest ja richtig Durst«, stellte Marc Eisenberg fest, seinen Blick auf die leere Flasche gerichtet.

»Oh, jaaa! Ich bin auch echt froh, wieder hier zu sein.«

»Das hat man auf den letzten paar Metern gemerkt. Die Tour hat mir echt gutgetan.«

»Das ist die Hauptsache. Willst du auch ein Bier?«

»So früh am Tag?«

»Ja, warum nicht? Es ist gut gekühlt und verdient haben wir es uns auf jeden Fall.«

»Ja, gut. Du hast mich überzeugt. Dann bring mir mal eins mit.« Pascal war schon auf den Weg zum Kühlschrank, riss ihn auf, steckte seine Hand hinein und holte zwei Flaschen Bier heraus. Er öffnete sie mit einem Feuerzeug und reichte seinem Freund eine. Sie stießen auf die erfolgreiche Tour an.

Die Flaschen klirrten. Pascal zog das Bier genauso schnell leer wie das Wasser. Marc Eisenberg trank genüsslicher, dabei hatte er den Blick auf die Nachbarn gerichtet.

Melanie zog sich einen Jogginganzug an. Sie wollte nicht weiter in ihrem Zimmer Trübsal blasen, sondern den Tag genießen, auch ohne Essen. Sie flog fast die Treppe herunter, so eilig hatte sie es. In ihrem Kopf drehte sich alles um das Trampolin. Sie rannte an der Küche vorbei. Ihr Blick erfasste die Bruchstücke, daraufhin schweiften ihre Gedanken kurz ab. *Warum liegen da Scherben auf dem Boden?* Mit unverändertem Tempo setzte sie ihren Weg zum Trampolin fort und rief: »Ich gehe nach draußen und mache ein paar Sprünge.« Jenny hörte die Worte ihrer Tochter, doch sie reagierte nicht und starrte die Scherben auf dem Boden an. *Hoffentlich bringen sie schnell Glück.* Geistesabwesend holte sie ein Kehrblech und einen Handfeger. Sie fegte die Scherben zusammen und warf sie in den Mülleimer. Nun bestand keine Gefahr mehr durch die scharfen Scherben. Doch existierte wirklich keine Bedrohung?
Ihr kam ein böser Gedanke – *Mel.*
Sie spurtete nach draußen. Mel wirkte fröhlich und jeder Sprung ließ ihr kleines Herzchen höherschlagen. »Komm sofort darunter!«, brüllte Jenny ihre Tochter an. »Neiiiin«, gab Melanie, ohne die Sprünge zu unterbrechen, zurück, »ich will nicht aufhören.« Jennys Gesicht verzog sich zu einer wütenden Grimasse. Ihr Ton wurde noch unfreundlicher. »Du kommst sofort darunter!«
Es war derselbe barsche Ton wie vorhin. Melanie verlang-

samte ihre Bewegungen. Als die restliche Bewegungsenergie abgefedert war, stieg sie vom Trampolin herunter und fragte ihre Mutter: »Warum soll ich aufhören?« Jenny log ein weiteres Mal, denn über die Angst, ihrer Tochter könnte etwas zustoßen, wollte sie kein Wort verlieren. »Du hast dir das Trampolinspringen durch deine überzogene Aktion vorhin selbst versaut. Einfach so wegzurennen, das war nicht richtig von dir. Und ich bin deine Mutter also musst du auf mich hören.«

»Du hast mich angeschrien; so laut schreit selbst Papa mich nicht an.« Dieser Satz versetzte Jenny einen Stich ins Herz. Sie hatte tatsächlich ihre liebe Tochter angeschrien und das Wort »Papa« erinnerte sie an das gesehene Video und an die Forderung des Erpressers. Sie schluckte kräftig. »Ich werde dich gleich zu Oma bringen!«

»Schon wieder?«

»Ja, schon wieder! Ich muss etwas erledigen und da du nicht artig bist, darfst du auch nicht mit.«

»Das ist unfair.«

Marc Eisenberg entspannte sich. Pascal hatte recht, schön gekühlt war das Bier eine wunderbare Erfrischung. Die halbe Flasche war geleert, als erneut sehr lautes Gebrüll von nebenan die Ruhe störte.

»Oh Mann, da ist ja schon wieder was los. Liegt das irgendwie an mir? Wenn du sagst, dass die Familie sonst eher ruhig ist.«

»Nein, es kann ja nicht an dir liegen. Aber irgend-«

Marc Eisenberg unterbrach ihn: »Daran habe ich auch nicht

wirklich geglaubt. Entschuldigung ich habe dich unterbrochen.«

»Schon gut. Aber irgendwas scheint da zurzeit nicht in Ordnung zu sein. So laut sind die Goblins sehr selten. Das Geschrei hört man deutlich bis hier. Das ist sehr ungewöhnlich.«

»Weißt du was, ich gehe mal rüber und frage, was da los ist. Das Gebrüll kann ja auch nicht gut für das Kind sein.«

»Gute Idee«, stimmte ihm Pascal zu.

Marc Eisenberg hatte keinen weiteren Schluck von seinem Bier genommen, denn er wollte keine Fahne haben, wenn er mit der fremden Frau sprach. Der Weg zog sich und mit jedem Schritt überlegte er, mit welchen Worten er anfangen sollte. Er hatte die Einfahrt erreicht, als er leise eine zierliche, weibliche Stimme vernahm. »Muss ich wirklich zu Omi? Es ist so schönes Wetter und ich will lieber draußen sein.«

»Das hättest du dir eher überlegen sollen. Ich bringe dich da jetzt hin. Keine Widerworte.«

Marc Eisenberg erhöhte sein Tempo, doch die Stimmen waren nicht mehr zu hören, stattdessen erwachte in einiger Entfernung ein Motor zum Leben. Zwanzig Sekunden später raste ein Opel Corsa an ihm vorbei. Er erhaschte einen flüchtigen Blick auf die Insassen. Eine normal gebaute Blondine mit Pferdeschwanz saß am Steuer und eine kleinere Ausgabe mit verschränkten Armen vor der Brust hockte auf dem Beifahrersitz. Er trat den Rückweg an.

Vier Minuten später war er da, wo er vorhin sein Bier genossen hatte. Seine halb geleerte Flasche stand noch auf dem Tisch. Er setzte sich auf den Stuhl, als Pascal mit einem weiteren Bier aus dem Wohnwagen kam. »Oh, schon wieder da? Das ging ja schnell!«

»Bevor es überhaupt angefangen hat, war es auch schon zu Ende. Als ich gerade die Einfahrt erreicht habe, kam mir ein Auto entgegen.«

»Das ist ja doof. Wird das Gebrüll weiter gehen?«

»Ich weiß es nicht, aber die Tochter schien wenig erfreut über die jetzige Situation. Sie schaute sehr grimmig und hatte ihre Arme verschränkt.«

»Wir werden es wohl abwarten müssen. Willst du auch noch ein Bier?«

»Nein, danke. Mir reicht mein Angefangenes.«

»Okay. Aber du hast hoffentlich nichts dagegen, wenn ich mir noch eins gönne?«

»Nein. Du hast es dir verdient.«

Kapitel 13

Flugplatz Borkenberge, 11. Juli 2016

Grauer Asphalt kam näher und näher, als Paul Wright seine Augen öffnete. Es ruckelte leicht und der Landeanflug auf den kleinen Sportflughafen begann. Dieser diente sonst als Start- und Landeplatz für Sport- und Segelflugzeuge, doch Paul Wright war es egal. Er wollte schnell zu seiner erworbenen Immobilie und da bot sich der nah gelegene Flugplatz an. Sein Pilot hatte sich in der Luft um die nötigen Vorkehrungen gekümmert. Somit war es möglich, dass die Räder des Privatjets hier und jetzt den Asphalt berühren durften. Der Pilot bremste den Privatjet stark ab und die Landebahn reichte gerade so aus, um das Flugzeug heile zum Stehen zu bringen. Die Seitentür wurde entriegelt und herunter geklappt, damit Paul Wright es verlassen konnte. Gerade nachdem er mit beiden Füßen den Asphalt berührte, öffnete sich die Heckklappe des Privatjets. Paul Wright ging zur geöffneten Klappe und blickte auf seinen rubinroten Mercedes Benz SL63 AMG. Ein Auto mit enormer Kraft. Trat man auf das Gaspedal, peitschte die Entschlossenheit des Wagens einen von null auf hundert in 4,6 Sekunden. Die Halterungen des Fahrzeuges wurden von seinem Piloten gelöst und entsichert. Paul Wright sprang entschlossen in sein Auto, startete den Motor und fuhr rückwärts von der Ladefläche. Die Zuschauer auf dem Flugplatz beobachteten dieses Schauspiel intensiv. Der Motor des Mercedes brummte kräftig vor sich hin, während Paul Wright die Adresse der Immobilie ins eingebaute Navigationssystem eintippte. Fünfzehn Minuten später ertönte eine Stimme: »Sie haben ihr Ziel erreicht«. Paul Wright stieg aus seinem Mercedes und schaute sich um. Von der außergewöhnlichen Konstruktion war er total begeistert. Es sah genauso aus wie auf den Bildern des Exposés. Das riesige Stahlgerüst hatte die Form eines Geckos. Der Schwanz ragte imposant in die Höhe. Er stieß einen gewaltigen Freudenschrei aus. Eine gute Investition, wie er fand, doch am liebsten hätte er das Gebäude von innen begutachtet, aber er hatte vergessen, sich die Schlüssel geben zu lassen. Offiziell würde die Schlüsselübergabe erst bei endgültiger Transaktion vonstattengehen. Er lugte durch die Fenster, um einen Blick ins Innere zu werfen. Leider fiel nicht genug Licht ein, um mehr zu erkennen. Er umrundete das Gebäude, entdeckte eine Tür und versuchte sein Glück – sie sprang auf. Hatten sich Obdachlose oder Vandalen hier breitgemacht? Selbstbewusst trat er ein. Seine Füße trugen ihn immer weiter ins Gebäude. Plötzlich blieb er stehen. Ein bestialischer Gestank lag in der Luft. Er hielt seine Hand vor Mund und Nase und mit jedem Schritt wurde der Geruch intensiver. Wonach roch es nur? Pisse? Nein, es roch stärker. Einen Würgereflex konnte er inzwischen nicht mehr zurückhalten. Am liebsten wäre er zurückgegangen, doch seine Neugierde wuchs und so lief er weiter, um den Ursprung des Gestankes ausfindig zumachen. Er hatte fünfundzwanzig Meter hinter sich, als ein großer blauer Regenwasserbehälter mit einem Schnappverschluss in sein Sichtfeld kam. Der Gestank war mittlerweile unerträglich geworden.

Er fasste all seinen Mut zusammen und öffnete den schief

verschlossenen Deckel. Plötzlich – flogen ihm zig Fliegen aus dem Inneren entgegen. Er zuckte reflexartig zurück. Er hatte die Quelle des Gestanks gefunden. Er riskierte einen Blick in den Behälter, erschrak, schaute noch mal hinein und übergab sich. Der Blick, auch wenn er nur kurz war, hatte ausgereicht, um alles zu sehen: einen Torso mit vorhandenem Kopf, abgetrennte Gliedmaßen und Insekten – sehr viele Insekten. Seine Füße bewegten sich langsam zurück, um Abstand zu gewinnen. Automatisch wurde er immer schneller, fiel rückwärts auf den Boden, stieß sich das Steißbein, rappelte sich wieder auf und rannte jetzt noch schneller zur Tür, die nach draußen führte. Als er sie erreicht hatte und nach draußen trat, sog er gierig die Frische ein, während sein Kopf versuchte, einen klaren Gedanken zu formen. Sollte er die Polizei anrufen? Beging er nicht selbst Hausfriedensbruch? Oder gehörte die Immobilie ihm offiziell schon? Wusste der Verkäufer von der Leiche? Mit den vielen Fragen in seinem Kopf holte er sein Handy hervor und wählte den Notruf.

Kapitel 14

Dülmen, 11. Juli 2016

Es klopfte mehrmals kräftig am Eingang, obwohl die Klingel voll funktionsfähig war. Gerlinde erhob sich schwerfällig von der bequemen, alten Couch, ging zur Tür und wollte gerade öffnen, als von draußen jemand schrie: »Mutter, bist du da? Mach doch auf, wenn du da bist!«

»Ja, ja, ich komm doch schon! Ich bin halt nicht mehr die Schnellste in meinem Alter.«

»Jetzt mach hin, ich habe nicht ewig Zeit«, drängelte Jenny ungeduldig.

Gerlinde öffnete die Tür und schaute in zwei gestresste und schlecht gelaunte Gesichter. »Was ist denn so dringend?«, fragte sie, den Blick hin und her schwenkend.

»Ich muss dir Mel noch mal hier lassen. Ich muss etwas sehr Wichtiges erledigen.«

»Was musst du denn erle-«

Jenny unterbrach sie und redete einfach weiter: »Ich habe auch keine Ahnung, wie lange es dauern wird, aber ich beeile mich. Also machst du das? Danke.«

»Ich habe doch noch gar nicht ›ja‹ gesagt«, sagte ihre Mutter, obwohl es keinen Unterschied machte, da Jenny sich schon zum Gehen umgedreht hatte und Mel einfach stehen ließ. Gerlinde schaute verdutzt ihrer Tochter hinterher.

»Ich habe keine Ahnung, was mit Mama los ist«, wandte Mel sich an ihre Oma, »ich weiß nur, dass sie komisch geworden ist und in der letzten Zeit immer mehr Papa ähnelt.«

»Dann komm erst mal rein. Wir werden den Tag schon gemeinsam über die Runden bekommen. Wir können Spiele spielen oder auch einfach nur fernsehen, wenn dir danach sein sollte.«

»Ach Oma, das ist lieb, aber eigentlich wäre ich bei diesem tollen, sonnigen Wetter lieber draußen auf dem Trampolin.«

»Das verstehe ich, nur geht das leider nicht. Ich habe hier kein Trampolin für dich.«

»Ich weiß, Oma.«

Jenny fuhr mit ihrem Opel Corsa in Richtung Innenstadt, dabei war sie so fokussiert, dass sie einen Radfahrer übersah. Dieser konnte rechtzeitig bremsen und rief ihr wilde Beschimpfungen hinterher. Auch die Vorfahrtsregel ignorierte sie, denn sie blickte noch nicht mal im Ansatz nach rechts; ein lautes Gehupe ertönte, und Autoreifen quietschten. Der Fahrer des Wagens gestikulierte wild, doch das interessierte sie überhaupt nicht. Ihr Fokus galt der Bank.

Drei Minuten später stand sie an der Eingangsschranke des Overberplatzes, drückte einen Knopf und ein Parkticket kam heraus. Sie nahm es an sich, fuhr weiter und stellte ihren Opel Corsa auf einen freien Parkplatz ab. Jenny atmete einmal kräftig, stieg aus und ging zu ihrer Bank. *Ich muss die 133.212 Euro und die vier Goldbarren holen*, dachte sie total vertieft. Die Kundenschlange war kurz. Es waren nur drei Kunden vor ihr. Die Wartezeit kam ihr unerträglich lang vor. Es fühlte sich an, als hätte sie Stunden gewartet. Dann war es endlich so weit und sie war an der Reihe. Sie rückte zum Schalter vor.

»Hallo, ich bin Frau Goblin. Ich habe ein Anliegen.«

»Hallo, Frau Goblin, wie kann ich Ihnen behilflich sein?«

»Ich möchte, das komplette Geld vom Konto abheben!«

»Haben Sie Ihre Kontonummer dabei?«, fragte die Mitarbeiterin, ohne mit der Wimper zu zucken.

Jenny klappte ihr Portemonnaie auf, zog die EC-Karte heraus und legte sie der Angestellten hin. Sie nahm die Karte und tippte die Kontonummer in den PC ein. Der aktuelle Kontostand zeigte ein Vermögen von 133.212 Euro an. Die Angestellte schaute noch einmal auf den PC, ob sie den Betrag auch richtig gelesen hatte, und drehte sich danach zu Frau Goblin. »Sind Sie sicher, dass Sie wirklich alles Geld abholen wollen. Das ist ziemlich viel.«

»Ja, ja, ich bin mir total sicher. Ich möchte das komplette Geld vom Konto abheben.«

»Denken Sie bitte an eventuelle Rechnungen oder Versicherungen, die bezahlt werden müssen, und wenn das Konto leer ist, gehen Sie ins Minus und müssen einen Überziehungskredit bezahlen.«

»Schon klar. Ist mir aber egal. Ich brauche das Geld dringend!«

»So einfach ist es leider nicht, eine so große Summe abzuheben, dass benötigt einige organisatorische Maßnahmen.«

»Waaas? Ich brauche es sofort!« Ihre Tonlage wurde immer aggressiver und wütender.

»Ich werde mein Bestes für Sie tun, damit Sie schnell an Ihr Geld kommen. Haben Sie noch weitere Wünsche?«

»Ja, das Schließfach möchte ich auch leer räumen. Sagen Sie mir nicht, das benötigt auch organisatorische Maßnahmen.«

»Nein. Über Ihr Schließfach können Sie jederzeit verfügen.«

»Geht doch! Dann würde ich es schon einmal leer räumen.«

»Sind Sie mit unserer Bank unzufrieden?«, fragte die Angestellte nach, die weiterhin ruhig blieb.

»Das ist meine Sache. Also können wir weiter machen. Ich habe es eilig.«

»Ja, können wir. Haben Sie den Schlüssel zum Öffnen des Schließfachs mit?« Jenny stockte. Hatte sie den Schlüssel mit? Oder lag er zu Hause? Sie kramte wild in ihrer Handtasche, bis sie ihren Schlüsselbund in der Hand hielt. Sie schaute sich die einzelnen Schlüssel an: Autoschlüssel, Haustürschlüssel, Postkastenschlüssel, Fahrradschlüssel und ein weiterer – der Schließfachschlüssel. Erleichterung machte sich bei ihr breit. Die Angestellte nickte zufrieden und geleitete Jenny zum Schließfachraum. Der Raum befand sich im Keller und ein Licht an der Decke flackerte unkontrolliert. In diesem Moment schossen ihr wieder die Bilder des kleinen Videos durch den Kopf. Sie sah die Hand, das Blut und den abgeschnittenen Finger. »Ja, ich hole es doch.«

»Haben Sie etwas gesagt?« Irritiert drehte sich Jenny zur Mitarbeiterin um und sagte: »Ich, habe nichts gesagt.«

»Dann habe ich mich wohl verhört.« Die Angestellte schloss den Raum auf und Jenny trat ein. Schnurstracks ging sie zum Schließfach 1345 und öffnete es. Das glänzende Edelmetall strahlte sie an. Barren für Barren wanderte in einen – von Jenny mitgebrachten – Stoffbeutel. Durch die vier Kilogramm in ihrer rechten Hand hatte sie beim Verlassen des Raumes leichte Schlagseite. *Das Gold habe ich, aber mir fehlt das Bargeld.* Die Angestellte ließ sich die Entnahme dokumentieren. »Ich brauch ihren Personalausweis für den letzten Abgleich.« Jenny wühlte abermals in ihrer Handtasche, fand zügig ihr Portemonnaie und gab der Frau die kleine Karte. Die Angestellte verglich die Unterschrift im Entnahmebuch mit der Signatur auf dem Personalausweis. Sie waren identisch. Die Mitarbeiterin schloss den Raum ab und gemeinsam gingen sie wieder hoch. Im öffentlichen Bereich der Bank fragte die Angestellte: »Möchten Sie einen Teil des Bargelds heute schon mitnehmen oder reicht es Ihnen, wenn das Geld morgen bereit liegt?«

Jenny wirkte mit der Frage etwas überfordert und sie konnte sich nicht richtig entscheiden. »Ähm ... ich würde schon gerne ... also nein eigentlich doch nicht. Doch zahlen Sie mir lieber so viel Geld aus, wie es möglich ist.«

»Okay, das wären dann 15.000 Euro. Die restlichen 118.212 Euro liegen dann morgen in der Filiale bereit.«

»Okay, dann werde ich morgen noch mal vorbeikommen müssen.«

Die Bankangestellte zahlte ihr die 15.000 Euro in bar – in verschiedenen Scheinen – aus. Auf eine Bitte von Jenny wurde das Geld in einen Briefumschlag gesteckt. Dieser Umschlag landete in ihrer Handtasche. Viele Blicke von weiteren Bankkunden fielen auf die Stofftasche, in der sich ein undeutlicher gelber Schimmer abzeichnete. Zusammen mit den Goldbarren und dem Bargeld verließ Jenny mit schnellen Schritten die Bank. Sie hatte panische Angst überfallen zu werden, dann könnte sie die Forderungen nicht mehr erfüllen und für Pierre wäre alles aus. *Ich hätte einen Rucksack nehmen sollen, anstatt so einen doofen Stoffbeutel.* Sie fühlte sich unwohl und beschleunigte ihre Schritte zum Auto. Es waren nur noch wenige Meter bis zum sicheren Ziel, da berühre sie eine Hand von hinten an der linken Schulter. Jenny zuckte kräftig zusammen. Ihre Beine fühlten sich an wie Pudding. Sie überlegte kurz, ob sie dem Angreifer einfach mit der Tasche voller Gold vor den Kopf schlagen sollte. Doch es war zu spät. Sie hatte sich schon umgedreht und schaute nun einem bärtigen Mann direkt ins Gesicht.

»Hallo Jenny, erkennst du mich noch?«, kam es undeutlich wie in Trance zu Jenny herüber. Sie realisierte die Worte kaum, dann fragte sie jedoch: »Marco?«

»Du weißt also doch noch, wer ich bin.«

»Du hast mir einen riesigen Schrecken eingejagt! Mich einfach so von hinten anzufassen. Das war ganz schön gemein.«

»Oh, das tut mir leid! Ich wusste nicht, dass du so vertieft warst. Nur du solltest etwas aufmerksamer sein, wenn du deinen Reichtum so offen durch die Stadt trägst.«

»Ist das wirklich so auffällig?«

»Also jeder Mensch, der etwas genauer hinschaut, könnte erahnen, was du da herumträgst. Doch wieso schleppst du überhaupt Goldbarren hier durch die Stadt?«

Jenny wollte diese Frage erst gar nicht beantworten, doch sagte sie: »Na ja, Pierre meinte, die Banken wären nicht mehr sicher genug, deswegen sollte ich das Gold mal aus der Bank holen.«

»Auf so einen Trichter kommt Pierre, das hätte ich ihm gar nicht zugetraut. Ich vertraue den Banken schon lange nicht mehr. Ich würde gerne noch länger mit dir quatschen, aber ich muss wieder zur Arbeit. Also bestell Pierre »schöne

Grüße« von mir und er kann sich gerne mal wieder bei mir melden.«

Jennys Anspannung verflog mit einem Schlag. Die Lüge war ein Volltreffer und sie war entspannter, als sie sagte: »Ich richte Pierre alles aus. Ich wünsche dir noch einen schönen Tag.«

»Danke. Ich dir auch!«

Bei den letzten Schritten zum Auto drehten sich ihre Gedanken nur noch um Pierre. *Wie geht es ihm wohl? Tue ich alles Mögliche für ihn? Kann er mir jemals den Verlust seines Fingers verzeihen? Kommt er frei, wenn ich das Geld und Gold bezahlt habe?* Die innere Ungewissheit quälte sie. Sie verstaute den Stoffbeutel mit den Goldbarren im Kofferraum. Die Handtasche mit dem Umschlag voller Geld legte sie auf den Beifahrersitz. Dann fuhr sie los.

Kapitel 15

Ein aufgebrachter Anrufer, der am Telefon kaum einen klaren, vollständigen Satz hervorbringen konnte, versetzte die Polizeiwache Dülmen in große Aufruhr. Worte wie »verstümmelt«, »Maden« und »bestialischer Gestank« ließen den Beamten am Apparat genau hinhören. Die Frage nach dem Wo, beantwortete der Anrufer mit einer auffälligen Beschreibung des Gebäudes. Es war sofort klar, wo sich der aufgeregte Mann befand. Direkt wurden zwei Beamte losgeschickt, um die Situation vor Ort zu begutachten. Die Fahrt vom Polizeirevier zum Gecko dauerte sieben Minuten. Als die Beamten langsam mit ihrem Auto näher kamen, sahen sie einen Mann auf dem Boden sitzen; seine Arme umschlungen die an den Körper gezogenen Beine. Das Handy lag neben ihm auf dem Boden.

»Hallo, haben Sie gerade bei uns angerufen?«

Der Mann nickte.

»Wie heißen Sie?«

Sie erhielten keine Antwort. »Können Sie uns wenigstens sagen, was passiert ist?«

Paul Wright schüttelte leicht den Kopf.

»Können Sie uns sagen, wo wir die Leiche finden?« Der Mann zeigte auf eine Tür. Die Beamten realisierten, dass er wohl aufgrund der Ereignisse nicht mehr in der Lage war zu sprechen. Sie folgten der Richtung, in die der Finger zeigte und betraten das Gebäude. Es roch nach Verwesung. Die

Beamten ließen sich nicht beeindrucken und liefen weiter hinein. Der Gestank wurde mit jedem Schritt intensiver und löste leichte Würgereflexe bei ihnen aus. Sie erreichten mit einer Hand über Mund und Nase die Quelle des Geruchs, beugten sich über die Regentonne und schauten hinein. Sie erblickten einen Torso mit vorhandenem Kopf, abgetrennte Gliedmaßen und Insekten. Diese verstümmelte, stinkende Leiche bot einen grausamen Anblick. Die Beamten entschieden sich dazu, umzukehren und Verstärkung zu rufen.

Es dauerte einige Minuten, bis es von Einsatzkräften wimmelte; das ganze Gebäude wurde abgesperrt und es herrschte viel Trubel. Viele Befehle flogen durch die Luft. Paul Wright stand weiterhin unter Schock, doch man versuchte, ihn zu beruhigen. Es wurden mehrere Fotos vom Tatort geschossen, Spuren gesichert und Anstalten gemacht herauszufinden, um wen es sich bei dem Toten handelte. Fragen nach seiner Anwesenheit ließ Paul Wright unbeantwortet, sowie alle anderen auch. Die Beamten der Spurensicherung arbeiteten auf Hochtouren. Sie inspizierten die Leiche genau. In ihren weißen Overalls und den Handschuhen sahen sie aus wie Menschen, die mit gefährlichen Chemikalien zu tun haben. Einige Zeit später war der Befund des Tatorts abgeschlossen. Die erkennbaren äußerlichen Schäden an dem Leichnam waren: Abgetrennte Gliedmaßen, verätzte Augen und ein fortgeschrittener Verwesungsprozess. Sie ließen keine Rückschlüsse auf die Identität des Toten zu. Die Gliedmaßen und der Torso mit Kopf wurden abtransportiert. Ein Beamter notierte sich die Personalien von Paul Wright und sagte ihm, dass er sich für eine weitere Befragung parat halten soll. Paul

Wright nickte ganz kurz. Es herrschte allgemeine Aufbruchs-
stimmung, denn die Polizisten und die Mitarbeiter der Spurensicherung fingen langsam an den Tatort zu verlassen. Für
den Moment war vor Ort alles erledigt, was zu erledigen war.
Weitere Informationen würde eine ausführliche Obduktion
bringen.

Paul Wright hatte sein Handy wieder eingesteckt und kramte nach seinem Autoschlüssel, fand ihn, doch seine Hände
zitterten so sehr, dass der Schlüssel zu Boden fiel. Er hob ihn
auf und betätigte die Zentralverriegelung seines Mercedes.
Er stieg ein, wollte den Schlüssel ins Zündschloss stecken,
doch durch das nicht aufhörende Zittern verfehlte er es und
er fiel in den Fußraum. Paul Wright atmete tief durch, ließ
ihn liegen, sank bedächtig auf den Sitz und schloss die Augen. Atmete tief ein. Aus. Wieder ein. Aus. Er versuchte, sich
selbst zu beruhigen, schaffte es allmählich, dass seine Hände
ihm wieder besser gehorchten. Er streckte seine rechte Hand
nach unten in den Fußraum, hob den Autoschlüssel auf und
wagte einen neuen Versuch. Dieses Mal traf er das Zündschloss. Eine kleine Umdrehung später, erwachte der kraft-
volle Motor zum Leben. Das laute Blubbern beruhigte ihn.
Doch zum ersten Mal in seinem Leben war er nicht mehr
selbstbewusst.

Kapitel 16

An diesem Samstagmorgen herrschten milde Frühtemperaturen und eine dichte Wolkendecke bedeckte den Himmel. Die Wettervorhersage vom Vortag hatte Temperaturen um die zwanzig Grad Celsius angekündigt. Es waren die besten Bedingungen für das Spiel SG Borken gegen DJK Coesfeld, welches um 14:00 Uhr beginnen sollte. Der junge Superstar des SG Borken wurde sanft von seiner Mutter geweckt. Es war inzwischen 10:00 Uhr morgens und das reichhaltige Frühstück war schon in der Küche aufgetischt. Es standen Brötchen, Eier, Nougataufstrich und Kakao bereit. Der kleine Star schälte sich langsam aus dem Bett, zog sich an und schlürfte in die Küche. Sein Vater saß mit einer Zeitung in der Hand am Tisch. Als sein Sohn hereingeschlurft kam, legte er sie zur Seite und begrüßte ihn euphorisch: »Da ist ja mein Sohn, der Torjäger!«

Der Sohn reagierte nicht darauf, sondern setzte sich an den gut gedeckten Tisch, trank einen Schluck Kakao und griff nach einem Brötchen. Es wurde ausgiebig über das bevorstehende Spiel philosophiert, wobei sich die Mutter zurückhielt. Sie meldete sich das erste Mal, als sie zur Uhr schaute. »Es ist ja schon elf Uhr.« Das hieß: Der kleine Star musste so langsam seine Sporttasche packen, da der Treffpunkt für 12:30 Uhr angesetzt war. Die Mutter räumte den Küchentisch ab; der Vater verschwand nach draußen, und der Junge ging in sein Zimmer. Er packte seine Schienbeinschoner, Fußballschuhe, Handtücher, Wechselklamotten und seinen Glücksbringer – der am allerwichtigsten war – ein. Die restliche Zeit verbrachte er mit Üben an der Commodore C64. Mit seinen vierzehn Jahren spielte er schon sehr gut, traf regelmäßig das Tor, was der Grund für den erfreulichen Tabellenplatz seiner Mannschaft war. Er steuerte gerade einen Stürmer und war kurz davor ein Tor zu schießen, als sein Vater hereinkam und ihm erklärte, dass er die Partie abbrechen müsse, da es Zeit wurde, zum Sportplatz zu fahren. Der Junge beendete widerwillig das Spiel. Er hätte zu gerne die Partie zu Ende gespielt, doch das Duell gegen DJK Coesfeld war wichtiger. Mit der Sporttasche in der Hand folgte er seinem Vater zum Auto. Er schmiss die Tasche in den Kofferraum und stieg zu seinem alten Herrn ins Fahrzeug. Sie fuhren zwölf Minuten bis zum Sportplatz des SG Borken. Dort angekommen, wurde fleißig diskutiert, welcher Junge, in welchem Auto mitfährt. Man konnte sich schließlich einigen und so ging es in einer Kolonne zum Auswärtsspiel nach Coesfeld. Alles verlief planmäßig. Die Jungen zogen ihre Trikots in den Kabinen an und stürmten hoch motiviert auf den Platz. Die Sonne strahlte und die Temperaturen stiegen auf die vorhergesagten zwanzig Grad Celsius. Die Mannschaften wärmten sich auf. Dann bat der Schiedsrichter die Teams zur Mitte des Platzes. Alle Anwesenden brannten auf diese Partie.

Der junge Star bildete die einzige Spitze des SG Borken. Zum Glück hatte er in der Kabine einen langen, ausgiebigen Blick auf seinen Talisman werfen können. Bei den ersten paar Malen wurde er von seinen Kameraden belächelt und verspottet. Sie hatten zu ihm gesagt: »Du bist doch viel zu alt für so was! Das ist etwas für Kleinkinder!« Doch es interessierte ihn nicht und als seine Kameraden merkten, dass der Talisman tatsächlich Glück brachte, hörten die Verspottungen auf. So sollte auch heute der Talisman – eine kleine Clownsfigur – Wunder bewirken. Das Spiel nahm schnell Fahrt auf. Coesfeld ging früh in Führung. Borken hatte zu diesem Zeitpunkt keine einzige Chance gehabt, denn der kleine Star fand überhaupt nicht ins Spiel, er lief ohne groß aufzufallen herum; seinen Vater ärgerte das und er machte sich mit Rufen vom Seitenrand bemerkbar. »Denk dran, du schaffst das! Komm du schaffst das! Streng dich an!«

Doch die Rufe verfehlten ihre gewünschte Wirkung und das Gegenteil passierte, denn Coesfeld schoss ein weiteres Tor. Der Schiedsrichter erlöste Borken und pfiff zur Halbzeit. Der enttäuschte Vater stürmte zu seinem Sohn, packte ihn bei den Schultern und wiederholte seine Anfeuerung eindringlicher: »Los Junge, du schaffst das! Ich weiß es! Und du weißt es auch. Also immer wenn du den Ball bekommst, denkst du nur daran, dass du es schaffst, ein Tor zu schießen. Hast du das verstanden?«

»Ja, Papa! Ich muss nur daran denken, dass ich es schaffen kann.«

»Genau Junge. Jetzt zeig' den Leuten, was du kannst. Ich glaube an dich!«

Die zweite Halbzeit wurde angepfiffen. Die Mannschaft aus Coesfeld drückte auf das dritte Tor; der Angriff konnte in letzter Sekunde abgewehrt werden. Der Ball wurde von einem Verteidiger des SG Borken nach vorne geschossen. Der kleine Star sah ihn in der Luft fliegen und rannte entschlossen auf ihn zu. Das Leder tickte einmal, zweimal. Der kleine Star war zur Stelle, nahm ihn mit der Brust an, rannte los, vorbei am ersten Verteidiger, am zweiten, den herauskommenden Torwart umkurvte er mit seinem Geschick, und netzte den Ball zielstrebig ein. SG Borken hatte den Anschlusstreffer gemacht. Die Mannschaft verspürte neuen Mut. Die weiteren Anfeuerungen der Eltern an der Seite, stachelten die Kicker mehr und mehr an. Ein erneuter Pass zum kleinen Star, dann eine brutale Grätsche des Gegners, doch der Ball war schon zuvor von dem kleinen Star abgespielt worden, somit konnte er über die ausgestreckten Beine springen. Als er wieder Boden unter den Füßen hatte, kam der Pass von seinem Mitspieler in seinen Lauf. Mit dem Ball am Fuß und den Worten »Du schaffst das, glaube an dich« im Kopf sprintete er unaufhaltsam aufs gegnerische Tor zu. Ein satter Flachschuss – unhaltbar für den Torwart – traf zum Ausgleich. Eine spannende Schlussphase begann mit Chancen auf beiden Seiten. Die Eltern fieberten eifrig mit. Kurz vor Schluss bekam der kleine Star erneut den Ball und trickste einige Gegenspieler aus. Er war fest entschlossen. Er wollte den Sieg. Die Verteidiger ließ er hinter sich und rannte unbeirrt weiter. Er wurde verfolgt. Der Torwart kam heraus, machte sich groß, doch der kleine Star lupfte den Ball elegant über ihn. Der Abstand zwischen ihm und der Torlinie betrug keine fünf Meter, es war so gut wie geschafft. Er holte aus, nahm Maß, kam ins Stolpern, traf den Ball und der Schuss bahnte sich seinen Weg – Latte. Er hatte das entscheidende Tor verfehlt, doch der Abpfiff ertönte noch nicht. Ein Mitspieler war den Weg mitgegangen und traf den von der Latte abprallenden Ball mit dem Kopf. Der Torwart hechtete nach dem Leder. Verfehlte es. So rollte der Ball schließlich über die Torlinie. 3:2 für SG Borken. Der Pfiff, der nach dieser Aktion ertönte, beendete die Partie und die Eltern der Gewinnermannschaft freuten sich tierisch. Der kleine Star war zu gleichen Teilen erfreut und deprimiert. Er hatte zwei sensationelle Tore geschossen, aber auch fast den entscheidenden Treffer vergeben. Es war Glück, dass der Ball genau zu einem Mitspieler kam. Sein Glücksbringer hatte wieder beste Arbeit geleistet.

Kapitel 17

Orientierungslos saß der Mann festgeschnallt auf dem Stuhl. Er verspürte ein gewaltiges Pochen. Zu gern hätte er sich gekratzt, um zu spüren, woher es kam, doch dies war nicht möglich. Seine Kehle war trocken und er hatte gewaltigen Durst. Die Gier nach Wasser war unerträglich. Er horchte in den Raum hinein, konnte aber nichts Auffälliges vernehmen, schloss die Augen, um die Ereignisse Revue passieren zu lassen. Bruchstücke der Geschehnisse blitzten auf, doch ging damals alles viel zu schnell. Wie lange wurde er schon gefangen halten? Stunden? Tage? Außerdem beschäftigte ihn das »Warum«. Er hatte keine Ahnung, wo er steckte, doch der Raum, in dem er sich befand, roch leicht modrig. So vermutete er, dass es sich um eine Art Keller handeln musste. Innerlich versuchte er die Frage, nach dem »Warum« zu beantworten, doch die unerträgliche Stille machte ihm zu schaffen. Er zuckte irritiert zusammen. Störte gerade ein Geräusch die Stille? Er versuchte, sich zu konzentrieren, doch das Pochen trieb ihn in den Wahnsinn. *Ist da jemand?* Oder spielten ihm seine Sinne einen Streich? Liefen hier Ratten herum? Nein, es klang anders, eher so, als würde jemand irgendetwas auf einen Tisch ablegen. Wer war mit ihm im Raum? Sein Retter? Oder sein Entführer? Er versuchte, sich bemerkbar zu machen, aber durch den Sack über seinem Kopf kamen nur undeutliche Worte heraus. Er bemühte sich, verständlich zu klingen. Ohne Erfolg. Seine

Sinne täuschten ihn nicht. Sogar durch den Jutesack konnte er etwas riechen. Es musste jemand in seiner Nähe stehen. Aus heiterem Himmel sprach jemand zu ihm: »Na, ich hoffe doch für dich, dass alles genauso läuft, wie ich es möchte, sonst bekommen wir noch viel Spaß miteinander.« Die Stimme flüsterte zu ihm, doch der Atem roch unangenehm. Der Gefesselte bekam noch mehr Angst. *Was will der Mann nur von mir? Geld?* Während er in seinen Gedanken vertieft war, änderte sich die Situation schlagartig, denn der Sack über seinem Kopf wurde nass. Der Mann schüttete ihm irgendeine Flüssigkeit über den Schädel. Da seine Kehle so gewaltig brannte, sog er sie gierig mit seinem Mund auf. Es schmeckte genau wie Wasser. Konnte das sein? Er sog weiter gierig an dem nass gewordenen Jutesack. Es tat gut. Er horchte erneut in den Raum. Stille. Absolute Stille. War der Mann noch im Raum? Oder war er schon wieder weg? Die Stille beunruhigte ihn und er schrie sich die Lunge aus dem Hals. Der Jutesack verhinderte eine große Geräuschkulisse, somit war er für niemanden zu hören.

Jenny Goblin nahm Kurs auf die Unterkunft ihrer Mutter. Die Fahrt verlief problemlos, denn sie hatte sich konzentriert. Sie blinkte nach links und fuhr auf den kleinen Parkplatz. Es gab noch genügend freie Plätze. Sie stellte das Auto ab, verließ es hastig und drückte auf die Fernbedienung. Lichter signalisierten die einwandfreie Verriegelung. Jenny marschierte zur Tür und klingelte energisch. Sekunden später stand Gerlinde im Türrahmen. »Oh, schon wieder da?« Jenny machte zwei, drei Schritte Richtung Türrahmen und antwortete: »Ja, ich bin schon wieder da. Hast du gedacht, dass ich länger wegbleiben würde?«

»Ja, irgendwie schon. Komm rein, Liebes. Du siehst gestresst aus. Möchtest du einen Tee?«

Jenny nahm das Angebot dieses Mal an und betrat die Wohnung. Es hatte sich seit ihrem letzten Besuch nicht viel verändert. Es hingen immer noch dieselben Familienfotos, mit Pierre, Jenny, Melanie und Gerlinde, an den Wänden. Die Möblierung aus Eichenholz hatte inzwischen eine Lebensdauer von zwanzig Jahren vorzuweisen und auch die graue Couch hatte ihre besten Tage hinter sich. Doch ein moderner Fernseher stand unübersehbar auf einem Schrank gegenüber dem Sofa. Es war zusammen mit der Couch das meist genutzte Inventar in der Wohnung. Mel schaute vom Fernseher auf. Sie sah ihre Mutter, sprang hoch und umarmte sie herzlichst. Jenny fühlte sich in diesem Moment sehr glücklich. »Na, Süße, hast du die paar Stunden bei Oma gut verbracht?«

»Ja, Mama. Es war eine ruhige Zeit. Wir haben etwas Mau-Mau gespielt, aber den größten Teil haben wir gemeinsam ferngesehen. Ich hätte die Zeit aber viel lieber mit Sprüngen auf dem Trampolin verbracht.« Jenny nickte beiläufig, um Verständnis für ihre Tochter auszudrücken. »Vielleicht kannst du ja gleich noch ein paar Sprünge machen, wenn wir zu Hause sind.«

»Oh jaaa, das wäre total toll.«

Jenny und Melanie blieben noch eine Zeit lang. Es gab Tee für Jenny und eine kalte Milch für Mel. Sie tranken gemächlich ihre Getränke. Kurz bevor die Tassen leer waren, bat

Gerlinde Jenny: »Kannst du mir einen Fünfzigeuroschein klein machen? Ich würde Mel gerne zehn Euro geben.«

»Ja, den Schein kann ich dir bestimmt klein machen«, sagte Jenny, während sie an die verschiedenfarbigen Geldscheine aus der Bank dachte. Gerlinde holte einen Fünfzigeuroschein aus dem Portemonnaie. »Hier ist der Schein, den du wechseln sollst. Es ist auch egal wie. Hauptsache ein Zehneuroschein ist dabei.«

»Kein Problem! Ich brauche nur eben meine Handtasche, da habe ich alles drin.« Jenny überlegte kurz, dann fragte sie Gerlinde: »Hast du meine Handtasche gesehen?«

»Nein, habe ich nicht. Aber vielleicht hast du sie im Flur hingehangen?«

»Nein, weggehangen habe ich die Handtasche nicht. Ich habe die immer bei mir.«

»Dann müsste sie doch hier irgendwo sein, oder nicht?«

Mel schaltete sich ins Gespräch ein und sagte: »Mama, du hattest schon bei der Umarmung keine Tasche.«

»Waaas? Wo ist sie dann?«

Es fiel ihr wie Schuppen von den Augen, sie hatte eine Ahnung, wo die Handtasche lag. Es konnte nicht anders sein.

»Mama, ich muss kurz zum Auto. Dort muss ich die Handtasche liegengelassen haben«, entschuldigte sich Jenny und machte sich auf den Weg nach draußen. *Gut, dass niemand weiß, was sich in der Tasche befindet.* Sie lief mit schnellen Schritten zum Auto, erreichte es und blieb abrupt stehen. War das wirklich ihr Opel? Sie hatte es unbeschadet abgestellt, doch jetzt fehlte etwas – die Scheibe der Beifahrertür. Der Großteil der Scherben lag im Inneren des Autos, vereinzelte lagen neben kleinen Blutstropfen auf dem Asphalt. Jennys Handtasche war nirgends zu sehen. »Scheiße! Scheiße! Scheiße! Das darf nicht wahr sein!«, fluchte sie, doch es gab niemanden, von dem sie wahrgenommen werden konnte. Die erste Feuchtigkeit machte sich auf ihrem Gesicht breit. Sie rannte zur Wohnung zurück und stand mit Tränen in den Augen vor ihrer Mutter. »Was ist passiert?«, fragte Gerlinde, die Tränen ihrer Tochter sehend.

»Mein Auto, es wurde ...«, sagte Jenny, nicht im Stande den Satz zu beenden.

»Aufgebrochen?«

»Ja, ja, genau«, keuchte Jenny verheult hervor.

»Das darf doch wohl nicht wahr sein! Und dein Portemonnaie befand sich im Auto?«

»Ja! Es ist eine Katastrophe! Alles ist Weg: Geld, Personalausweis, Kundenkarten, Führerschein.« Jenny heulte immer stärker und sie stand kurz vor einem Zusammenbruch. Als sie ihre Tochter sah, versuchte sie sich zusammenzureißen, doch es gelang ihr nicht.

»Mama, was ist los?«

»Ach, Schätzchen, Mamas Handtasche wurde aus dem Auto geklaut.«

»Oh, das ist natürlich blöd, aber ich bin für dich da.«

»Ja stimmt, Schätzchen. Du bist das Wichtigste in meinem Leben und viel wertvoller als alles andere.«

Es vergingen einige Minuten, bis Jenny sich wieder im Griff hatte, dann rief sie mit dem Telefon ihrer Mutter die Polizei an. Der Beamte am Telefon sagte, dass zwei Kollegen gleich da sein würden, um den Schaden zu begutachten. Acht Minuten später traf der angekündigte Polizeiwagen ein. Die Beamten waren am Parkplatz angekommen und begutachteten die eingeschlagene Scheibe. Die kleinen Blutstropfen auf dem Asphalt übersahen sie. Sie nahmen den Tatbestand auf, machten Fotos und befragten Jenny, was genau geklaut wurde. Ausführlich erzählte Jenny den Polizisten, was sich in der Handtasche befand. Bei der großen Menge Bargeld stutzten die Beamten argwöhnisch. Jenny merkte es und erzählte ihnen ein Märchen, dass ein Kauf eines neuen Autos bevorstand. Die Beamten nickten leicht, notierten weiter jede Einzelheit und fuhren schließlich wieder. Gerlinde kam mit einem Besen und einem Kehrblech nach draußen. »Hier sind so komische rote Flecken auf dem Boden. Ist das Blut?«

»Sieht sehr danach aus. Ich glaube, die Polizisten haben die Flecken gar nicht gesehen. Sie wären eine super Spur zum Täter gewesen. Soll ich die Polizei noch mal an-«. Sie brach die Frage ab. *Pierre!* Die Erinnerung an den Brief ließ sie erschaudern. *Kein Wort zur Polizei, sonst ...* War dieser Fehler das Todesurteil für Pierre? Jenny betete innerlich, dass er unbemerkt blieb.

Gerlinde fegte die Scherben rund ums Auto weg. Auch den Innenraum säuberte sie. Die Scherben landeten im Müll. Gemeinsam liefen sie zurück zur Wohnung, in der Mel weiter den bunten Bildern auf dem Fernseher folgte. »Kann ich noch irgendetwas für dich tun, Jenny?«

»Nein! Ich möchte einfach nur noch nach Hause.«

»Mel, machst du den Fernseher aus? Deine Mutter möchte fahren.« Mel tat es und kam angelaufen. Jenny packte sie grob bei der Hand. Ohne ein weiteres Wort verließen sie die Wohnung und stiegen ins Auto. Melanie hatte es sich auf dem Beifahrersitz bequem gemacht. Sie wunderte sich zwar, dass das Fenster fehlte, doch tat sie so, als würde sie es nicht interessieren. Jenny versuchte, den Rückwärtsgang einzulegen, ihre zitternden Hände erschwerten die Sache erheblich. Als sie rückwärts ausgeparkt hatte und den Opel Corsa vorwärts bewegte, begann eine langsame Fahrt nach Hause. Jenny wollte aufgrund der fehlenden Scheibe nicht so schnell fahren. Der Wind pfiff trotz des geringen Tempos ordentlich. Durch die Brise wurde Jennys Kopf wieder klarer und arbeitete kräftig. *Wo bekomme ich jetzt nur die fehlenden 15.000 Euro her? Wird es der Erpresser überhaupt nachzählen? Vielleicht merkt er es ja gar nicht und wenn er es wahrnimmt, was passiert dann mit Pierre?* Jenny wollte diesen Gedanken nicht weiter ausführen. Sie hatte schreckliche Angst vor den Konsequenzen, da sie wusste, zu welchen Taten der Entführer schon bei Kleinigkeiten wie eine minimale zeitliche Verzögerung im Stande war. Obwohl die Straße außerorts eine Geschwindigkeit von 100 km/h erlaubte, fuhr Jenny nicht schneller als 50 km/h. Es störte sie überhaupt nicht, dass sie selbst von einem Kleinlaster überholt wurde. Nach einigen Kilometern stand ein Ortseingangsschild am Straßenrand. Sie blieb unverändert bei ihrer Geschwindigkeit. Erst als die Zielstraße näher kam, verlangsamte sie das Tempo und bog ohne einen Blinker gesetzt zu haben ab. Ein paar Hundert Meter weiter stellte Jenny den Wagen ab. Er stand keine zwei Sekunden, da schwang die Beifahrertür auf und Mel rannte zum Trampolin. Sie hüpfte ohne Gedanken drauf los. Es machte ihr großen Spaß. Niedergeknickt stieg

Jenny aus dem Wagen, lief zum Haus und schloss auf. Es war inzwischen schon Essenszeit. Sie musste ihrer Pflicht als Mutter nachkommen und Mel etwas zubereiten, wobei sie selbst ein flaues Magengefühl hatte und bestimmt keinen Bissen herunter bekommen würde. Sie ging in die Küche, schaute ins Gefrierfach, in den Kühlschrank und in den kleinen Vorratsschrank. Sie entdeckte eine Dose Ravioli – es war das Lieblingsessen von Mel –, holte sie heraus und öffnete sie mit einem Dosenöffner. Den Inhalt schüttete sie in einen Topf. Dieser fand Platz auf einer aufgedrehten Herdplatte des Ceranfeldes. Jenny rührte regelmäßig im Topf herum, denn die Ravioli sollten nicht anbrennen. Es fing an zu brodeln. Sie schaltete die Herdplatte ab, rief Mel herbei und hob den Topf von der warmen Platte. Sie teilte die Ravioli auf zwei Teller auf, nahm sie in die Hand und lief zum Wohnzimmertisch. Erinnerungen an den Brief ließen Jennys Beine wackelig werden und sie hätte fast die Ravioli im Wohnzimmer verteilt. Zum Glück stand sie nah genug am Tisch, sodass die Teller unsanft auf die Tischplatte krachten. Sie blieben heile. Melanie kam angerannt. Sie hatte Hunger und verschlang das Essen in Windeseile. Jenny hatte bisher nur zwei Bissen geschafft; sie bekam es nicht runter.

»Oh Mama, kann ich noch Ravioli von dir haben?«, fragte Melanie, den Blick auf den Teller ihrer Mutter gerichtet.

»Ja Schätzchen, ich weiß ja, dass es dein Lieblingsessen ist. Ich gebe dir gerne noch meine Portion.« Dass sie es wegen ihres flauen Magengefühls nicht verzehren konnte, verschwieg sie ihrer Tochter. Obwohl Mel eigentlich nie soviel essen konnte, war es bei Ravioli anders. Davon konnte sie nicht genug bekommen. Auf dem Löffel befand sich gerade der letzte Bissen und nach dem Herunterschlucken waren beide Teller leer. Mel wäre am liebsten direkt wieder nach draußen gerannt, um ein paar Sprünge auszuführen, aber mit einem vollen Magen, das wusste sie selbst, war es keine gute Idee. Gesättigt verzog sie sich in ihr Zimmer. Gedankenverloren räumte Jenny die Teller und das Besteck weg. Nachdem die dreckigen Sachen verstaut waren, setzte sie sich an den Küchentisch und klopfte unmotiviert auf ihm herum. Leise Geräusche entstanden, weil Jenny immer wieder ihre Finger auf den Tisch fallen ließ. *Es ist noch nichts passiert. Es wird alles gut.* Es vibrierte in der linken vorderen Hosentasche. *Zum Glück habe ich mein Handy nicht in der Handtasche gehabt.* Sie zog es heraus und schaute auf das Display. Eine neue Nachricht wurde angezeigt.

Doktor Pain: Hoffentlich gab es keine Probleme, um an das Geld zu kommen. Ich freue mich schon sehr darauf! Am liebsten würde ich es persönlich abholen kommen! Grins. Dann müsste ich sie aber leider töten, weil sie mich gesehen hätten. Lach.

Sie wollte gerade zurückschreiben, doch *Doktor Pain* war schon wieder offline. Aufgebracht von dieser Nachricht ging sie nach oben, um nach Mel zu sehen.

Marc Eisenberg hatte den hüpfenden kleinen Zopf zwischen den Bäumen wahrgenommen. Er beschloss, die Familie Goblin erneut zu kontaktieren. Es war leider nicht bei dem einen Bier geblieben, sondern er hatte es auf insgesamt drei Flaschen gebracht. Sein Atem roch nach Alkohol. Trotzdem machte er sich auf den Weg. Wegen der Wärme merkte er den Alkohol schon und nicht jeder Schritt saß perfekt. Die Distanz verlängerte sich ungewollt um einige Meter. Nach einigen Minuten kam die Eingangstür der Familie Goblin in Sicht. Marc Eisenberg checkte noch einmal seinen Atem – nicht gut! Er wollte trotzdem keinen Rückzieher machen, denn er wusste ja, dass die Familie da war. Er stand vor der Haustür und klopfte kräftig gegen die Tür. Der Schlag hallte in seinen eigenen Ohren wieder. Es war ein dumpfer, tiefer Ton.

Jenny hörte ihn. Was war das nur? Klopfte da jemand an die Haustür? Und wenn ja, wer? Sie erinnerte sich an den Text, den sie gerade gelesen hatte und erstarrte zu Eis. Das Geräusch blieb einmalig, doch plötzlich ertönte ein neues. Diesmal lauter und eindringlicher: *Ding Dong.* Es war die Türklingel.

Marc Eisenberg hatte den Klingelknopf anvisiert und einen Volltreffer gelandet. Er konnte den Ton von innen hören. Er lauschte, ob sich etwas tat. Es war kein Laut zu vernehmen.

»Mama, es klingelt, willst du gar nicht öffnen?«, fragte Mel in einem zuckersüßen Ton.

»Ach ne, lieber nicht! Es sind bestimmt irgendwelche ungebetenen Vertreter oder die Zeugen Jehovas.«

»Aber wenn es Papa ist?«

Bei diesem Satz zuckte Jenny innerlich zusammen. *Papa kann es nicht sein. Er ist gefangen genommen worden und wenn ich keine 15.000 Euro beschaffe, kommt er eventuell nie mehr zurück.* Die aufkommende Unruhe verbarg sie gegenüber ihrer Tochter geschickt und antwortete: »Papa hat selbst einen Schlüssel und würde nicht klingeln.«

»Natürlich! Wie konnte ich das nur vergessen? Ich kann mich auch nicht daran erinnern, wann Papa das letzte Mal geklingelt hat.«

»Dann müssen wir auch nicht runter gehen. Diejenigen werden gleich wieder gehen«, sagte Jenny, während sie näher an Mel heranrückte, um ihre Unbeschwertheit zu spüren.

Marc Eisenberg klingelte ein zweites Mal. Der Ton ertönte, doch abermals geschah nichts. Er fasste einen Entschluss, denn er war sich sicher, dass Familie Goblin zu Hause sein musste, da der Opel Corsa vor der Tür stand und er zudem das kleine Mädchen auf dem Trampolin gesehen hatte. Oder spielten ihm seine Sinne schon nach drei Flaschen Bier einen Streich? Er fing an, das Haus zu umrunden. Er hoffte auf irgendeine Bewegung im Inneren des Hauses.

Jenny schaute gerade aus dem Fenster, als sie eine herumschleichende Person sah. Sie nahm Mel an die Hand und entfernte sich mit ihr von der Öffnung. Leider war die Person nicht deutlich zu erkennen. Sie überlegte, die Polizei anzurufen, entschied sich jedoch dagegen, weil sie nicht einschätzen konnte, was so ein Handeln für Pierre bedeuten würde. Sie konnte und wollte den Mann nicht weiter beobachten, da sie Angst hatte, entdeckt zu werden.

Marc Eisenberg lugte von außen durch die Fenster, die nicht von Jalousien bedeckt waren, ins Innere. Er konnte nur schemenhaft das Inventar erkennen. Nach sechsminütigem Herumschnüffeln brach er die ganze Sache ab und machte sich erfolglos auf den Rückweg zum Campingplatz. *Wie heißt es so schön: Alle guten Dinge sind drei!*, dachte Marc, als er niedergeschlagen den Weg zurücklief.

Einige Meter entfernt vom Fenster saß Jenny mit ihrer Tochter im Arm auf dem Bett, als ihr Handy anfing zu vibrieren. Schockiert es zu hören, zog sie es vorsichtig heraus und schaute mit weit aufgerissenen Augen auf das Display. Links oben blinkte *das* Licht. Als sie das Smartphone entsperrte, wurde eine neue Nachricht angezeigt. Sie ließ ihre Tochter los, ging zum Fenster und schaute hinaus. Die Luft war rein, die Person schlich nicht mehr herum. Sie öffnete die Nachricht und las die Zeilen.

Doktor Pain: Ich wollte nur noch mal anmerken, dass sie ein sehr schön eingerichtetes Haus haben, soweit ich das nach meiner kurzen Anwesenheit beurteilen kann.

JennybestMum: Sind Sie gerade hier herumgeschlichen und haben mein Haus ausspioniert?
Es folgte keine Antwort. Verängstigt schaute Jenny noch intensiver aus dem Fenster, beobachtete jede Einzelheit, sah aber keine Auffälligkeiten. *Hat der Typ sich versteckt? Lauert er mir auf?* Sie starrte weiter vertieft auf das Display und hoffte auf eine Antwort. Die bekam sie nicht.

Kapitel 18

Dülmen, 11. Juli 2016

Blut floss unaufhaltsam über seine rechte Hand. Er hatte es so wie immer gemacht, hatte nach einem Stein gesucht und einen vom Boden aufgehoben. Dann hatte er sein Ziel ins Visier genommen und mit voller Wucht zugeschlagen. Bei dem Aufprall mit der Autoscheibe fielen viele Bruchstücke in den Innenraum und auch leider zwei größere Stücke in seine rechte Schlaghand. Er fühlte den Schmerz und zog instinktiv die Scherben aus seiner Hand. Ein großer Fehler, dadurch war der Weg für das Blut frei. Er hoffte, dass sich die Tortur gelohnt hat. Immerhin war eine Handtasche seine Beute. Diese trug er stolz in seiner linken Hand, während er die Rechte die ganze Zeit nach oben hielt, damit das Blut nicht zu schnell aus der Wunde tropfte. Er hätte zu einem Arzt gemusst, aber er traute sich nicht. Unsicher, wohin er laufen sollte, entschied er sich zu einem kleinen Friedhof zu gehen. Wenige Meter vom Tatort stellte er die Handtasche auf einem Grabstein ab, durchsuchte sie mit seiner linken Hand, fand eine Packung Taschentücher und holte sie heraus. Er wickelte sich drei stramm um seine blutende Wunde. Es half nur ein wenig, denn ganz langsam färbte sich der provisorische Verband rötlich. Er kramte weiter in der Handtasche und fand einige Dinge: Lippenstift, Notizzettel, Kugelschreiber, Portemonnaie und einen unbeschrifteten Briefumschlag. Zuerst nahm er sich die Geldbörse vor, öffnete es und blickte auf einige Karten, den Personalausweis,

Kleingeld und zwei Geldscheine. Es befanden sich dreißig Euro darin. »So ein Mist! So eine Qual und nur so eine geringe Beute«, fluchte er leise vor sich hin. »Hoffentlich ist der Briefumschlag wenigstens wertvoller, sonst war die ganze Aktion was für'n Arsch«, plapperte er zu dem Grabstein. Er griff zum Umschlag und riss ihn auf. Seine Augen wurden bei dem Anblick, dem ihm geboten wurde, riesig: mehrere Geldscheine verschiedener Farben. Er konnte sein Glück kaum fassen. So viel Geld hatte er noch nie gesehen. Es war das erste Mal – seitdem er von zu Hause abgehauen war –, dass Eddy Schemko mehr als zwanzig Euro besaß. Er überlegte, was er sich davon alles kaufen konnte: Eine heile Jeans, Schmuck, eine Lederjacke, einen Schlagring oder eine Knarre. Eddy Schemko stopfte sich den Umschlag in die Gesäßtasche seiner löchrigen Jeans und zog sein verdrecktes T-Shirt darüber, sodass das Kuvert nicht mehr zusehen war. Die Handtasche ließ er zurück. Zu Fuß ging er in die Stadt, um sich neue Kleidung zu besorgen. Seine rechte Hand pochte gewaltig und die Taschentücher waren komplett rot gefärbt. Den Schmerz ignorierte er, da die Freude über das Geld in ihm massenweise Glücksgefühle ausschütten ließ. Nach einem Fußweg von sechs Minuten kam er in der Innenstadt an. Viele Passanten begutachteten ihn, als hätte er hier nichts verloren. Er betrat zielstrebig ein Geschäft, in dem es die Kleidung einer Marke gab, die er schon immer einmal besitzen wollte. Die Verkäuferin starrte auf den blutgetränkten Verband und den wild wuchernden Bart. Sie machte sich ihre Gedanken. *Was sucht der Junge hier? Hoffentlich packt der mit seiner Hand nichts an, denn die Kleidung kann er sich doch gar nicht leisten.* Unbeirrt von ihren Gedanken, fragte sie den Jungen: »Kann ich Dir behilflich sein?«

Der Junge drehte sich um, schaute die Verkäuferin entgeistert an, so als wäre sie eine Gestalt eines anderen Planeten und antwortete: »Ja, schon irgendwie. Ich brauche neue Klamotten.«

Das sehe ich!, dachte die Verkäuferin, aber stattdessen fragte sie hörbar für den Jungen: »An was für Kleidungsstücke hast Du denn gedacht?«

»An eine schöne Jeans, die bequem sitzt, und an ein schönes Polohemd, welches nach Luxus aussieht.«

Oh, Mann, der hat ja ganz schöne Ansprüche. »Kennst Du denn deine Konfektionsgröße?«

»Ja. Ich habe Größe M in diesem T-Shirt und dreißiger Weite zu dreißiger Länge in der Jeans. Klamotten von dieser Marke würden mir gefallen«. Eddy Schemko zeigte auf ein Regal mit dem Label von CD. Die Kassiererin kramte zwei Hosen hervor. Er wählte selbst zwei Oberteile, die ihm gefielen, aus. Mit den Sachen ging er zur Umkleide, probierte die erste Hose an. Sie passte absolut nicht. Die Maße waren anders geschnitten. Die Verkäuferin holte eine weitere Hose. Diese zweite Anprobe war von Erfolg gekrönt. Die Hose saß perfekt. Er wechselte mühevoll sein verdrecktes T-Shirt gegen das saubere Polohemd. Es war gar nicht so einfach mit nur einer heilen Hand, denn sonst packte er seine T-Shirts immer mit beiden Händen am Saum und zog sie über seinen Kopf, doch diese Vorgehensweise war mit dem blutverschmierten Verband nicht möglich. Er hatte es trotzdem geschafft. Begutachtete sich im Spiegel und befand sein Aussehen für schick. Er fragte die Verkäuferin, ob er die Klamotten direkt anbehalten dürfe. Sie nickte. Es ging zur Kasse und die Verkäuferin sagte: »Das macht dann bitte 156,23 Euro! Hast Du eine Kundenkarte bei uns?«

Eddy Schemko zuckte erschrocken zusammen. »Nein, habe ich nicht. Daran besteht auch kein Interesse.«

»Okay.« *Er kann es sich nicht leisten. Ich habe es mir gedacht.* Die Verkäuferin wartete geduldig. Er trug seine alten Klamotten in der Hand, fühlte an den Taschen seiner Hose. Leer. Der Umschlag fehlte. Entschuldigend hob er den Blick und räusperte sich: »Ich muss kurz zur Umkleidekabine zurück. Ich habe dort mein Geld verloren.«

Wer's glauben mag. Die Verkäuferin nickte kurz, als Zeichen des Verständnisses. Den Weg zur Kabine legte er rasend schnell zurück, denn er durfte seinen Schatz nicht schon wieder verlieren. Er sah ihn auf dem Boden liegen, als er in die Umkleide schaute. Gemächlich ging er zurück zur Kasse, öffnete den Umschlag, zog drei Fünfziger und einen Zehner heraus. Eddy Schemko übergab der Kassiererin 160 Euro mit den Worten: »Stimmt so!«

Der Kassenbon kam aus der Maschine. Die Kassiererin schmiss ihn in eine leere Tüte. Auf einmal war der Junge es Wert gesiezt zu werden. »Da können Sie Ihre alten Kleidungsstücke hinein tun. Danke für Ihren Einkauf.«

»Danke.« Mit diesem Wort verließ er das Bekleidungsgeschäft und er fühlte sich zum ersten Mal in den letzten vier Jahren pudelwohl. Die alten Klamotten und der Briefumschlag wanderten in die Tüte. Hoch motiviert durch seine neue Kleidung schlenderte er durch die Innenstadt und grinste breit. Dabei bemerkte er nicht, dass er von jemandem beobachtet wurde. Sein nächstes Ziel war ein Schuhgeschäft. Das, was er jetzt an seinen Füßen trug, konnte man nur mit bestem Willen als Schuh bezeichnen. Die Sohle löste sich schon stark ab, das Profil kaum vorhanden und jeder kleine Stein war sofort spürbar. Er betrat das Geschäft, wurde freundlich begrüßt und schaute sich um. Die Auswahl war riesig: Halbschuhe, Sneaker, Sandalen, Stiefel, Lederschuhe, Sportschuhe. Er erblickte einen weiß-rot gestreiften Sneaker, stellte die Tasche ab und probierte ihn an.

Der unbekannte Beobachter verfolgte den Verletzten bis hierhin, betrat das Geschäft ebenfalls und ließ seinen Blick schweifen. In einem Wandspiegel sah der Unbekannte die Tasche, die er vorhin so anziehend fand.

Eddy Schemko probierte Sneaker der Größe 42 an und lief ein paar Meter im Geschäft. Es war ein komisches Gefühl, nicht jeden Schritt an seinen Zehen zu spüren. Die Schuhe saßen gut. Er wechselte sein Schuhwerk wieder und begab sich mit dem Karton in der Hand zur Kasse. Dabei ging er direkt an dem unbekannten Mann vorbei. Dieser warf einen geschulten Blick auf die Tasche. An der Kasse entnahm der Verletzte weitere 70 Euro aus dem Briefumschlag. Mit bezahlter Ware verließ er das Geschäft, blieb draußen stehen und zog sofort seine neue Errungenschaft an. Es tat beim Zubinden der Schleife ordentlich in seiner rechten Hand weh, doch es war ihm egal. Er war sehr glücklich – es waren die ersten Schuhe, die er selbst mit Geld bezahlt hatte.

Der Unbekannte wollte gerade den Laden verlassen, als er sah, dass jemand auf dem Boden kniete, um sich die Schuhe zuzubinden. Er zögerte beim Verlassen des Geschäfts und schaute sich noch einmal grob um.

Eddy Schemko hatte seine neu erworbenen Schuhe an und genoss jeden Schritt. Er überlegte, ob er noch weiter shoppen sollte, aber für heute hatte er genug neue Klamotten. Er visierte eine Apotheke an, um gescheites Verbandsmaterial und heilende Cremes zu besorgen. Als er an der Theke stand, fragte eine junge Verkäuferin:» Was haben Sie mit ihrer Hand gemacht? Das sieht ja schlimm aus.«

»Ach, das sieht schlimmer aus, als es in Wirklichkeit ist. Ich brauche nur etwas steriles Verbandszeug und eine heilende Creme. Können Sie mir da etwas empfehlen?«

Die Verkäuferin zählte drei Cremes auf. Eddy Schemko wählte die zweite aus, da er von der Marke mal etwas gehört hatte. Die bezahlten Artikel landeten in der Tüte, in der sich schon seine alten Klamotten und der Umschlag befanden. Er machte sich langsam zu seinem Reich – andere würden es als Drecksloch bezeichnen – auf. Früher war noch jedes Wochenende Party angesagt und es war über viele Jahre eine gut besuchte Disco gewesen, doch mit der Zeit und dem Stillstand verwahrloste das Gebäude immer mehr. Er hatte einen Weg auf das Gelände gefunden und seit diesem Zufall nahm er diesen Platz als Wohnung. Es bot nicht viel, aber immerhin hatte er ein kleines Dach – dem Überbleibsel einer Theke im Außenbereich – über dem Kopf. Der Weg von der Innenstadt zur alten Disco dauerte länger als gedacht, denn sein Kreislauf machte sich bemerkbar. Er sollte schnellstmöglich seine Wunde versorgen.

Für den Unbekannten wurde die Verfolgung schwieriger als erwartet, denn der Weg ging fast nur geradeaus und war sehr überschaubar. Hätte Eddy Schemko sich ein einziges Mal umgedreht, hätte er bemerkt, dass ihn jemand verfolgte.

Kapitel 19

Nicht nur der kleine Star hatte die Meisterschaft ausgiebig gefeiert, sondern auch seine Eltern, denn sie lagen noch immer im Bett, obwohl die Uhr schon zwölf schlug. Es war der letzte gemeinsame Tag, bevor Wolfgang auf eine vierwöchige Arbeitsreise musste. Er und seine Gattin hatten die Feier genutzt, um ordentlich bei den alkoholischen Getränken zuzuschlagen. So standen beide leicht verkatert auf. Der kleine Star hatte noch nichts mit Alkohol am Hut; so ging es ihm sehr gut und er war seit zehn Uhr wach. Er hatte netterweise schon den Frühstückstisch für seine Eltern gedeckt, denn auch er wusste von dem gemeinsamen letzten Tag. Sein Vater kam mit kurzer Hose und einem dunkelblauen Hemd nach unten; seine Mutter trug ein weißes Sommerkleid. Die Sonne brannte schon und erwärmte die Wohnung. Wolfgang machte sich einen starken Kaffee. Er kämpfte mit den Nachwirkungen der Feier. Doch der frischgebrühte, heiße Kaffee wärmte noch mehr von innen, sodass die ersten Schweißtropfen auf seiner Stirn glänzten. Der kleine Star erwähnte beim Frühstück nicht, dass seine Eltern gestern sehr laute Geräusche von sich gegeben hatten. Es waren schrille, laute Töne und ein tiefes Keuchen gewesen. Er konnte sich gut denken, woher diese Geräusche kamen. Das Essen schmeckte allen. Das Gesprächsthema Nummer eins war der grandiose Sieg über die DJK Coesfeld. Allein die traurigen Gesichter der Eltern der Spieler des hoch favorisierten DJK Coesfeld waren eine Sensation für sich. Wolfgang hatte für den heutigen Sonntag eine große Überraschung für seinen Jungen. Diese verriet er ihm zu diesem Zeitpunkt noch nicht. Nach dem Frühstück stiegen sie ins Auto und fuhren einige Kilometer. Am Ziel angekommen, staunte der kleine Star nicht schlecht. Sie standen vor einem umzäunten Fußballplatz. Im Hintergrund nahm ein riesiger Stahlkoloss einen Teil des Horizonts ein. Es war ein Fußballstadion einer Mannschaft aus der 1. Bundesliga. »Na, überrascht?«, fragte Wolfgang seinen Sohn, der schon so nahe wie möglich an den Zaun gerannt war.

»Ja, total!«, schrie der kleine Star voller Freude. Er hatte bis heute nie bei einem Profitraining zusehen dürfen. Es war zudem noch ein Training seiner Lieblingsmannschaft. Er schaute durch den Zaun hindurch, erkannte jeden einzelnen Spieler. Der Trainer gab Anweisungen und die Spieler führten sie aus. Es war ein tolles Spektakel, seine Vorbilder zusehen. Das Training ging weitere fünfzig Minuten und der kleine Star hatte sich viele neue Techniken abschauen können. Als die Einheit zu Ende war, kamen die Profis zu den Zuschauern, die am Zaun standen. Der kleine Star war überwältigt, als ihm sein Lieblingsspieler ein persönliches Autogramm gab. Es war der schönste Moment in seinem bisherigen Leben. »Danke, Papa!«, sagte er überglücklich zu seinem Vater, der ihn die ganze Zeit in Ruhe beim zuschauen ließ. Die Rückfahrt verlief schnell, denn der kleine Star schwärmte von dem tollen Training. Eine Stunde später waren sie wieder zuhause und auf der Stelle war die Magie verflogen. Alle dachten nur noch an die große Verabschiedung von Wolfgang. Es war die erste längere Dienstreise und für alle eine gewaltige Herausforderung. Es herrschte eine bedrückende Stille. Niemand traute sich, etwas zu sagen, bis der Vater den Mut fand.

»Während ich auf Dienstreise bin, trainierst du schön fleißig weiter, damit du noch besser wirst.«

»Klar, Papa.«

»Und du darfst Mama keinen Kummer bereiten. Du musst sie gut unterstützen. »Klar doch, Papa.«

»Denk auch daran, dass du deine Hausaufgaben nicht vernachlässigen darfst.«

»Ja, ist schon klar, Papa.«

»Ich weiß noch gar nicht, wie ich die vier Wochen ohne dich aushalten soll, Schatz«, meldete sich die weibliche Stimme des Trios, wobei sie Wolfgang einen lustvollen Blick zuwarf.

»Das weiß ich auch noch nicht. Ich werde die Zeit mit dir vermissen.« Wolfgang warf seiner tollen Ehefrau ein verführerisches Lächeln zu – dasselbe, in das sie sich damals so sehr verliebt hatte. Der kleine Star beobachtete seine Eltern, wie sie vor seinen Augen miteinander flirteten und ihre Lust steigerten. Er ließ sie alleine und ging ins Bett. Sein Schlaf war ruhig, denn er bekam dieses Mal von den nächtlichen Aktivitäten seiner Eltern nichts mit. Niemand von den dreien ahnte, dass nach dieser Nacht alles anders werden sollte.

Kapitel 20

Die verrostete Außenwand ließ sich leicht zur Seite drücken. Der Spalt, der entstand, war groß genug, damit Eddy seine *Wohnung* betreten konnte. Drei alte Decken, die er irgendwo gefunden hatte, lagen dort herum. Je nach Außentemperatur dienten sie als Decke, Kissen oder Unterlage. Ein paar lumpige Fetzen gebrauchter Kleidung hingen auf einem provisorischen Seil, welches als Wäscheleine benutzt wurde. Ein zweites paar Schuhe, dass er einem Mann geklaut hatte, der dabei gewesen war sich ein paar neue zu kaufen und diese gerade Probe lief, stand neben den Decken auf dem Boden. Es waren gute Treter, doch sie hatten zwei Nachteile: Sie waren zwei Nummern zu groß und was noch schlimmer als die Größe war, war der Gestank, der von ihnen ausging. Er hätte die Schuhe am liebsten weit weg von seinem Bett gestellt. Jedoch brachte er es nicht übers Herz, denn sie waren bisher sein wertvollster Besitz. Eddy Schemko schmiss die Tasche mit seinen alten Klamotten auf den Boden. An den Umschlag, der sich darin befand, dachte er in diesem Augenblick nicht. Seine Habseligkeiten waren sehr übersichtlich, aber er hatte hier immerhin sein eigenes Reich. Zu Hause hatte er es, nachdem was Geschehen war, nicht mehr ausgehalten. Er war schon drauf und dran gewesen alles zu vergessen und sich wieder zu versöhnen. Immerhin hatte ein Elternteil versucht, ihn zu finden. Durch Zufall hatte er einen Aufruf im Radio gehört, in dem sich eine bekannte

Stimme verheult äußerte: »Eddy, ich vermisse dich! Komm bitte wieder zurück. Ich möchte nicht, dass du da draußen alleine bist. Ich halte es kaum aus, nicht zu wissen, wo du steckst. Du bist mein ›Ein und Alles‹. Komme bitte wieder schnell zurück, bevor dir etwas zustößt.« Dieser Aufruf im Radio lag jetzt fast drei Jahre zurück. Ob es weitere Versuche gab, ihn zum Zurückkommen zu bewegen, wusste er nicht. Hätte er mitbekommen, wie viele gestartet wurden – und es waren sehr viele über Radio, Freunde, Zeitungen –, um ihn nach Hause zu bekommen, wäre er bestimmt schon zurückgekehrt. Nur die Polizei wurde nicht mit einbezogen, denn gegen diese Variante sträubte sich ein Elternteil vehement. Es hätte nicht gut ausgehen und fatale Folgen haben können, wenn das, was passiert war, ans Licht gekommen wäre.

Der Unbekannte schaute sich um, obwohl es ihm egal war, denn er fühlte sich sicher. Seinen Kapuzenpulli bis weit in die Stirn gezogen und seine schwarze Sonnenbrille verdeckten einen Großteil seines Gesichts – vor allem aber seine Augen, die so dunkel waren, dass sie fast schwarz wirkten. Jeder Mensch hatte allein aufgrund seiner Augen Angst vor ihm, obwohl seine Statur eher durchschnittlich war. Ein paar Muskeln, aber nicht sonderlich gut ausgeprägt, ein paar Gramm Fett zu viel auf den Hüften und eine Körpergröße von 175 cm trugen nicht gerade dazu bei, angsteinflößend zu wirken. Der Unbekannte hatte sein Ziel durch eine verrostete Außenwand ins Innere gehen sehen. Er machte es ihm nach, wobei es gar nicht so einfach war, dabei leise zu bleiben. Geräuschlos schaffte er es hinein. Schockiert von dem

Anblick, schluckte er kräftig. Er kannte die Penner im Stadt-park, wie sie täglich zusammen hockten und Alkohol tranken, doch dieses Bild traf ihn ins Mark. *Hoffentlich geht gleich alles schnell und ohne Probleme vonstatten.* Er hatte den Jungen, schon seitdem er mit den dreckigen Klamotten durch die Innenstadt schlurfte, im Blick. Spätestens, nachdem er in eine Nobelboutique ging und mit nagelneuen, teuren Kleidungsstücken herauskam, wurde sein Jagdinstinkt geweckt. Allein die Klamotten gefielen ihm sehr gut und er hatte etwas bemerkt, was anscheinend niemand anderen interessierte: einen Umschlag.

Eddy Schemko zog seine neuen Sneaker aus, machte Pläne im Kopf, was er sich morgen alles noch kaufen würde, aber für heute musste es genug sein, denn er brauchte Ruhe. Er holte das Verbandsmaterial aus der Tüte, danach fing er mühevoll an das gekaufte Polohemd auszuziehen. Bei der Prozedur wackelte er etwas, verlor das Gleichgewicht und wäre fast gefallen. Im letzten Moment konnte er sich stabilisieren und den Sturz verhindern. Beim Herumwackeln hatte er allerdings im Augenwinkel etwas wahrgenommen, was ihn irritierte: ein schwarzes Paar Schuhe. Die Schuhe standen auf dem Boden und in ihnen steckten menschliche Beine.

Jemand hatte sein Quartier gefunden. *Will der Typ meinen Schlafplatz?* Eddy Schemko drehte sich blitzschnell mit seiner nackten, braunen Brust herum und schaute direkt in ein von Sonnenbrille und Kapuzenpulli verdecktes Gesicht. Dieser Anblick irritierte ihn. *Sieht nicht gerade nach Penner aus, sondern eher wie ein Rapper oder Gangster.*

»Was willst du?«, fragte er direkt drauf los.

119

Der Gangstertyp antwortete: »Deine Klamotten!«

»Die habe ich mir gerade erst gekauft!«

»Ich frag mich auch die ganze Zeit, wie du dir solche Klamotten leisten konntest.«

»Hab gespart.«

»Wer's glaubt. Schau dich doch nur um, wie du hier lebst.«

»Gemütlich, oder?«

»Ich würde hier keine einzige Nacht verbringen wollen und woher kommt überhaupt dieser komische Geruch. Es riecht so, als hätte jemand monatelang seine Füße nicht gewaschen.«

»Das ist mein Raumduft, um lästige Eindringlinge fernzuhalten.«

»Kann ich mir gut vorstellen, aber jetzt kommen wir mal zum Punkt. Ich kann mir denken, woher du das Geld für die Klamotten hast. Zeige mir mal den schönen Umschlag, der da in der Tüte ist.« Der Zeigefinger des Gangstertyps zeigte zu Boden.

Bei dem Wort »Umschlag« zuckte Eddy Schemko schreckhaft zusammen. Es war sein neuer Wohlstand. Nur weil der komische Typ meinte, den Umschlag und seine Klamotten haben zu wollen, hieß es nicht, dass er darauf eingehen würde. Er machte ein paar hektische Schritte Richtung Decken, bückte sich, schlug eine Decke zur Seite und ein etwas größer Stein kam zum Vorschein.

Er hob sein *Kopfkissen* auf.

Der Gangstertyp blieb unbeeindruckt stehen und fragte: »Was soll das werden? Ich habe dich höflich gebeten, mir einfach nur deine Sachen zugeben und du bewaffnest dich mit einem Stein. Unfassbar!« Eddy Schemko rannte mit dem Stein in seiner linken Hand auf den Mann zu. Er hätte ihn lieber mit seiner kräftigeren Rechten gehalten, aber das ging nicht.

»So wie du dir vorhin die Schuhe zugebunden hast, brauche ich wohl keine Angst vor dir zu haben. Elendig langsam warst du dabei.«

Eddy Schemko rannte unbeirrt weiter. Holte Schwung ...

Sein Ziel wich elegant aus und der Schlag ging ins Leere.

»Komm, hör auf damit und gib mir einfach die Sachen.«

»Niemals!«

Noch mehr Adrenalin wurde durch Eddys Adern gepumpt. Er wollte seine neuen Reichtümer um jeden Preis verteidigen. Der nächste Anlauf war noch aggressiver. Er hoffte darauf, dass sich der Typ wieder nach rechts bewegen würde, um auszuweichen. Es geschah genau so, wie er es sich erhoffte. Er kam angerannt, der Unbekannte wich nach rechts aus und er änderte reflexartig seinen Angriff. Eddy Schemko traf den Typen mit dem Stein am Schlüsselbein; verfehlte jedoch das Gesicht und den Hals, wo der Treffer mehr Schaden angerichtet hätte. Der Getroffene fluchte laut: »Scheiße, tut das weh! Das wirst du büßen!«

Durch die hektische Ausweichbewegung flog die Sonnenbrille des Angreifers von der Nase. Eddy Schemko holte zum dritten Schlag aus. Er wollte den Angreifer außer Gefecht setzen und machte sich bereit. Kam näher. Plötzlich – drehte sich der Gangstertyp zu ihm um. Ein angsteinflößender Blick traf ihn. Diese schwarzen Augen, die ihn entschlossen anstarrten, ließen ihn in Schockstarre verfallen. Er war nicht mehr in der Lage den dritten Schlag auszuführen.

»Du hast mir wehgetan, das finde ich gar nicht nett. Ich glaube, ich muss dir mal beibringen, wie schmerzhaft so ein Stein sein kann.« Der Unbekannte ging auf den *festgefrorenen* Eddy Schemko zu, schlug ihn in den Bauch und holte ihn mit einem gezielten Beinfeger von den Beinen. Das Opfer knallte hart mit dem Rücken auf den Boden. Er hatte seine linke Hand weiterhin fest um den Stein geklammert. Die schwarzen Schuhe näherten sich dem blutenden Körperteil. Eddy Schemko verspürte qualvolle Schmerzen, als sich ein Fuß auf seine kaputte Hand stellte. Die Kraft in seiner linken ließ nach und der Stein glitt zu Boden. Der Typ griff nach ihm, hob ihn auf und begutachtete seine Form. Es war ein schön gerundeter Stein mit einer scharfen, unförmigen Spitze an einer Seite. Er erhöhte nochmals den Druck auf den Arm. Die Schmerzensschreie wurden lauter. Das Opfer versuchte vergebens, sich zu wehren. Der Schmerz ließ ihn nicht mehr klar denken. Der Mann über ihm hatte den Stein in seiner rechten Hand und schlug von oben auf ihn ein. Die spitze Kante des Steines traf den am Boden liegenden Typen mittig an der Stirn. »So fühlt sich ein Stein an! Tut ganz schön weh, oder?« Eddy Schemko wollte antworten, doch seine Stimme brachte kein Wort mehr hervor. Ein weiterer Schlag traf ihn oberhalb des rechten Auges. Blut quoll heraus. Ein dritter Schlag. Die Schmerzen, die von diesem ausgingen, waren höllisch. Sein linkes Auge fühlte sich blind an. Die steinerne Spitze hatte mit voller Wucht die Linse getroffen. »So fühlt sich ein Stein an!«, schrie der Typ erneut. Ein weiterer Schlag folgte nicht mehr. Der Typ hatte genug. Er holte das alte T-Shirt aus der Tüte, säuberte damit den Stein und seinen blutgetränkten Arm. Mit sauberen Händen öffnete er die Knöpfe der Jeans und zerrte sie Eddy Schemko vom Leib. Danach zog er ihm noch das Polohemd aus. Nun, widmete er sich wieder der Tüte und holte den Umschlag heraus. Seine Neugier suchte ihn heim und er schaute hinein: verschiedenfarbige Geldscheine. Der Anblick war überwältigend. Er hatte zwar erwartet, dass sich in dem Umschlag Geld befand, aber mit soviel hatte er im Leben nicht gerechnet. Er stopfte den Stein, die alten und neuen Klamotten, außer den Stinkeschuhen, in die Tüte. Den Verletzten ließ er in Boxershorts und löchrigen Socken auf dem Boden liegen.

Bevor er die *Wohnung* verließ, setzte er seine Sonnenbrille wieder auf.

Daniel Buhde saß auf seinem Trekkingrad und war auf dem Weg zum Fitnessstudio, als er den ersten markerschütternden Schrei hörte. Dieser Laut kam aus der Nähe der stillgelegten Diskothek. Daniel dachte sich nichts dabei, doch verringerte er merklich das Tempo, um zu horchen, ob ein erneutes Geräusch zu hören war. Tatsächlich, wenige Augenblicke später drang ein weiterer schmerzerfüllter Schrei an seine Ohren. Er hörte sich noch gequälter an. Bange wendete er mit seinem Fahrrad. Er wollte den Grund der Schreie erfahren. Er bog auf den Gausepatt und sah in ungefähr zweihundert Metern Entfernung eine Person mit einer Plastiktasche laufen. Daniel Buhde überlegte kurz und entschied sich, vom Fahrrad abzusteigen, da der Schrei hier aus der Ecke gekommen sein musste. Er schaute sich um, entdeckte eine hervorstehende und verrostete Außenwand. Er ging dahin, fummelte etwas herum und konnte ins Innere sehen. Er wollte seinen Augen nicht trauen, rieb sie noch mal und schaute erneut hin. Es gab keinen Zweifel, das, was er sah, war eine fast nackte Person, die auf dem Boden lag, neben ihr lagen Verbandsmaterial und Cremes. Er quetschte sich hinein. Dies hätte er lieber sein lassen sollen, denn das Bild, welches ihm geboten wurde, war übel. Der nackte Mann hatte zwei große Wunden auf der Stirn und einen blutgetränkten Verband um seiner rechten Hand. Es sah so aus, als würde dem Typen das linke Auge fehlen. Bei dem Anblick drehte sich Daniels Magen um und er erbrach sich neben ihn. Nach einigen Minuten gewann er seine Fassung wieder, holte sein Handy aus seiner Hose und rief die Polizei an.

Kapitel 21

Pascal Ehrmann saß im Wohnwagen, den Blick auf sein Handy gerichtet. Während er alleine war, konnte er endlich genau das tun, was getan werden musste. Sein Freund durfte auf keinen Fall herausbekommen, was er hier trieb. Es würde das Ende der Freundschaft bedeuten. Die Tür des Wohnwagens wurde langsam geöffnet, als der erste Sonnenstrahl eintraf, reagierte Pascal sofort, schloss alle aktiven Programme und setzte den Bildschirm in den Sperrmodus. Marc Eisenberg kam herein und konnte noch so eben einen leuchtenden Schimmer erkennen. »Was machst du denn bei dem guten Wetter hier drinnen?«

»Mir geht's nicht so gut und ich wollte mich etwas hinlegen.«

»Ohhh, das ist ja doof. Ich hoffe, dir geht es nicht zu schlecht. Sonst suche ich mir doch noch ein Hotel.«

»Ne, so schlimm ist es auch wieder nicht. Du bleibst auf jeden Fall hier.«

»Was hast du denn da gerade noch mit deinem Laptop gemacht?«

»Ich hab nur eine Kleinigkeit nachgeschaut.«

»Ah, okay.«

Marc Eisenberg holte sich aus dem Kühlschrank ein Wasser und ging wieder nach draußen. Pascal Ehrmann brauchte noch etwas Zeit, um runterzukommen. Es war ganz schön knapp gewesen. Er hatte gehofft, dass er mehr Zeit gehabt hätte, aber sein Freund kam zu schnell zurück. Nach einigen

Minuten hatte er seine Fassung wieder gewonnen, besorgte sich ein Bier aus dem Kühlschrank und gesellte sich nach draußen zu seinem Freund, der es sich schon in einem Stuhl bequem gemacht hatte.

»Bier? Obwohl es dir schlecht geht.«

»Ja, mir hilft ein kühles Bier immer. Wie gesagt, so schlimm ist es nicht.«

»Okay, dann mal Prost.«

Die beiden stießen an und diskutierten fleißig, warum sich die Familie Goblin in letzter Zeit so merkwürdig verhielt. Insbesondere, warum niemand an die Tür ging, obwohl sie allem Anschein nach zu Hause gewesen waren. Sie konnten keine logische Lösung finden. Und Marc Eisenberg beschäftigte noch mehr: Warum hatte Pascal sich so nervös und verdächtigt verhalten? Dieses Gefühl wollte er weiter verfolgen, egal was dabei herauskam.

Die Getränke waren geleert und sie schwangen sich erneut auf die Räder. Es ging nach Haltern am See, einer kleinen Nachbarstadt. Dort umrundeten sie den Stausee, was sich bei dem sonnigen Wetter als keine gute Idee herausstellte, da viele Jogger und Hundebesitzer unterwegs waren. Die Tour machte trotzdem viel Spaß, obwohl sie oft das Tempo verringern mussten – Pascal war es nur recht.

Jenny starrte weiterhin auf das Display. Es zeigte keine neue Nachricht und sie stand kurz vor der Verzweiflung. Sie durfte Mel nicht verraten, dass etwas nicht in Ordnung war. Sie ging zurück zu ihr und nahm sie wieder fest in den Arm. Mel spürte eine gewisse Veränderung bei ihrer Mutter, ließ es aber unausgesprochen. Sie spielten gemeinsam ein paar Runden Kniffel. Mel gewann alle Partien gegen ihre Mutter.

Der Abend rückte näher und sie gingen in die Küche, um sich Abendessen zu machen. Es gab Rührei mit Schinken. Nach dem Essen musste Mel ins Bett. Jenny las ihr noch eine Gutenachtgeschichte vor. Obwohl sie eigentlich schon aus dem Vorlesealter heraus war, genoss Mel jedes einzelne Wort ihrer Mutter und es half, schnell einzuschlafen. Jenny hingegen kämpfte mit ihren Gedanken. *Wer zum Teufel schlich hier vorhin rum? Und wie geht es Pierre?*

Sie versuchte, einen erholsamen Schlaf zu finden, doch es gelang ihr nicht. Die schrecklichen Gedanken gingen ihr weiter unaufhaltsam durch den Kopf, denn ihr fehlten weiterhin 15.000 Euro. Sie lag im Bett und hatte die Augen gerade geschlossen, genau in diesem Moment ertönte ein Vibrieren. Sie suchte nach dem Grund und fand ihn: ihr normales Handy.

Sie seufzte enttäuscht. Es war nur eine unwichtige Nachricht ihrer Mutter, die ihr schrieb, dass sie die Zeit mit Mel genossen hat. Niedergeschlagen legte sie das Handy wieder zur Seite und bemühte sich erneut einzuschlafen.

Paul Wright fuhr mit seinem Mercedes willkürlich durch die Stadt, dann auf die A43 Richtung Münster. Auf der Autobahn beschleunigte er seinen Wagen, so schnell er konnte. Zwei Ausfahrten später fuhr er herunter und nahm die Auffahrt, die ihn wieder zurückführte. Er wiederholte die Prozedur. Von der Geschwindigkeit wurde er fest in den Sitz gepresst. Dieses Gefühl tat ihm gut. Er wurde wieder gelassener und am liebsten wäre er zum Flugplatz gefahren, in seinen Jet gestiegen und nach London zurückgeflogen. Er entschied sich jedoch dagegen, da man ihn sonst noch verdächtigen und der Flucht bezichtigen könnte. Er fühlte sich stark genug und fuhr zum Polizeirevier, um eine Aussage zu machen.

Er betrat das Revier und wurde von einem Beamten in Empfang genommen. Paul Wright machte eine detaillierte Aussage, wie er überhaupt hierhin gekommen und welche Gründe er gehabt hatte, das Gebäude näher anzuschauen. Glücklicherweise sprach er drei Sprachen – englisch, deutsch und spanisch – fließend, somit konnte die ganze Anhörung in deutscher Sprache stattfinden. Der Beamte machte sich Notizen, nickte ab und zu und fragte bei der ein oder anderen Sachen genauer nach. Paul Wright hatte die ganzen Geschehnisse von seinem Abflug aus London bis zum Telefonat mit der Polizei lückenlos wiedergegeben. Der Beamte nickte fürsorglich, bedankte sich und wünschte ihm einen angenehmen Tag. Er verließ mit gutem Gewissen das Gebäude. Jetzt hatte er nichts mehr zu befürchten. Entschlossen fuhr er zum Flugplatz, wo er den Mercedes in den Laderaum seines Jets verfrachtete und sicherte. Es konnte zurück nach London gehen. Die Reise nach Deutschland würde er so schnell nicht vergessen.

Kapitel 22

Die Nachrichten berichteten den ganzen Tag von dem grauenvollen Ereignis. Es war dieser schreckliche Flugzeugabsturz ohne Überlebende. Das Flugzeug war von Düsseldorf nach Shanghai unterwegs – genau dasselbe Shanghai, wo Wolfgang für vier Wochen arbeiten sollte. Das Triebwerk fing ohne erkennbaren Grund Feuer, daraufhin verlor der Pilot die Kontrolle über den voll besetzten Flieger. Den ungebremsten Aufprall auf die Wasseroberfläche des *Tai Hu* konnte der Rumpf nicht standhalten. Das Flugzeug wurde in tausend Teile gerissen. Die einzigen Sachen, die geborgen werden konnten, waren vereinzelte Wrackteile. Überlebende gab es keine. Es war eine der größten Tragödien des Jahres. Der kleine Star und seine Mutter saßen heulend vor dem Fernseher, sie konnten die Ereignisse nicht glauben. Es wirkte alles surreal.

Die Nässe des Meeres fühlte sich so nah an. Der kleine Star war mittendrin. Nass und kalt. Waren es die Tränen, die über seine Wangen liefen? Die gefühlte Nähe zu seinem Vater? Es half alles nichts. Es fühlte sich die ganze Zeit nass und kalt an. So nass, dass der kleine Star seine Augen aufschlug und sich umschaute. Er hatte einen schrecklichen Albtraum gehabt, der ihn schweißgebadet aufwachen ließ. Das Kopfkissen war klitschnass. Er konnte nicht anders, stand auf, rannte zum Schlafzimmer seiner Eltern und trat ein. Die beiden Körper lagen, einander gekuschelt, unter der Decke. Durch die Atmung hob sie sich leicht. Er versuchte, sich unbemerkt davon zu schleichen. Sein Vater wurde wach, wunderte sich gewaltig und fragte seinen Jungen verschlafen mit kleinen Augen: »Was machst du denn hier?«

»Ich hatte einen Albtraum und bin aufgewacht.«

»Worum ging es denn in deinem Albtraum?«, hakte der Vater nach, obwohl es ihm um diese Uhrzeit egal war.

»Dass dein Flugzeug, mit dem du heute fliegen wirst, abstürzt und du den Absturz nicht überlebst.«

Der Vater war sofort hellwach. Mit so einer heftigen Aussage hatte er nicht gerechnet. Er hatte irgendetwas mit Monstern oder Ähnlichem erwartet, aber nicht mit einer Geschichte über seinen Tod.

»Darf ich den Rest der Nacht bei euch schlafen?«

»Ja klar, Sohnemann.«

So kuschelte sich der kleine Star an seine Eltern. Gemeinsam fanden die drei noch etwas Schlaf, bis der Wecker gnadenlos bimmelte. Wolfgang erbarmte sich den Wecker auszumachen und stand als Erster auf. Er zog sich an und wartete auf seine Frau und seinen Sohn. Als sie fertig waren, musste er schon los, denn er wurde früh abgeholt.

Die Verabschiedung verlief mit traurigen Blicken, vielen festen Umarmungen und einigen Tränentropfen. Wolfgang nahm seinen vollgepackten Koffer, ging durch die Haustür nach draußen und drehte sich noch mehrmals um. Seine Frau und der kleine Star schauten ihm nach und winkten zum Abschied.

Ein Taxi wartete bereits am Straßenrand auf ihn. Der Fahrer sollte ihn pünktlich und sicher zum Flugplatz nach Düsseldorf bringen. Die Fahrtkosten übernahm sein Arbeitgeber, somit musste er nicht mit der Bahn fahren. Der Koffer fand im Kofferraum des Taxis Platz und Wolfgang setzte sich in den Fond. Während der ersten Minuten der Taxifahrt, dachte er jede Sekunde an seine Familie zurück.

Der kleine Star hoffte nur, dass sein Traum nicht real werden würde, aber was er noch nicht wusste und auch nie träumen würde, es sollte für ihn noch viel schlimmer kommen.

Kapitel 23

Es roch nach Benzin, doch dem Mann unter dem Jutesack war es egal. Er saugte weiterhin an den Fasern und erfrischende Wassertropfen fielen in seinen Rachen. Nur woher kam der Benzingeruch? Die Glieder taten ihm weh. Die Nächte, gefesselt auf dem Stuhl, waren unbequem. Er hatte es irgendwann aufgegeben zu schreien. Seine Augen hatten schon tagelang kein Licht mehr gesehen und er hätte gerne wieder frische Luft geatmet. Vor allem wollte er Jutesack abnehmen, um zu erfahren, woher das stetige Pochen kam. Es fühlte sich merkwürdig an, als würde etwas fehlen. Er versuchte, seine Hände zusammen zu bekommen, aber es gelang nicht. Sie waren zu stramm gefesselt.

Doktor Pain schaute sich sein Opfer in der Dunkelheit an; es zappelte herum, bewegte seine Finger, blieb aber erfolglos. Er hatte den Deckel des Benzinkanisters geöffnet und die Luft wurde immer schlechter im Keller. Ein penetranter Geruch breitete sich aus. Er hoffte sehr, dass Jenny einen weiteren Fehler machte und er weiter mit seinem Opfer Spaß haben konnte. So, wie es beim ersten Mal lief, hatte er einen Mordsspaß gehabt, aber es ging alles viel zu schnell. Dieses Opfer sollte länger leiden. Zudem hatte er eine weitere Person in seinen Fängen, um die er sich müsste kümmern musste, aber bei ihr sollte es anders laufen.

Doktor Pain drehte den Benzinkanister wieder zu, bevor der Gefesselte an den Gasen erstickte. Er schlich sich leise aus dem Keller und begab sich ins Erdgeschoss. Auf dem Wohnzimmertisch vor der beigen Couch lag sein Handy. Er nahm es an sich, öffnete die App, suchte den Kontakt Jennybest-Mum und verfasste eine Nachricht.

Doktorpain: Ich hoffe die Besorgung des Geldes und des Goldes verlief ohne Probleme?

Jenny schlief relativ gut, bis ein weiteres Vibrieren ihren Schlaf beendete. Sie suchte mit der flachen Hand nach den Handys auf dem Nachttisch. Sie hoffte, dass es nicht schon wieder ihre Mutter war, die ihr unwichtige Sachen schrieb. Das Blinken kam nicht von ihrem normalen Handy, sondern vom *anderen*. Sie erkannte an dem Symbol in der linken oberen Ecke, dass sie diesmal eine wichtige Nachricht erhalten hatte. Sie öffnete sie, las den Text und überlegte, was sie schreiben sollte. Sie hatte sich nach kurzem Überlegen entschieden.

JennybestMum: Die Bank konnte mir nur das Gold aushändigen. Das Geld kann ich gleich abholen, da sie so viel Bargeld erst besorgen mussten.

Doktor Pain: Hmmm. Verstehe. Ich melde mich in zwei Stunden, bis dahin sollten Sie das Geld haben! Ich möchte alles in einem Rucksack bekommen.

JennybestMum: Warten Sie, ich habe da noch eine Frage.

Doktorpain: Die Bedingungen stelle ich und Fragen sind nicht gestattet! Und vergiss das Gold nicht. Ich will alles!

Doch Jenny ließ sich von ihrer Frage nicht abbringen und stellte sie trotzdem.

JennybestMum: Wenn ich Ihnen das Geld und das Gold gegeben habe, kommt Pierre dann frei?

Auf diese Frage bekam sie wieder einmal keine Antwort.
Doktor Pain hatte sich bereits ausgeloggt und beschäftigte sich mit dem Fernsehprogramm. Es langweilte ihn, aber er brauchte eine kleine Ablenkung. Er musste sich einen sicheren Übergabeort überlegen, denn so etwas hatte er noch nie gemacht und er wollte auf jeden Fall unerkannt bleiben. Sollte er sein anderes Opfer beauftragen, für ihn das Geld zu holen? Würde die Person dann nicht die Gelegenheit zum Abhauen nutzen? Er müsste ihm nur ordentlich drohen, damit er seine Aufgaben auch ausführt und zur Sicherheit konnte er selbst in der Nähe bleiben. Es klang nach einem Plan.
Er lief zu seinem zweiten Gefangenen, dem es bisher noch gut ging. Doktor Pain hatte sich mit seiner kleinen Spritzflasche bewaffnet. Jederzeit bereit den Gefangenen, falls er vorhatte zu fliehen, etwas Säure ins Gesicht zu spritzen. Doch dieser wehrte sich nicht, denn er hatte seine Situation überblickt und sah keine Chance. Es wurden nur wenige Worte gewechselt, aber Doktor Pain hatte seinen Gefangenen überzeugt, dass es für ihn Vorteile haben würde, wenn er artig

blieb. Der Gefangene glaubte ihm. Doktor Pain ließ ihn weiterhin im Keller, während er nach oben ging, um nach unauffälligen Klamotten zu suchen.

Er kramte lange im Schlafzimmerkleiderschrank herum und fand einige Sachen, die infrage kamen. Die Zeit rannte und er hatte noch keinen Masterplan. Inzwischen hatte er eine dunkelbraune Cargohose, eine schwarze Jeans, dazu ein kariertes Hemd und einen schwarzen Pullover herausgesucht. Er hoffte, dass die Klamotten dem Gefangenen passten. Ihm fiel kein passender Ort für die Übergabe ein. Er brauchte einen genialen Einfall. Alles, was ihm einfiel, war: Schulgelände, Innenstadt, Stadtpark, Bahnhof. Alle Orte waren zu riskant, da sich dort zu viele Leute herumtrieben. Eine Stunde war seit dem letzten Kontakt vergangen. Ihm wollte nichts Passendes einfallen. Dann kam ihm eine Idee, die er eigentlich nicht nutzen wollte. Er lief zu seinem Gefangenen zurück und fragte ihn: »Ich brauche eine gute Idee für einen Übergabeort. Überlege schnell, aber gründlich, sonst spürst du die ersten Säuretropfen auf deiner Haut!«

Der Mann überlegte stark nach und antwortete:» Mir würde nur ein Ort einfallen.«

»Ich höre!«

»Prickings Hof.«

»Was soll das sein?«

»Es ist ein kleiner Freizeitpark eines bekannten Bauers. Bekannt geworden durch einen riesigen Zuchtbullen. Doch wird dieser Hof zumeist tagsüber von alten Menschen für Kaffee und Kuchen besucht, und wenn im Freibereich, wo die Attraktionen stehen, ein Rucksack für ein paar Minuten unbeaufsichtigt herumstände, würde es nicht groß auffallen.«

»Das klingt ja gar nicht schlecht. Wie sieht es mit Ausgängen aus?«

»Zwei an der Zahl. Einen Neben- und Haupteingang.«

»Das klingt ja immer besser. Und Zufahrtswege?«

»Eine große Einfahrt, aber es gibt noch andere Möglichkeiten, sich dem Prickings Hof zu nähern.«

»Wunderbar. Du hast dir die Säurebehandlung erspart.«

Jenny wollte ihre Tochter nicht schon wieder bei ihrer Mutter im Altenwohnheim abgeben, deswegen überlegte sie fieberhaft, wohin sie Mel bringen konnte. Ihr fielen einige Leute ein, doch sie hatte Angst davor, dass die nachfragen würden, warum sie auf Mel aufpassen sollten. Sie hätte keine plausible Erklärung abgeben können und die Wahrheit kam auf gar keinen Fall infrage. Noch mehr Leute anlügen wollte sie nicht; es reichte schon, Mel so oft anschwindeln zu müssen. Es blieb nur eine Möglichkeit übrig, diese gefiel ihr ganz und gar nicht, aber es war die beste Möglichkeit: Mel musste alleine zu Hause bleiben.

Jenny suchte ihre Tochter in ihrem Zimmer auf. Mel saß am Schreibtisch und malte ein Bild. Es zeigte ein Trampolin und eine kleine Person darauf.

»Mama muss noch mal für eine kurze Zeit weg.«

»Muss ich wieder zu Oma?«, fragte Mel, ohne mit dem Malen aufzuhören, aber in einem Ton, der sagte, dass es ihr nicht gefallen würde.

»Möchtest du lieber alleine hierbleiben?«

»Ja. Es ist viel schöner bei uns.«

»Okay, Mel. Du darfst hierbleiben, aber mach keine Dummheiten und mach auf gar keinen Fall die Tür auf! Ich beeile mich, damit ich schnell wieder zurück bin. Am besten schaust du in der Zeit einen Trickfilm oder vollendest dein Bild.«

»Okay, Mama.«

Jenny gab ihrer Tochter einen Kuss zum Abschied und machte sich auf den Weg zur Bank. Einen Rucksack, in dem sich schon vier Goldbarren befanden, hatte sie auf den Beifahrersitz gestellt. Wenig später parkte sie auf einem Parkplatz nahe der Bank, nahm ihn mit und lief zum Gebäude, dabei schwirrte ein Gedanke durch ihren Kopf. *Ich habe Mel gar nicht gesagt, dass sie nicht auf's Trampolin soll, sondern drinnen bleiben muss.* Sie hatte Glück, da sie an dieselbe Mitarbeiterin geriet. Die Übergabe der restlichen 118.000 Euro verlief reibungslos. Es gab keine Nachfragen der Mitarbeiterin bezüglich der Verwendung. Diskretion war angesagt.

Während Jenny sich in der Bank befand, schaute Mel einen Trickfilm, den sie zum fünften Mal anschaute. Sie hätte jeden Dialog mitsprechen können, tat es aber nicht. Es wurde sehr warm in der Wohnung und Mel wurde unruhig. Sie brauchte eine Erfrischung und holte sich ein Glas Wasser aus der Küche. Das Glas war in wenigen Sekunden geleert. Unterdessen lief der Dialog des Films im Hintergrund weiter. Sie vergaß, den Fernseher auszuschalten, und ließ sich ablenken. Sie dachte an ihr Bild, das sie angefangen hatte zu malen. Ja, das würde die Zeit am besten vertreiben. Sie ging nach draußen und ihr geliebtes Trampolin stand vor ihr.

Das ganze Geld wurde noch in der Bank in den Rucksack gestopft. Aufgrund der Goldbarren wog er schwer auf ihrem Rücken, als sie ihn aufsetzte. Obwohl es nur einige Kilogramm waren, fühlte es sich wie eine tonnenschwere Last an. Auf dem Weg zum Auto klingelte ihr Handy. Sie schaute drauf und erkannte direkt, von wem die Nachricht kam. Die zwei Stunden waren verflogen wie nichts.

Doktor Pain: Die Zeit ist abgelaufen und ich hoffe, sie haben alles, sonst wäre es schlecht für Ihren Mann.

JennybestMum: Ich habe das ganze Geld!
Sie schrieb es mit voller Überzeugung, als würde sie an die fehlenden 15.000 Euro nicht mehr denken.

Doktor Pain: Wunderbar! Ich möchte, dass Sie den Rucksack gegen elf Uhr zum Prickings Hof bringen. Und wehe Sie informieren die Polizei, dann ist Pierre tot!
JennybestMum: Und was soll ich da?

Doktor Pain: Dort stellen sie den Rucksack unter den Auslauf der Rutsche im Außenbereich. Verstanden?

JennybestMum: Der Rucksack soll unter den Auslauf der Rutsche gestellt werden.

Doktor Pain: Genau! Sie hauen sofort wieder ab und drehen sich kein einziges Mal um. Auch verstanden?

JennybestMum: Ich haue dann sofort ab, nachdem ich den Rucksack abgestellt habe. Und wenn jemand ihn klaut?

Doktor Pain: Der würde es bitter bereuen. Grins.

Jenny stieg in ihren Opel Corsa, schmiss den vollgepackten, schweren Rucksack auf den Beifahrersitz und startete den Motor. Dieser brummte leise. Der Weg zum Prickings Hof war ihr bekannt, denn sie waren als Familie schon mehrfach dort gewesen. Sie hoffte so sehr, dass der Spuk mit der Übergabe erledigt sein würde und sie endlich ihren Pierre wiedersehen konnte. Sie fuhr an der Straße »Zum Dülmener See« vorbei, überlegte kurz, ob sie nach Mel schauen sollte, entschied sich jedoch dagegen. Sie würde sich beeilen und nicht mehr lange wegbleiben. Nach ein paar weiteren Minuten bog sie auf den Parkplatz des Prickings Hof ein. Sie schulterte den Rucksack und betrat das Gebäude durch den Nebeneingang. Sie schaute sich genau um. Außer ein paar älteren Leuten, die zusammen in einem Raum saßen, und ein paar Verkäuferinnen war nichts los. Der Außenbereich hatte sich im Vergleich zu früher kaum verändert. Sie begab sich zur Rutsche – die auf der Mel als Kind riesigen Spaß gehabt hatte – und positionierte den Rucksack unter dem Auslauf. Er fiel nicht auf.

Jenny schaute sich um und suchte nach einem guten Platz, um Neuankömmlinge im Auge behalten zu können. Fünfzehn Minuten wollte sie warten. Danach würde sie den Rucksack wieder mitnehmen.

Die Sprünge kamen unbeschwert und sie waren höher als

sonst. Mel hatte riesigen Spaß. Sie dachte gar nicht daran, dass ihre Mutter schon einige Zeit weg war. Es war kurz vor elf Uhr und das ständige Herumhüpfen machte sie durstig. Zwei bis drei Sprünge sollten zum Abschluss noch folgen, dass ein Mann sich ihr näherte, bekam sie nicht mit. Die Entfernung zwischen ihnen wurde von Sekunde zu Sekunde geringer. Das Trampolin kam für den Jogger in Sicht und mit ihm auch Melanie. Sie hatte ihn noch nicht bemerkt. Beendete den letzten Sprung, federte ab und kam zum Ste-hen. Sie stieg herunter und erstarrte. Ein unbekannter Mann stand vor ihr.

Kapitel 24

Dülmen, 12. Juli 2016

Doktor Pain schmiss seinem Gefangenen die Klamotten vor die Füße. Die dunkelbraune Cargohose und das karierte Hemd waren zu groß. Doktor Pain überreichte dem Mann nun die schwarze Jeans und den schwarzen Pullover. »Anziehen!«, befahl er. Der Gefangene gehorchte und zog die Jeans an. Sie war minimal zu groß. Er bekam einen Gürtel mit den Worten: »Komm' bloß nicht auf dumme Gedanken!« Der Gefangene nickte. Bei dem Pullover verhielt es sich anders, dieser spannte am Bauch. Ganz in schwarz gekleidet gab es keine charakteristischen Wiedererkennungsmerkmale. Zur Vollendung der Verkleidung bekam der Gefangene noch eine graue Leinen-Ballonmütze. Es war das einzige Kleidungsstück mit Charme, jedoch deutlich besser als ohne. Bewaffnet mit der kleinen Säurespritzflasche forderte Doktor Pain seinen »Handlanger« auf, sich in Bewegung zu setzen. Getrieben von der Angst, Säure abzubekommen, lief er los. Jeder Schritt war mühselig. »Schneller, ich habe nicht den ganzen Tag Zeit.« Ein kleiner Schubs in den Rücken ließ ihn das Tempo erhöhen. Es ging hoch ins Erdgeschoss. Das Licht, welches durch die Fenster einfiel, blendete ihn gewaltig. Er kniff sofort seine Augen zusammen. Es dauerte eine Zeit, bis er sie wieder langsam öffnete und sich an die Helligkeit gewöhnte. Ohne weitere Stopps ging es weiter zur Garage. Doktor Pain überlegte, wie er es jetzt am besten anstellen konnte, ohne Gefahr zu laufen angegrif-

fen zu werden. Er entschied sich, für die Variante selbst zu fahren. Seinem Begleiter verbot er sich anzuschnallen, dass er im Falle einer ungewöhnlichen Bewegung sofort auf die Bremsen treten konnte, das den Ungehorsamen nach vorne schleudern würde. Er brauchte die starke Bremsung nicht, denn der Gefangene blieb gehorsam. Still wie eine Puppe saß der »Handlanger« auf dem Beifahrersitz. Sein Inneres arbeitete gewaltig. *Wie stelle ich es an? Und wann wage ich es?*
Doktor Pain mied den Hauptparkplatz und parkte am Kuhlenweg. Die Aussteigeprozedur war behäbig. Jeder Beobachter hätte sie für bekloppt gehalten. Hintereinander liefen sie die letzten paar Meter zum Haupteingang. Die Säureflasche nur Millimeter vom Nacken entfernt, bekam der »Handlanger« den Plan ins Ohr geflüstert. Es sollte alles ganz schnell gehen. Rein. Rucksack holen. Wieder Raus. Fertig.

Jenny hatte einen guten Platz gefunden. Die Uhr zeigte inzwischen kurz nach elf an. Sie genoss noch unauffällig das Essen, welches sie im Innenbereich gekauft hatte. Spätestens, wenn sie fertig war, wollte sie gehen. Sie staunte nicht schlecht, als ein schwarz gekleideter Mann auf den Stufen des Haupteinganges stand. Er stoppte und machte kehrt. »Eine junge Frau steht alleine an einem Stehtisch.« *Warum sage ich das? Ich könnte die Gelegenheit nutzen.* Doktor Pain verstand und gab zurück: »Okay, dann ändern wir den Plan. Du läufst langsam durch den langen Gang, schaust dich um und verlässt das Gebäude durch den Nebeneingang. Währenddessen hole ich mir den Rucksack.«
»Okay.«

Der schwarz gekleidete Mann kam wieder die Treppe hoch und betrat das Gebäude.

Jenny dachte sofort, dass die Klamotten eher als Verkleidung dienen sollten. Doch irgendetwas war noch seltsam an dem Mann, ihr wollte nur nicht einfallen was.

Er ging langsam den Gang entlang und schaute sich intensiv um. Unauffällig verfolgte Jenny ihn, und nahm den weiteren Mann, der gerade durch den Haupteingang hereinkam, gar nicht wahr. Doktor Pain betrat behutsam das Gebäude. Zehn Meter weiter, ging er durch eine Tür nach draußen zu den Attraktionen. Er lief zur großen Rutsche, sah den Rucksack unter dem Auslauf und griff beherzt zu. Mit ihm auf dem Rücken ging er den Weg, den er gekommen war, zurück. Sonnenlicht begrüßte ihn erneut, als er das Gebäude durch den Haupteingang verließ und um die Ecke bog.

Jenny lief dem komischen Typen hinterher. Er schaute sich weiterhin nur um, ohne ein bestimmtes Ziel zu haben. Dann kam der Ausgang der Nebentür in Sicht. Jenny beendete die Verfolgung und lief zurück. Der schwarz gekleidete Mann hatte nur einen ungewöhnlichen Abstecher durch den Hof gemacht. Aber irgendetwas ließ Jenny stutzig werden. Nur was war es? Jenny schaute auf ihre Uhr. Die fünfzehn Minuten waren rum, sie wollte einen Blick auf den Rucksack werfen, bevor sie sich entscheiden würde, ob sie noch weiter warten würde. Sie ging zur Rutsche, bückte sich und erstarrte. Der Rucksack war weg. Sie konnte es nicht glauben, tastete tiefer im Schatten der Rutsche – ohne Erfolg. Der Rucksack befand sich nicht mehr dort. Hätte sie nur den komischen Typen niemals verfolgt, dann hätte sie t gesehen, wer den

Rucksack genommen hat. Aber da die Übergabe ohne Zwischenfall ablief, hoffte sie, Pierre endlich wiederzusehen.

Der schwarz gekleidete Mann lief wie von Geisterhand gesteuert zu dem Auto, mit dem er transportiert wurde, zurück. Doch warum tat er das nur? Der Motor lief schon. Doktor Pain saß breit grinsend auf dem Fahrersitz. Er sah, dass sein Handlanger näher kam, drückte auf die Verriegelung und die Beifahrertür wurde von außen geöffnet. Er stieg ein und durfte sich sogar anschnallen. Er hatte das Vertrauen von Doktor Pain in diesem Moment gewonnen. *Wann soll ich es riskieren?* Dieser einzige Gedanke ging dem Mann tausendmal durch den Kopf, ehe er sich wieder in dem stickigen Loch befand, aus dem er vor einer Stunde herausgeholt worden war.

»Hallo, Kleine«, sagte der Mann, der vor Mel stand, leicht außer Atem. Schweißperlen glänzten auf seiner Stirn. Vor Angst? Oder vor Aufregung? Er hatte Derartiges noch nie gemacht und er wusste nicht genau, wie er sich verhalten sollte. Es fühlte sich falsch an, doch musste es sein. Unbeirrt von ihrem jugendlichen Leichtsinn sagte Mel: »Hallo.« Sie fühlte sich nicht wohl, denn sie war alleine und ein Unbekannter stand vor ihr. Wie sollte sie sich verhalten? »Tolle Sprünge hast du da gerade gemacht«, stammelte der Mann vor sich hin, um nicht wortlos zu wirken. »Machst du das öfters?«
»Ja, ich bin, so oft es geht, auf dem Trampolin.«
Der Mann traute sich nicht zum Punkt seines Anliegens zukommen. Er fühlte sich unwohl. »Und wer hat dir das Springen beigebracht?«

»Meine Mama.«

»Ist die auch da?«

»Nein.«

Der Mann seufzte. Es passte einfach alles. Jetzt nur keine Panik.

»Wann kommt sie wieder?«

»Ich weiß es nicht. Ich hoffe gleich«, antworte Mel.

»Magst du mich dahin begleiten, wo es schöner ist, denn ich finde es hier ungemütlich.«

Mel wurde skeptischer. Sie wollte am liebsten nur ins Haus gehen und ein Glas Wasser gegen ihren Durst trinken. Sie rannte an dem Mann vorbei, um ins Haus zu gelangen.

»So warte! Bleib bitte stehen!«, rief der Mann ihr hinterher. Die Terrassentür blieb geöffnet und der Mann nahm die Verfolgung auf. Von drinnen kamen Stimmen. »Lauf, lauf weit weg und komm nie mehr zurück …« Er verlangsamte seine Schritte. Irgendwie kamen ihm diese Worte bekannt vor. Nach kurzem Überlegen konnte er die Worte zuordnen. Sie kamen zum Glück nur aus einem Fernseher, denn dort lief: der König der Löwen. Sein Herz hämmerte gewaltig gegen seine Brust. Es bildeten sich noch mehr Schweißtropfen, obwohl er gut in Form war.

Mel hatte ein halb geleertes Wasserglas in der Hand, als sie aus der Küche kam. »Sie sind ja immer noch da.«

»Ja, das bin ich«, gab der Mann zurück, wobei er ein Grinsen andeutete, welches aber schief ging und eher wie eine *Fratze* aussah. Sie gruselte sich bei diesem Grinsen. Es wirkte angsteinflößend.

Wie sollte sie sich nur verhalten? Schreien? Weglaufen? *Du musst immer nett zu den Leuten sein,* gingen ihr die Worte ihrer Mutter durch den Kopf. »Möchten Sie auch ein Glas Wasser?«, fragte sie höflich, um ihre Angst zu überspielen. Ihr war die Situation absolut nicht geheuer.

»Nein, danke. Ich möchte viel lieber andere Sachen.« Die Worte klangen selbst in seinen Ohren schon ungeheuerlich, hatte er es wirklich so ausgesprochen?

»Okay.«

Mel wollte an dem Mann vorbeigehen, um sich dem laufenden Film zuzuwenden, doch als Mel in seine Reichweite kam, berührte er sie. Der Kontakt war nur kurz und leicht, doch fühlte er sich falsch an.

In diesem Augenblick wurde die Tür geöffnet. Eine Frau mit einem Schlüsselbund stand in der Türöffnung. Sie hörte den Fernseher laufen, schaute in den Raum und sah, dass jemand Mel an der Hand berührte. Es war auf keinen Fall Pierre, denn der Mann war größer und durchtrainierter. Sie beschleunigte ihre Schritte und schrie mit voller Lautstärke: »Lassen Sie meine Tochter los! Was machen Sie in unserem Haus? Wer sind Sie überhaupt?«

Der Mann drehte sich zu der schreienden Frau um. »Beruhigen Sie sich doch bitte, Frau Goblin.«

»Was? Woher kennen Sie meinen Namen?«

»Lassen Sie mich alles in Ruhe erklären«, bat er.

»Da gibt's nichts zu erklären.«

»Wenn Sie meinen, darf ich Ihnen kurz etwas zeigen?«

Ein tiefes Brummen entkam Jennys Kehle. Der Mann griff sich an seine Gesäßtasche.

»Was machen Sie da?«

Der Mann vollendete seine Bewegung und hielt sein Portemonnaie in der Hand. Er klappte es auf und zeigte es Jenny Goblin. Sie blickte darauf und sah den Polizeidienstausweis eines gewissen Marc Eisenberg.

»Also sind Sie Marc Eisenberg? Und bei der Polizei?«

Der Mann nickte.

»Was suchen Sie hier? «

»Ich wollte mit Ihnen über ein paar Dinge sprechen. Ich habe nur die Kleine draußen angetroffen. Es schien mir so, als wäre sie alleine, da habe ich mir gedacht, ich bleibe hier, damit ich sie im Auge behalten kann.

»Mhhh.«

»Darf ich Ihnen nun ein paar Fragen stellen?«

»Meinetwegen. Was möchten Sie wissen?« Jenny zeigte sich freundlich, bis sie die erste Frage hörte, danach änderte sich ihre Lage.

»Ich mache einen Kurzurlaub bei einem Freund auf dem Campingplatz«, fing Marc Eisenberg an, »und als wir gemütlich draußen saßen, hörten wir lautes Geschrei aus ihrem Garten. Ich wollte nachfragen, warum vor dem Kind so herumgeschrien wird?«

Jenny schluckte kräftig, überlegte sich eine plausible Antwort. »Haben Sie selbst Kinder?«

»Nein.«

»Dann wissen Sie also nicht, wie schwer es manchmal mit ihnen sein kann, wenn sie zickig werden. Da muss man schon einmal den Ton etwas härter ansetzen, damit sie überhaupt reagieren.« Mehr als ein »Hmm« brachte Marc Eisenberg zuerst nicht über seine Lippen. Dann sagte er: »Mir erschien es vorhin eher so, als wäre ihre Tochter ein total liebes Kind. Sie hat mir sogar etwas zu trinken angeboten.«

»Ja, dass sie fremde Leute respektvoll behandeln soll, habe ich ihr beigebracht.«

»Ach so.«

»Möchten Sie noch mehr wissen oder war's das?«

»Fürs Erste war es das. Danke.«

»Gerne. Ich hoffe, ich konnte Ihnen über Kinder beibringen, dass sie nicht immer einfach sind.«

Marc Eisenberg machte sich langsam auf den Rückweg, blieb stehen und fragte noch: »Wo ist ihr Mann?«

Jennys Gesichtsfarbe änderte sich schlagartig und ein unkontrolliertes Zucken durchzog ihr Gesicht. »Auf Reisen. Kommt bald wieder«, antwortete sie, so ruhig es ging, doch die Worte kamen hektisch herüber.

»Dann hoffe ich, dass er gesund wiederkommt.«

»Bestimmt, was sollte ihm schon passieren«, log Jenny. *Neun heile Finger hat er noch. Und das Gold und das ganze Geld sind abgeliefert. Nein, nicht das komplette Geld. Es fehlen 15.000 Euro. Wird Pierre trotzdem frei gelassen?*

»Auf Wiedersehen, Frau Goblin.«

Marc Eisenberg verließ leicht frustriert das Anwesen, ohne wirklich schlauer geworden zu sein. Was hatte er sich denn auch von dem Besuch erhofft? Eine ganze Familiengeschichte? Ihm blieb nichts anderes übrig, als weiterhin ein Auge auf die Familie Goblin zu werfen. Die plötzliche Gesichtsfarbenänderung hatte seinen Ermittlerinstinkt geweckt.

Kapitel 25

Der Rucksack lag auf dem Wohnzimmerboden; die vier herausgeholten Goldbarren glänzten auf dem Tisch. Das Geld wurde zu Packen je zehntausend Euro zusammengelegt. Nach einigen Minuten war der Rucksack komplett leer. So viel Geld hatte er noch nie in seinem Leben gesehen. Es war der Wahnsinn. Er zählte die Packen: Eins, zwei, drei, vier, fünf, sechs, sieben, acht, neun, zehn, elf und einen nicht ganz kompletten. Er wunderte sich, denn er hatte mit mindestens dreizehn Haufen gerechnet. Er wiederholte die Zählung. Das Ergebnis blieb dasselbe. Es lagen auf dem Tisch tatsächlich nur 118.212 Euro anstatt 133.212 Euro, wie er es befohlen hatte. Es fehlte ein Betrag von 15.000 Euro, das musste Konsequenzen haben. Verarschen ließ er sich nicht. Die bevorstehende Behandlung würde ihm riesigen Spaß bescheren. Er war sich nur nicht sicher, welches Utensil er benutzen sollte.

Doktor Pain lief hinunter in den Keller, vorbei an seinem Handlanger, der wieder in dem abgeschloss Heizungsraum saß. Verärgert betrat er den Raum, in dem sich das massakrierte Opfer befand. Die von den Benzingasen geschwängerte Luft war sehr unangenehm. Der Gefesselte hatte den Kopf auf die Brust gesenkt und atmete schwer. Er regte sich erst, als jemand zu ihm sprach. »Hallo, es wird Zeit, ein wenig Spaß zu haben.«

Immer stärker werdende, ruckartige Bewegungen zerrten

vergebens an den Fesseln. Doktor Pain wand sich vergnügt seinem Tisch mit den Werkzeugen zu. Ein scharfes Messer, ein Rohrschneider, eine Autobatterie und ein kleiner Kanister mit Öl lagen bereit. Er nahm das Messer in die Hand, drehte es und machte ein paar Probeschnitte in der Luft. Die Bewegungen waren grazil, doch irgendwie nicht seins. Sein Blick wanderte zurück zu den Utensilien. Und da stand noch etwas – nämlich etwas, dass ihm besser gefiel: seine kleine Spritzflasche gefüllt mit Säure. Er nahm sie voller Erregung in die Hand, fühlte sanft über den kleinen Bauch und kontrollierte den Stand. Es war genug Inhalt in der Flasche. Damit stand das Utensil für die nächste Aufnahme fest.

Die Kamera lief und er näherte sich seinem Gefangenen. Die nackte Haut der Arme lag frei zugänglich auf der Stuhllehne. Doktor Pain hatte gerade den ersten Spritzer verteilt, da zappelte der Gefangene zu stark herum, um das Werk zu vollenden. Zudem war das Geschrei, welches trotz des Jutesacks zu hören war, bei seiner jetzigen Tätigkeit störend. Er hätte es gerne genossen, aber er musste fokussiert bleiben. Bevor er weitermachen konnte, ging er noch einmal zurück zu seinem Tisch, nahm einen Lappen in die Hand, drehte den Benzinkanister auf und tunkte ihn hinein. Der Duft war selbst für ihn unangenehm, doch übertünchte er den beißenden Geruch der Säure. Der Lappen wurde fest auf den Jutesack über dem Gesicht gedrückt. Augenblicklich verstummten die Schreie. Der Mann hatte sein Bewusstsein verloren. Es herrschte Ruhe.

Der Arm, auf dem Doktor Pain angefangen hatte, wies die ersten Verätzungen auf. Die Haut färbte sich rötlich und eine

Schädigung der Oberfläche war deutlich zu erkennen. Doktor Pain blieb ruhig und konzentrierte sich bei jeder weiteren Bewegung. Der Strahl, der aus der Öffnung herausgedrückt wurde, war fast so präzise wie ein Füller. Nach zehn Minuten filigraner Arbeit war das Werk vollendet und es stand als Verätzung auf dem Arm:

- 15.000 EURO

Es war eine eindeutige Anspielung auf das fehlende Geld und es sollte Frau Goblin noch einmal deutlich machen, dass jegliches Fehlverhalten sofortige Konsequenzen hatte.
Er bearbeitete das Video so, dass zwar seine Hand zu sehen waren; er selbst aber nicht. Er splittete das Video in vier kleine Teile.

Jenny war froh, dass der Mann, obwohl er Polizist war, endlich gegangen war. Sie setzte sich auf einen Stuhl und ihre ganze Anspannung entlud sich im selben Moment. Sie sank erschöpft zusammen. Melanie hatte die ganze Szene mitbekommen und der Mann wurde mit demselben barschen Ton attackiert, wie sie selbst vor ein paar Tagen. Es schien irgendetwas zu geben, dass ihre Mutter stark belastete, da sie sonst die Ruhe in Person war.
»Mama, was ist los?«
»Ich hatte Angst um dich, als ich dich mit diesem Fremden hier alleine sah.« Es war das erste Mal, dass Jenny gegenüber ihrer Tochter über Ängste sprach. »Wie konntest du ihn denn nur hereinlassen?«, schimpfte sie direkt hinterher. »Du

kanntest den Mann doch gar nicht! Er hätte dir schlimme Dinge antun können.«

»Mami, Mami, ich wollte keinen Fehler machen«, heulte Mel herum. »Du hast mir doch immer gesagt, dass ich zu jedem Menschen nett sein soll. Und das habe ich getan. Ich war nur nett zu dem Mann.«

»Aber doch nicht zu einem Wildfremden.«

»Es ... es tut mir leid, Mami.«

»Wir hatten Glück, dass dieser Mann ein ehrenhafter Mann von der Polizei war. Es hätte auch ein Perverser sein können.«

»Ich sagte doch, dass es mir leidtut.«

»Sollte es auch! Jetzt geh nach oben und dusch dich ab. Du bist total verschwitzt. Nicht, dass du dich noch erkältest.«

Mel hörte auf ihre Mutter und ging nach oben ins schwarzweiß gflieste Badezimmer. Sie zog sich aus, betrat die ebenerdige Dusche und verschloss die Schiebetüren. Das Duschventil drehte sie auf und angenehm warmes Wasser überflutete ihren kleinen Körper.

Unten im Wohnzimmer hörte Jenny das Wasser der Dusche prasseln, denn es herrschte eine unheimliche Stille, nachdem sie den Fernseher ausgeschaltet hatte. Die Ruhe wurde von einem Vibrieren gestört. Sie raffte sich zusammen, griff nach ihrem Handy und entsperrte den Bildschirm.

Sie hatte vier kleine Videos zugeschickt bekommen.

Sie öffnete das Erste: Ein Mann mit dunkelblauem Hemd und weißer Hose saß gefesselt auf einem Stuhl und ein dunkler Schatten mit einer kleinen Flasche in der Hand näherte sich ihm.

Die bedrückende Stimmung in dem Keller war für Jenny

unerträglich, denn sie ahnte schon, dass es nichts Gutes zu bedeuten hatte.

Sie öffnete das zweite Video: Eine Flüssigkeit wurde aus einer Spritzflasche gedrückt und als sie auf die Haut traf, wand sich der Mann im Polohemd noch mehr in den Fesseln und die weiße Hose wurde nass.

Das Video hatte – zum Glück für Jenny – keinen Ton. Der alleinige Anblick von den angespannten Adern der Unterarme, ließ sie erahnen, wie groß die Kraft war, mit der an den Fesseln gezogen wurde.

Schockiert von dem Geschehen der ersten beiden Videos, zögerte sie, das Dritte zu öffnen. Nach kurzem Verweilen tar sie es. Es zeigte einen Lappen, einen alten Kanister – vermutlich für Benzin – und das Tränken des Lappens mit der Flüssigkeit. Der Lappen wurde dem Polohemdträger gegen den Jutesack, der sich über dem Kopf befand, gedrückt. Das Zerren an den Fesseln erlosch und die Körperspannung ließ schlagartig nach.

Jenny brachte den letzten Mut auf und schaute sich das vierte Video an. Es zeigte eine präzise Führung der Spritzflasche für fünf Sekunden, dann war das Bild kurz weg. Die letzten Momente des Videos kamen Jenny wie ein Standbild vor. Es passierte nicht mehr viel, sondern zeigte den verätzten Arm. Auf ihm stand deutlich lesbar:

- 15.000 EURO

Jenny fiel vor Schreck das Handy aus der Hand; es krachte zu Boden und blieb unversehrt. Die Nachricht war eindeutig, das fehlende Geld war dem Erpresser aufgefallen. Die Unachtsamkeit von ihr brachte Pierre starke Schmerzen ein. Es war eine Narbe für die Ewigkeit, die sie immer an die schlimme Zeit zurückerinnern würde. *Ich dumme Kuh, warum habe ich die Handtasche nur im Auto vergessen.*

Kapitel 26

Es war gegen Mittag und Pascal hatte es sich bequem gemacht. Die Abwesenheit von seinem Freund war ein Segen für ihn. Er klappte seinen Laptop auf und öffnete ein Videoprogramm. Er schaute sich das Video an und bewunderte das Gesehene. Man konnte die Empfindungen förmlich spüren, obwohl es keinen Ton gab. Die Aufnahme war kurz, aber sie gefiel ihm. Er hoffte, dass er noch einiges an Zeit hatte, bevor Marc zurückkam. Wo war er überhaupt? Hatte er es ihm erzählt? Oder war der Sportfreak nur wieder joggen? Pascal schaute fasziniert das Video an. Es war fast zu Ende, als ein Lichtschein durch die sich öffnende Tür hereinschien. Blitzschnell schloss er das Video und öffnete eine Nachrichtenseite. Er begrüßte den Eintretenden: »Hi, Marc. Wo kommst du denn her?«

»Von den Goblins«, antwortete er beim Betreten des Campingwagens. Wenige Sekunden später fiel die Tür ins Schloss. Es war dämmrig, da Pascal die Sonne noch nicht hereinlassen wollte. »Warum sitzt du denn hier im Dunkeln?«

»Ach, bin gerade erst richtig wach geworden und auf frühstücken hatte ich keine Lust, da habe ich lieber erst mal die Nachrichten des Tages gecheckt.«

»Gibt's was Außergewöhnliches?«

»Ich habe noch nichts gesehen. Nur das Übliche.«

»Zeig mal her, mich interessieren die Nachrichten auch.«

»Okay, aber es ist die Lokalzeitung.«

Marc Eisenberg blätterte die Lokalzeitung durch, überflog die Headlines und blieb bei einer Überschrift hängen:
Junger Mann brutal zusammengeschlagen.
Er las sich den Artikel gründlich durch.
Ein bisher unbekannter Jugendlicher, dem eine Brustwarze fehlt, wurde am 11. Juli in der Nähe des alten Giga-Parcs zusammengeschlagen aufgefunden. Dabei wies sein Körper diverse Verletzungen auf, wie zwei Platzwunden am Kopf und eine Wunde an der rechten Hand, welche provisorisch versorgt worden war. Als er durch den Mitbürger Daniel B. aufgefunden wurde, war er nur spärlich bekleidet. Die Polizei bittet die Bevölkerung um Mithilfe. Für Hinweise wählen Sie 02594 / 9370.

Marc Eisenberg lief es eiskalt den Rücken hinunter. Es waren grausame Verletzungen aufgezählt worden. Seit seinem Erscheinen in Dülmen gingen hier viele seltsame Dinge vor sich. Lag es an ihm? Oder war es Normalität hier?
»Pascal? Hast du den Artikel über den zusammengeschlagenen Jungen gelesen?«
»Nur überflogen.«
»Ist es Normalität hier in Dülmen?«
»Auf gar keinen Fall. Ab und zu gibt es kleine Kneipenschlägereien, wenn einige Leute wieder über den Durst getrunken haben, aber das passiert doch überall.«
»Ja, stimmt.«
Marc Eisenberg kribbelte es in den Fingern. Er würde zu gern bei der Aufklärung helfen, denn es war immerhin sein Job, nur befand er sich weit entfernt von seinem Ermittlungsgebiet. Dennoch wollte er der hiesigen Polizei seine Hilfe an-

bieten. Es wäre seine dritte Baustelle. »Pascal, soll ich der Polizei hier im Ort meine Hilfe anbieten oder eher nicht?«

»Also ich könnte ein wenig Zeit alleine gebrauchen und du bist Kommissar in Frankfurt, das sollte doch helfen.«

»Ja, genau. Dann werde ich mich mal zur Polizeistation aufmachen.«

»Viel Erfolg, Marc. Bis später.«

Der Kommissar schwang sich auf das Fahrrad und radelte zur Polizeistation. Nach einigen Minuten gemütlichem Strampeln kam er am Eingang an. Er stieg vom Rad, schloss es ab und betrat das Gebäude. Drinnen herrschte eine unruhige Stimmung. Stimmen redeten wild durcheinander. Es war Hektik ausgebrochen.

Er nahm vereinzelte Wortfetzen auf »So eine abscheuliche Tat«, »brutales Arschloch« und »hoffentlich finden wir den Täter«. Er hörte nichts über irgendwelche Neuigkeiten. Er lief einige Minuten unbemerkt herum, bis in jemand ansprach: »Hallo, wie kann ich Ihnen helfen?«

»Ich bin Kommissar Marc Eisenberg. Berufstätig in Frankfurt und mache zurzeit hier in Dülmen Urlaub«, antworte er und schlug zur Bestätigung seinen Ausweis auf. Der Polizist, der auf den Namen Frank Brakmann hörte, schaute darauf und nickte bestätigend. »Und was suchen Sie hier?«

»Ich habe von dem brutalen Angriff auf den Jungen gelesen und möchte meine Mithilfe anbieten.«

»Okay. Wir befürworten jegliche Art von Mithilfe. Umso schneller können wir den Täter fassen.«

»Gibt es denn irgendwelche brauchbaren Hinweise?«

Widerwillig berichtete Frank Brakmann: »Nein. Es gibt

keine Spur vom Täter; die Tatwaffe lässt sich nicht finden, aber es wird aufgrund der Augenverletzung auf einen spitzen Gegenstand spekuliert oder eventuell sogar zwei Tatwaffen, wenn man sich die anderen Verletzungen anschaut.«

»Und wie wäre es mit einem unförmigen Stein?«, schlug Marc Eisenberg unverblümt vor.

»Das könnte sogar möglich sein, wenn der Stein sowohl eine flache als auch eine spitze Kante besitzt. Der Tipp könnte die Suche nach der Tatwaffe vorantreiben.«

»Wurde das Gelände schon gründlich abgesucht?«

»Natürlich. Bis auf ein paar stinkende Schuhe fanden wir nichts Brauchbares.

»Was ist mit dem Opfer? Konnte er eine Täterbeschreibung abgeben?«

»Keine Chance. Das Opfer ist nicht ansprechbar.«

»Mist!«

Der Mann erinnerte sich gerne an gestern zurück. Es war der Tag, an dem er schicke neue Klamotten und einen Haufen Geld erobert hatte. Es tat ihm ein wenig leid, dass er das Opfer so zurücklassen musste, doch er hatte ihn angegriffen und es nicht anders verdient. Den Stein und die Klamotten, die sich in der Plastiktüte befanden, hatte er bis zu einem großen See geschleppt. Dieser lag weit genug vom Tatort weg. So hatte er sich entschieden, die Tüte zu verknoten und dort zu versenken. Zuvor hatte er jedoch die schicken neuen Klamotten und den Umschlag herausgeholt. Als die Tüte mit der Wasseroberfläche in Berührung kam, hatte sie sich mit Wasser vollgesogen. Durch den Inhalt tauchte die Plastiktüte langsam zum Abgrund ab. Mit dem Kontakt des Wassers wurden jegliche Fingerabdrücke am Stein verwischt. Der Mann mit den angsteinflößenden Augen fühlte sich rundum glücklich.

Kapitel 27

Tim Beck saß in seinem kleinen Ruderboot. Das Wasser, das gegen den Rumpf schwappte, störte ihn nicht. Er schmiss eine Angelrute aus und wartete. Es war das optimale Wetter für Tims Hobby. Die ersten achtundzwanzig Minuten tat sich nichts und so ließ er sich von der Sonne bräunen. Endlich zappelte die Angelschnur und er holte sie mit raschen Kurbelbewegungen ein. Ein Hecht hing am Haken. Er löste ihn aus dem Fischmaul und schmiss den Fisch zurück in den See, denn er war ihm zu klein. Er holte Schwung und schmiss die Angelrute wieder aus. Der Haken verfing sich irgendwo und er kurbelte das Seil erneut zurück. Tim Beck staunte, als er eine Plastiktüte am Haken sah. Sie war verknotet und schwerer als eine leere Tüte. Er fischte sie aus dem Wasser und nahm sie an Bord des Ruderbootes. Neugierig schaute er hinein. Außer ein paar lumpigen Klamotten und einem unförmigen Stein befand sich nichts dadrin. Er wunderte sich, warum jemand so etwas in einen See schmiss. Zwei Stunden später, ohne weitere nennenswerte Angelerfolge, ruderte er zurück an den Steg und legte an. Die Tüte nahm er mit und schmiss sie in den nächsten Mülleimer, der nur wenige Meter vom Steg entfernt stand. Er machte sich auf den Weg nach Hause, ohne einen weiteren Gedanken an die Plastiktüte zu verschwenden. Im Laufe des Tages nahm Tim Beck vor lauter Langeweile die Lokalzeitung in die Hand. Außer dem Sportteil interessierte ihn nichts. Er blätterte Seite für Seite um. Überraschend blieb er auf einer Seite hängen, wo ihm eine Überschrift ins Auge fiel, die seine Aufmerksamkeit erregte.

Junger Mann brutal zusammengeschlagen.

Er las den Artikel durch und seine Kinnlade fiel herunter. Er wurde schlagartig an die vergessene Plastiktüte zurückerinnert. Jetzt konnte er sich vorstellen, von wem die Klamotten kamen und warum die Tüte im See lag. Er informierte die Polizei.

Der Anrufer behauptete, eine Plastiktüte mit Klamotten und einem Stein aus dem See geangelt zu haben. Er erzählte davon, wie er sich nichts dabei gedacht habe, und die Tüte in den nächstgelegenen Mülleimer am Steg geworfen hatte. Erst, als er den Zeitungsartikel gelesen hat, bekam er den Verdacht, sie könnte mit einem Verbrechen zu tun haben.

Lars Streitner wurde losgeschickt, um die Tüte zu bergen. Seinen Job bei der Polizei hatte er sich anders vorgestellt. Er fluchte im Wagen: »Ich bin doch kein Müllmann. Ich will Verbrecher jagen.« Minuten später parkte er seinen Dienstwagen vor einem Schlagbaum und stieg aus. Die restlichen Meter bewältigte er zu Fuß. Der besagte Mülleimer war leicht zu finden. Er zog Latexhandschuhe an und holte die Plastiktüte heraus. Neugierig warf er einen Blick hinein: alte Klamotten und ein unförmiger Stein. »Für so einen Quatsch vergeude ich meine Zeit.« Demotiviert trat er den Rücktritt an. Während der Rückfahrt schaltete er das Martinshorn an und erfreute sich daran, wie ihm die Autos auswichen.

»Wenigstens etwas Gutes bringt der Job mit sich.«
Marc Eisenberg hatte das Telefonat mitbekommen und zugesehen, wie ein Beamter losgeschickt wurde. Er bat um einen Kaffee. Man sagte ihm: »Der Kaffeeautomat steht hinten links im Flur.« Zielstrebig ging er da hin und schaute sich die Auswahl an. Er wählte einen normalen Kaffee. Sekunden später dampfte es aus dem Ausgabefach. Er nahm das Getränk in die Hand und trank einen kräftigen Schluck. *Was wird in der Tüte sein? Kann es wirklich die Tatwaffe sein?*
Beim dritten Schluck hörte er ein Martinshorn näher kommen. Zwei weitere Schlucke später war das Geräusch erloschen und Lars Streitner trat mit einer Plastiktüte in der Hand ein.

Gemeinsam und unter Vorschrift wurde der Inhalt untersucht. Zuerst wurden sehr stark gebrauchte Klamotten herausgeholt. Durchlöchert und dreckig. Ob diese Klamotten dem Opfer gehörten, war unklar, sollte sich aber klären lassen, sobald er wieder erwachte. Viel interessanter war der Stein, der aus der Tüte geholt wurde. Er hatte eine bizarre Form. Eine Seite eher rund, in der Mitte flach und die andere Seite sehr spitz. Er sah merkwürdig aus, aber es könnte sich wirklich um die Tatwaffe handeln, denn er wies kleine rote Pünktchen auf. Lars Streitner schrie verblüfft: »Ist das Blut?!« Jetzt wurde sein Job wieder interessanter. »Ja es ist Blut, das nicht vom Wasser weggespült worden ist sondern sich in der Struktur festgesetzt hat.«
Der weitere Erfolg hing jetzt von zwei Faktoren ab. Erstens: von der Analyse der roten Tropfen auf dem Stein. Zweitens:

Vom Erwachen des Opfers, damit sie mehr über den Täter erfahren konnten. Faktor Nummer zwei konnte sofort angegriffen werden. Sie tätigten einen Anruf beim Krankenhaus und erkundigten sich, wie es dem Unbekannten ging. Als Antwort bekamen sie nur: »Es tut mir leid, Ihnen mitteilen zu müssen, dass der Herr nicht vernehmungsfähig ist. Sein Zustand ist noch sehr kritisch. Er hat definitiv sein linkes Auge verloren.« Frank Brakmann sagte ihr nur: »Bitte melden Sie sich sofort, wenn er wieder bei Bewusstsein ist. Er ist der Einzige, der uns in diesem Fall weiterhelfen kann.«

Eine Bestätigung beendete das Gespräch.

Marc Eisenberg ließ seine Handynummer zurück und bat um Rückruf, sobald es Neuigkeiten gibt.

Kapitel 28

Borken, 25. Mai 1986

L angeweile machte ihr zu schaffen, denn Wolfgang war nicht greifbar und vor allem seine Nähe nicht. Sie brauchte es sonst täglich. Nun war seit fast einer Woche nichts passiert und es sollten noch mehrere folgen, wenn alles normal lief. Sie überlegte, wie sie auf andere Gedanken kommen konnte, fand aber keine passende Alternative. Sie hatte einiges in Zeitungen und im Internet gelesen, wie es auch ohne Mann Spaß machen sollte; sie hatte es probiert und für nicht befriedigend empfunden. Sie überlegte fieberhaft weiter, wie sie die Zeit ohne Sex überstehen konnte.

Der kleine Star kam vom Fußballtraining und schmiss seine Fußballtasche auf den Boden im Flur. »Mama, ich bin wieder da. Ich gehe erst duschen, dann räume ich die Tasche aus.« Er ging ins Obergeschoss und betrat das Badezimmer. Dort zog er sich nackt aus, stellte sich unter die Dusche und drehte das Wasser auf. Ein kalter Strahl traf seine Haut. Das Wasser entfernte den Schweiß von seinem verschwitzen Körper. Sechs Minuten später stellte er es aus, nahm ein Handtuch in die Hand und trocknete sich ab. Er stand nackt im Badezimmer und suchte vergeblich frische Klamotten. Unbekleidet nahm er ein weiteres Handtuch aus dem Schrank, band es sich um die Hüfte und verließ das Badezimmer. Seine nassen Füße hinterließen Abdrücke auf dem Boden.

Es waren nur wenige Meter zu seinem Zimmer, als ihn jemand von hinten ansprach: »Was läufst du hier so halb nackt herum?«

»Ich habe meine Wechselklamotten vergessen.«

»Und deswegen hinterlässt du eine nasse Spur?«

Der kleine Star schaute auf den Boden und sah seine eigenen Fußabdrücke. »Oh, tut mir leid, Mutti.«

Ihr Blick wanderte über den Körper ihres Sohnes. Diese Ähnlichkeit zu seinem Vater war erschreckend. Man konnte dieselben Eigenschaften erkennen. Das besondere Merkmal war der herausstehende Bauchnabel und selbst der Haarwuchs auf der Brust fing langsam an zu sprießen. Er hatte einen gut durchtrainierten Körper für sein Alter. Die Lust in ihrem Inneren wuchs. Und inzwischen war nicht nur der Boden feucht. Ihr Verlangen wurde riesig, sie versuchte, es zu unterdrücken, gab sich jedoch ihrer Lust geschlagen. »Sohn, kannst du mir ganz kurz mal im Schlafzimmer helfen?«

»Mutti, ich ziehe mich nur kurz an, dann komme ich.«

»Neiiin, dann ist es zu spät. Ich habe eine riesige Spinne über dem Bett gesehen.«

Ihm war die Arachnophobie – die Angst vor Spinnen – bei seiner Mutter bekannt. Sie schrie im Normalfall das ganze Haus zusammen, sobald sie ein Tierchen an der Wand sah; Wolfgang kam dann immer schnellstmöglich angerannt, damit das Geschreie aufhörte. Nun war ihr Gatte nicht da, deshalb musste er, der einzige *Mann* im Haus, seine Mutter ins Schlafzimmer begleiten. Ein riesiges Doppelbett aus schwarzem Kunstleder stand mitten im Raum. Der rot-schwarze Kleiderschrank, mit den Schiebetüren, verdeckte die gegenüberliegende Wand komplett.

»Wo ist die Spinne?«, fragte der kleine Star.

»Ich habe sie am Kopfende gesehen.«

»Dort sehe ich sie nicht.«

»Sie muss da sein. Schau mal in dem Hohlraum zwischen Kopfteil und Wand nach.«

Der kleine Star stieg aufs Bett und bückte sich, sodass er mit dem Kopf in den Hohlraum schauen konnte. Dabei lockerte sich das Handtuch. Er sah keine Spinne und wollte gerade wieder vom Bett steigen, als sich das Handtuch von seiner Hüfte verabschiedete. Nun hockte er hüllenlos auf der Matratze. Augenblicklich breitete sich eine Schamesröte in seinem Gesicht aus. Seine Mutter hingegen begutachtete ihn genau. Das, was sie sah, gefiel ihr. Ihre Lust steigerte sich.

»Ist nicht schlimm, Junge. Als Kind habe ich dich tausend Mal nackt gesehen«, versuchte sie ihren Sohn zu beruhigen. Es gelang ihr ein wenig. Der Junge versuchte, das Handtuch aufzuheben, um seinen Leib wieder zu verdecken, doch war seine Mutter näher gekommen und verhinderte es. »Das brauchst du nicht«, sagte sie, während sie es in die Hand nahm und weit weglegte.

»Aber Mutti.«

»Nichts aber Mutti. Es ist nichts Schlimmes daran nackt zu sein.«

»Ich schäme mich aber.«

»Das brauchst du nicht. Es ist etwas ganz natürliches«, sagte sie, wobei sie ihr T-Shirt über ihren Kopf zog und ihr roter BH zum Vorschein kam.

»Aber Mutti?«

»Pssst«, antwortete sie und öffnete den Knopf ihrer Hose.

Elegant schlüpfte sie heraus. Vom Anblick seiner Mutter in Unterwäsche wuchs seine Scham. Zudem schwoll noch etwas an, was ihn schockierte.

»Wer erweckt denn da zum Leben?«

Unfähig einer Antwort, erstarrte der kleine Star. Seine Mutter kam immer näher. Es trennte sie nur noch ein halber Meter. Ihr Slip wanderte an den Beinen hinunter Richtung Boden. Es faszinierte und ekelte ihn gleichermaßen an. So einen Anblick kannte er bisher nur aus Zeitschriften, die er sich heimlich im Kiosk angeschaut hatte. Die erste Berührung fühlte sich schön an. Die Ausmaße des kleinen Stars waren deutlich geringer als die seines Vaters. Sie hoffte, dass es reichen würde. Sie berührte ihn. Er ließ es geschehen. Die Berührungen wurden intensiver. Plötzlich griff sie in die Schublade des Nachtschränkchens und holte ein Kondom heraus.

»Aber Mutti!«

»Pssst. Lass es geschehen«, flüsterte sie ihm erregt ins Ohr.

Total perplex ließ er es geschehen.

Er wurde kleiner.

Noch kleiner.

Sie spürte ihn kaum.

»Mach dir schöne Gedanken. Denk daran, wie du einen Ball mit voller Wucht in ein Tor schießt«, munterte sie ihn auf. Es half ein bisschen. Sie erinnerte sich an die Anfeuerungsrufe von Wolfgang. Sie versuchte es mit denselben Worten: »Komm schon! Du schaffst das! Glaub an dich, du schaffst das!« Es half. Sie spürte ihn. Sogar viel mehr. Wie in Trance gab der kleine Star Gas, als wäre es ein erneutes Meisterschaftsspiel. Schweiß bildete sich auf seiner Stirn. Ein lauter, schriller Schrei durchschnitt das rhythmische Schnaufen. Einige Momente später erschlaffte der Körper des kleinen Stars.

»Du hast es geschafft, Junge. Gut gemacht!«

Kapitel 29

Es lag nun drei Jahre zurück, dass Eddy Schemko ausgebüxt war. Seit dieser Zeit machte sich Angelika Schemko viele Vorwürfe. Sie hätte damals eher handeln müssen und sich von ihrem bis dahin Nochehemann Anatoly Schemko scheiden lassen sollen. Anatoly trank oft zu viel und wurde dann gegenüber seinem Sohn Eddy gewalttätig. Es hatte eine Ewigkeit gedauert, bis Angelika den Mut fand, sich gegen ihren Ehemann zu stellen. Doch leider viel zu spät, denn Eddy war seitdem nie wieder zurückgekommen. Sie machte sich die allergrößten Vorwürfe. Spätestens nachdem er betrunken zu einer rostigen Schere griff und damit auf Eddy losging, hätte sie zur Polizei gehen müssen, aber sie hatte es nicht getan. Eddy musste leiden. Sein Vater hatte ihn erwischt und in irgendeiner alkoholischen Wahnvorstellung die linke Brustwarze abgeschnitten. Eddy hatte geschrien. Laut. Sehr laut. Genervt von den Schreien, hatte Anatoly die Hand gegen seinen Sohn erhoben und ihn geschlagen. Er fiel hart zu Boden und blieb still liegen. Sie erinnert sich noch genau, was sie damals gesagt hat: »Wir müssen zum Krankenhaus, das kann gefährlich werden!«

Als Antwort bekam sie: »Halt's Maul Schlampe! Oder soll ich bei dir weitermachen?«

»Anatoly! Wir müssen zum Krankenhaus.«

»Nein! Ein Pflaster und etwas Nähzeug haben wir hier. Also kein Problem«, sagte er mit einer gewaltigen Alkoholfahne.

Da Angelika Angst vor ihm hatte, holte sie Verbandszeug und fing an Eddys Brust mit einem Druckverband einzuwickeln. Die Blutung verringerte sich.

In der folgenden Nacht war Eddy verschwunden. Sie hatte einige Versuche unternommen, um ihn zurückzubekommen. Nur schien Eddy davon nichts mitzukriegen oder was wahrscheinlicher war: Er wollte einfach nicht zurückkommen.

Die inzwischen 37-Jährige blätterte in der Tageszeitung herum, als ihre müden, kleinen Augen einen Artikel sahen, der ihre Aufmerksamkeit erregte. Sie fing an, ihr schon gräulich schütteres Haar zu zwirbeln, und las: *Ein bisher unbekannter Jugendlicher, dem eine Brustwarze fehlt, wurde am 11. Juli in der Nähe des alten Giga-Parcs zusammengeschlagen aufgefunden. Dabei wies sein Körper diverse Verletzungen auf, wie zwei Platzwunden am Kopf und eine Wunde an der rechten Hand, welche provisorisch versorgt worden war. Als er durch den Mitbürger Daniel B. aufgefunden wurde, war er nur spärlich bekleidet. Die Polizei bittet die Bevölkerung um Mithilfe. Für Hinweise wählen Sie 02594 / 9370.*

Eddy?, dachte sie. Sie musste mehr darüber erfahren und wählte die Nummer am Ende des Artikels.

Eine Stimme meldete sich: »Polizeistation Dülmen, Frank Brakmann am Apparat.«

»Schemko. Angelika Schemko.«

»Hallo Frau Schemko, was kann ich für Sie tun?«

»Ich … ich habe den Artikel in der Zeitung gelesen und musste sofort an meinen vermissten Sohn Eddy denken.«

»Wieso müssen Sie an ihren Sohn denken?«, hakte er nach.

»Im wurde damals eine Brustwarze von seinem Vater abgeschnitten und nach diesem Vorfall war er weggelaufen und nie wieder zurückgekommen.«

»Das hört sich ja schrecklich an. Können Sie uns ein Bild von ihrem Sohn Eddy schicken?«

»Ja schon, aber das aktuellste Bild, was ich von ihm habe, ist von vor drei Jahren, als er noch ein Teenager war.«

»Lassen Sie es uns zukommen.«

»Okay. Ich suche es heraus und bringe es vorbei.«

»Das wäre sehr gut.«

Angelika legte aufgewühlt auf, machte sich an die Suche nach einem schönen Bild von Eddy und fand nach einiger Zeit eines. Es zeigte ihn mit einem strahlenden Lächeln im Gesicht. *Eddy, mein lieber Eddy. Ich vermisse dich so sehr.*

Kapitel 30

Schläuche ragten aus Eddys Körper. Sie versorgten ihn mit Sauerstoff und überwachten seine Vitalfunktionen. Er erwachte unerwartet und schlug verwirrt seine Augen auf. Panik überkam ihm, als er die Schläuche sah. Schmerzen verspürte er keine, dafür sorgte eine große Menge Morphium. Starke Erinnerungslücken plagten ihn. Er sah die schwarzen, angsteinflößenden Augen noch genau vor sich, doch was dann passiert war, wollte ihm nicht mehr einfallen. Das Einzige was ihn wunderte: Er sah links nicht mehr so viel wie vorher. Eddy Schemko wollte schreien, aber das Morphium lähmte seine Gesichtsmuskeln. Er bekam Angst. Träumte er? War er in seinen neuen Klamotten eingeschlafen? Ja, das würde es wohl sein. Einfach aufhören zu träumen, aufstehen und anziehen. Er schaffte es nicht. Eine Tür wurde geöffnet und eine Dame trat ein. Sie trug ein Krankenschwesternoutfit und wog einige Kilos zu viel. Sie lächelte ihn freundlich an und verharrte nur kurz, da sie nach dem Wechseln des Beutels mit gelber Flüssigkeit wieder ging. Er träumte nicht, denn in seinem Traum wäre die Krankenschwester länger geblieben und hätte besser ausgesehen. Er schloss sein rechtes Auge wieder.

Die Krankenschwester verließ den Raum, in dem Eddy Schemko lag. Sie freute sich, den Patienten bei Bewusstsein zu sehen. Man hatte mit einem längeren Koma gerechnet, da die Schwere der Verletzungen extrem hoch war. Sie hatten ihm eine enorme Dosis Morphium gespritzt, um ihm, falls er erwachte, die Schmerzen erträglicher zu gestalten. Es klappte, denn er hatte nicht geschrien. Sie informierte den Oberarzt über das Befinden des Patienten. Dieser entschied sich dazu, die Polizei zu kontaktieren.

Der Anruf überraschte Frank Brakmann. Freudig nahm er die neuen Vorkommnisse entgegen.

Das Opfer war wieder bei Bewusstsein. Wenn er sich an irgendwelche Einzelheiten erinnern könnte, würde es den Ermittlungen extrem weiter helfen. Er informierte Marc Eisenberg. Leicht verschwitzt stand er dreizehn Minuten später im Polizeirevier. »Das Opfer ist aus dem Koma erwacht?«, fragte er leicht außer Atem.

»Ja genau, deswegen habe ich Sie sofort informiert. Es wäre gut, wenn Sie mich begleiten.«

»Ja, sehr gerne. Aber nennen Sie mich Marc.«

Sie fuhren gemeinsam zum Krankenhaus, parkten den Wagen und betraten das Gebäude. Sie fragten am Empfang nach dem Verletzten und zeigten der Empfangsdame ihre Ausweise. Sie erklärte ihnen den Weg zur Intensivstation. Sie folgten der Erklärung erfolgreich.

»Hallo! Sie haben hier nichts verloren!«, schimpfte eine Krankenschwester.

Sie zeigten erneut ihre Ausweise vor und antworteten: »Wir sind von der Polizei. Man hat uns informiert, dass der Verletzte bei Bewusstsein ist und wir ihn eventuell vernehmen können.«

»Sie sind also von der Polizei. Ich muss Sie trotzdem bitten, einen Kittel und Überzieher über ihre Schuhe zu ziehen.«

Frank Brakmann und Marc Eisenberg nickten zustimmend. Sie nahmen die Sachen an, die ihnen von der Krankenschwester gegeben wurden, und zogen sie über ihre Klamotten. Mit einem weißen Kittel und blauen Überzieher über den Straßenschuhen bekleidet, gingen sie zur Tür. Sie bedeckten ihre Gesichter zusätzlich mit einem Mundschutz und traten ein. Eine Menge Schläuche ragten aus dem Körper des Verletzten. Er sah elendig aus. Frank Brakmann nahm das Bild heraus, welches er vor zwei Stunden von Frau Schemko erhalten hatte und verglich es mit dem Mann, der dort lag. Die Bettdecke war ein Stück heruntergerutscht und der Blick auf die Brust frei. Dem Mann fehlte eine Brustwarze und eine sehr hohe Ähnlichkeit bestand tatsächlich zwischen ihm und dem Bild. Das Lächeln war zwar nicht vorhanden, die Haare fettiger und ein Bart wucherte wild in seinem Gesicht, aber die Iris schien dieselbe zu sein.

»Hallo«, fing Marc an.

Keine Reaktion.

»Hallo, sind Sie Eddy Schemko?«

Eine leichte Regung. *Mama, bist du das? Rufst du mich? Ich kann dich hören.*

»Wir sind von der Polizei.«

Nein, das klingt nicht nach Mama, eher wie Papa. Hilfe! Hilfe! Der Mundwinkel zuckte, die Lippen bewegten sich leicht, doch kam kein Wort heraus. Sie lauschten weiter.

»Wie es aussieht, ist der Herr wohl wieder ins Koma gefallen«, sagte die Krankenschwester zu den Beamten.

»Ja, scheint so.«

»Wir haben Kleidung im See gefunden und möchten

erfahren, ob sie diese wiedererkennen«, sagte Marc Eisenberg noch einmal zu dem Bewusstlosen. Es war hoffnungslos, der Mann regte sich nicht. Sie wandten sich ab und liefen zurück zur Tür. Es war reine Zeitverschwendung.

»Ahh. Wo?«, krächzte eine kaum wahrnehmbare Stimme hinter ihnen. Es war total undeutlich. Schlagartig drehten sie sich um und liefen zurück zum Krankenbett.

»Herr Schemko? Wir haben alte Klamotten gefunden.« *Wieder diese Rufe nach meinem Namen. Ich muss schauen, wer da ist?*

Eddy Schemko schlug sein Auge auf und sah zwei Männer. *Nicht Mama, aber auch nicht Papa.* »Ja. Was für welch-?«

»Dreckige mit Löchern.« Dummerweise hatten sie die Plastiktüte, in der sich die Klamotten befanden, im Auto unten liegen gelassen.

Ein angedeutetes Nicken. Die Kräfte schwanden schon wieder. Der Blick war alles andere als klar, eher von Angst und Beruhigungsmitteln geformt.

»Kannst du die Tüte aus dem Auto holen?«, fragte Marc Frank Brakmann. Dieser antwortete nicht, lief wortlos los und beeilte sich die Tüte mit den Klamotten aus dem Auto zu holen. Sie waren froh, dass nur der Stein für die Forensik von großer Bedeutung war, somit konnten sie die Kleidung mitnehmen, um sie identifizieren zu lassen. Total außer Atem, kam er mit der Tüte in der Hand in den Raum zurück. Er überreichte sie Marc. Er holte eine löchrige Jeans heraus.

»Gehört die Ihnen?« Marc Eisenberg hielt die Jeans gut sichtbar vor Eddys Augen. Minimales Nicken. Er empfand es als Bestätigung. »Können Sie uns sagen, wer das war?«

Eine vage Bewegung von links nach rechts und zurück.

»Können Sie sich an irgendeine Kleinigkeit erinnern? Vielleicht ein Tattoo? Oder Piercing? Irgendetwas was Ihnen aufgefallen ist.«

Der kraftlose Körper bäumte sich auf und eine Antwort so kraftvoll, dass die Beamten erschraken, verließ Eddys Mund.

»Schwarze Augen. Der Horror.«

»Der Mann hatte also schwarze Augen?«

Der gleichmäßige Dauerton der Maschine war kein gutes Zeichen. Eddys Vitalfunktionen versagten. »Sie müssen sofort das Zimmer verlassen«, befahl die Krankenschwester. Sie gehorchten.

Der Schwester kam schon Hilfe entgegen und eine Wiederbelebung mit Defibrillator wurde eingeleitet. Der erste Stromschlag blieb ohne Wirkung. Der Zweite ebenfalls. Nach dem Dritten wechselte der gerade Strich in wellenförmige Bewegungen und das Piepen ertönte wieder leise und gleichmäßiger. Eddys Herz schlug.

»Was war das gerade in dem Zimmer?«, wollte Frank Brakmann von Marc Eisenberg wissen. Sie standen auf dem Flur und warteten ab. »Ich kann es nicht genau sagen, aber er hat etwas von schwarzen Augen erzählt. Es scheint, dass die Erinnerung an diese Augen ihn so sehr schockiert haben, dass er dadurch direkt wieder unvorstellbare Ängste erlitten hat, woraufhin sein Herzschlag sofort versagte. Eine andere Erklärung würde mir nicht einfallen.«

Die Tür von Eddys Zimmer ging auf und eine Krankenschwester kam heraus.

»Wie geht es ihm?«

»Sein Herz schlägt wieder, aber er braucht jetzt unbedingt Ruhe, deswegen können Sie nicht mehr zu ihm.«

»Bitte, informieren Sie uns, wenn er wieder ansprechbar ist.« Mit den Informationen, die sie erhalten hatten, gaben sie die Kittel und die Schuhüberzieher wieder ab. Marc Eisenberg hielt die Plastiktüte in der Hand und verließ gemeinsam mit Frank Brakmann das Krankenhaus. Die Suche nach dem Unbekannten mit den schwarzen Augen konnte beginnen.

Im Forensiklabor wurde inzwischen der Stein mit den rötlichen Tropfen untersucht. Die Analyse verlief reibungslos. Es konnten tatsächlich einige Tropfen von der Oberfläche sichergestellt werden. Die freigelegte Probe wurde analysiert. Das Ergebnis stand einige Stunden später fest. Es gab keine Übereinstimmung mit der vorhandenen Datenbank. Frau Dr. Zinnern, Leiterin der forensischen Abteilung, rief die Geschäftsführung des Krankenhauses an und bat um eine Vergleichsprobe von dem Opfer.

Frank Brakmanns Handy vibrierte. Er nahm ab und lauschte der Anruferin. »Seid ihr noch im Krankenhaus?«, fragte Frau Dr. Zinnern.

»Ja, sind wir. Wir wollten gerade fahren. Wieso was haben Sie auf dem Herzen?«

»Dann geht bitte zurück. Ich habe vorhin mit der Geschäftsführung des Krankenhauses telefoniert und um eine Blutvergleichsprobe von dem Opfer gebeten. Man hat mir versichert, dass wir eine Probe bekommen.«

»Ist die Analyse des Steins vollendet?«

»Es konnten Blutpartikel vom Stein sichergestellt werden und wir erhielten ein deutliches DNA-Profil.«

»Das ist ja wunderbar, dann haben wir ja, wenn wir Glück haben, schon die Tatwaffe.«

»Wenn es dieselbe DNA ist.«

Marc Eisenberg und der telefonierende Frank Brakmann liefen die Treppe zur Intensivstation erneut hoch. Die Krankenschwester hatte einen Rest einer Blutprobe in der Hand. Als sie die beiden sah, lief sie ihnen entgegen.

»Wir haben noch eine kleine Blutprobe übrig, da wir ihm bei der Einlieferung Blut abgenommen haben, um festzustellen, welche Blutgruppe er hat und ob irgendwelche Krankheiten vorliegen.«

»Vielen Dank.« Marc Eisenberg nahm die Blutprobe an sich und begutachtete sie. Sie schimmerte dunkelrot.

Nun verließen sie endgültig das Krankenhaus und brachten die Blutprobe auf dem direktesten Weg zum forensischen Labor. Dort übergaben sie die Probe an Frau Dr. Zinnern. Sie leitete die Probe weiter und eine kleine Menge des Blutes wurde in ein Analysegerät gespritzt. Nun hieß es warten. Bis die Ergebnisse da waren, dauerte es eine ganze Weile. Die Zeit vertrieben sich Marc Eisenberg und Frank Brakmann mit mehreren Tassen Kaffee. Irgendwann stoppte die Analyse und ein Ergebnis erschien auf dem Display. Es stimmte mit der DNA vom Stein überein. Es handelte sich bei beiden Proben um Blut von derselben Person. Die Tatwaffe hatten sie gefunden. Den Täter oder die Täterin noch nicht.

Das Telefon klingelte und Angelika Schemko rang mit sich,

ob sie abheben sollte oder nicht. Die Nummer, die auf dem Display stand, war ihr bekannt. Sie hob ab. »Angelika Schemko.«

Eine Stimme, die sie schon mal gehört hatte, antwortete: »Hallo Frau Schemko, hier spricht Frank Brakmann von der Polizei. Kennen Sie mich noch?«

»Hallo Herr Brakmann, was kann ich für Sie tun?«

»Nichts. Ich möchte Sie nur unterrichten, dass das Foto sehr große Ähnlichkeit mit dem Opfer aufweist. Wir gehen davon aus, dass es sich um ihren Sohn, Eddy Schemko, handelt. Es tut mir leid.«

»Nein, nein, nein, es muss Ihnen nicht leidtun. Ich bin froh, dass es Eddy ist, da ich seit über drei Jahren nichts mehr von ihm gehört oder gesehen habe. Verraten Sie mir, wo ich meinen Sohn finden kann.«

»Ihr Sohn liegt im örtlichen Krankenhaus ...« Frank Brakmann wollte gerade weiter sprechen, als ihn Angelika Schemko unterbrach. »Danke, dann werde ich dort direkt hinfahren.«

»Aber ...«, versuchte Frank Brakmann weiter zu sprechen, doch Angelika Schemko hatte schon aufgelegt. Sie kämmte ihr ergrautes, schütteres Haar zurecht und machte sich auf den Weg zum Krankenhaus. Es dauerte nur neun Minuten, bis sie ankam und das Krankenhaus betrat. Aufgewühlt lief sie zur Information und fragte: »Wo liegt mein Sohn?«

»Wie heißt ihr Sohn? Dann kann ich nachschauen, auf welcher Station er liegt.«

»Eddy!«

»Eddy. Und weiter?«

»Schemko. Eddy Schemko!«

Die Dame schaute in ihrem Computer nach der Zimmernummer und sagte: »Ihr Sohn liegt auf der Intensivstation, Sie dürfen leider nicht ...«

Angelika Schemko hatte nur das Wort Intensivstation gehört und getrieben von Angst und Hoffnung machte sie sich auf den Weg, dabei folgte sie den Hinweisschildern. Es dauerte nicht allzu lange, bis sie ihr Ziel erreichte. Aber welche der Türen war die Richtige? Sie würde alle öffnen müssen.

»Hallo, was suchen Sie hier?«, fragte eine weibliche Stimme.

Erschrocken zuckte Angelika Schemko zusammen, fand die Fassung wieder und sagte: »Ich möchte zu meinem Sohn!«

»Liegt ihr Sohn auf der Intensivstation? Und wie heißt er?«

»Eddy. Ich will zu meinem Sohn Eddy!«

»Okay, Frau ...«

»Schemko.«

»Liegt ihr Sohn hier auf der Intensivstation?«, wiederholte die Krankenschwester.

»Ja! Lassen Sie mich zu ihm!«

»Das geht leider nicht ...«

»Was? Ich will sofort meinen Sohn sehen!«

»Lassen Sie mich doch ausreden. So kann ich Sie nicht zu ihm lassen«, sagte die Krankenschwester, während sie auf die Kleidung zeigte. »Sie müssen zuerst Schutzkleidung anlegen, dann können Sie ihren Sohn sehen.«

»Okay, geben Sie schon her!«

Sie zog die Schutzkleidung über ihre normale Kleidung, und ihr Gesicht bedeckte sie mit einem Mundschutz. Die Krankenschwester führte sie zu Eddys Zimmer. »Hier drin liegt ihr Sohn. Bitte seien Sie behutsam. Ihm geht es sehr schlecht. Jede Aufregung könnte seine Situation drastisch verschlechtern.«

Angelika Schemko trat ein und näherte sich dem Bett. Sie hätte fast laut losgeschrien bei dem Anblick, der ihr geboten wurde, denn sie kannte ihren Sohn nur ohne die ganzen Schläuche. Auch der Bart, der wild in seinem Gesicht wucherte, war ein skurriler Anblick. Aber dennoch wusste sie ab dem ersten Augenblick, dass es Eddy war, der da lag. Sie hatte es sofort gespürt und war so froh, ihn nach den ganzen Jahren wiederzusehen. Sie zog leise einen Stuhl näher ans Bett und setzte sich hin. »Sohn, ich bin es, deine Mutter. Hörst du mich? Ich bin so froh, dich wiederzuhaben.«

Er hörte wieder diese Stimmen in seinem Kopf. *Doch wer war es diesmal? Wieder die Krankenschwester? Nein, die Stimme hörte sich anders an. Die beiden komischen Leute von vorhin? Nein, es war eine weibliche Stimme. Mama? Kann es wirklich Mama sein? Nein, unmöglich, denn sie weiß gar nicht, dass ich im Krankenhaus liege.*

»Eddy. Mein lieber Eddy, hörst du mich? Ich bin es deine Mutter. Ich werde dich nie wieder alleine lassen.«

Da schon wieder die Stimme, die meinen Namen ruft. Ist es wirklich Mama?

»Eddy, ich bleibe solange hier, bis du wieder erwachst, egal wie lange es dauern wird.«

Erneut die Stimme. Es musste jemand sein, der ihn kannte.

»Eddy, was ist denn nur mit deinem Auge passiert?«

Er kämpfte gegen die Benebelung an und ...

»Eddy, fehlt dir etwa ein Auge? Wie ist das passiert?«

... schaffte es, die Lippen zu öffnen. Es kamen nur vier Buchstaben heraus. »M-A-M-A.«

»Ja, Eddy, ich bin es.«

Mit der Gewissheit endlich nicht mehr alleine zu sein, schloss Eddy wieder sein Auge und erlag dem Beruhigungscocktail. Angelika Schemko hielt Wort und ließ ihren Sohn nicht allein.

Kapitel 31

Zurück in seinem luxuriösen Büro in London wollte Paul Wright sich wieder in seine gewohnte Arbeit vertiefen. Es gelang ihm nur bedingt. Die Bilder der Wassertonne und der zerstückelten Leiche quälten ihn. Er hätte um keinen Preis spontan nach Deutschland fliegen dürfen. Es war eine Fehlentscheidung, wie er sie zuvor noch nie getroffen hatte. Und der grässliche Gestank wollte nicht mehr aus seiner Nase. Selbst der fünfhundert Euro teure Whiskey, den er sich zur Beruhigung im Flugzeug gegönnt hatte, hatte nach Verfaultem geschmeckt. Die Entscheidung, die Immobilie schnellstmöglich zu verkaufen, fiel ihm leicht. Er könnte nie wieder in seinem Leben einen Fuß in das Gebäude setzen. Sein Traum von der eigenen Sportwagenmanufaktur war geplatzt. Er platzierte den Verkauf der Immobilie mit einem Preis, der weit unter seinem Kaufpreis lag. Er wollte dieses Horrording nur loswerden. Es dauerte keine zwei Stunden und es gab einen Käufer, der die Immobilie für zwei Millionen kaufte. Er war das Horrording endlich wieder los.

Kapitel 32

Dülmen, 13. Juli 2016

Es wurde Zeit, um endlich die finale Bedingung zu stellen. Doktor Pain aß gemütlich sein Mittagessen und ruhte sich aus. Dieses Mal hatte er es besser gemacht als damals, da ging alles viel zu schnell. Er hatte dazu gelernt. Die gedämpften Schmerzensschreie, die das Opfer abgegeben hatte, hatten ihn mit Stolz erfüllt. Am liebsten hätte er die Videos mit Ton geschickt, doch hatte er seine Gründe sie stumm zu lassen. Es wurde Zeit für die Gefangenen. Er platzierte Schnittchen und Wasser auf einem Tablett. Mit diesem in der Hand ging er in den Keller. Zuerst besuchte er den Gefangenen auf dem Stuhl. Der Mann hatte die Augen geschlossen; er bekam das Ankommen seines Entführers gar nicht mit. Erst als jemand am Jutesack zog, ließ ihn die ruckartige Bewegung erwachen. Er kniff reflexartig die Augen wieder zusammen. Das angemachte Licht brannte auf seiner Netzhaut. »Mach deinen Mund auf, dann bekommst du etwas zu trinken!«, befahl jemand, den er nicht richtig sehen konnte. Da sein Mund trocken war, kam er der Forderung nach. Er öffnete ihn und ein Strahl Flüssigkeit fand den Weg in seinen Rachen. Hätte er es lieber nicht tun sollen? War es ein flüssiges Gift? Es war ihm egal, er brauchte Flüssigkeit. Der Geschmack war neutral und erinnerte ihn stark an Wasser. Es musste Wasser sein. Nur warum hatte er diesen starken Uringeruch in der Nase? Seine Augen gewöhnten sich langsam an das grelle Licht. »Ich hab auch etwas zu essen gemacht.« Der Gefangene lauschte der Stimme und versuchte sie einzuordnen, aber er hatte sie noch nie gehört. Seine Lider öffneten sich immer weiter. Die ersten Konturen bildeten sich ab. Irgendeine Art Brot wurde in seinen Mund gestopft. Er kaute darauf herum, als wäre es das Beste, was er jemals gegessen hat. Es schmeckte nach Käse. Er verzehrte die Mahlzeit und dachte zu keinem Zeitpunkt an seine Laktoseintoleranz, denn er hatte das Denken aufgegeben und sich seinem Schicksal ergeben. Er kaute sehr lange auf dem Brot herum. Er wusste nicht, wann es das nächste Mal einen Bissen geben würde. Die Konturen nahmen immer mehr Formen an. Er konnte deutlich den Mann, der vor ihm stand und ihn fütterte, erkennen. Er verschluckte sich, denn er schaute nicht in ein menschliches Gesicht, sondern auf eine Clownsmaske. Er hechelte und bekam schlecht Luft, denn der Clown goss erbarmungslos Wasser in seinen Rachen und ergötzte sich an dem kämpferischen Würgen.

Es dauerte eine ganze Weile, bis der Kampf gewonnen war und er wieder richtig Luft bekam. Er hätte ersticken können, aber den Clown hatte es nicht im Geringsten interessiert. Sein Blick war deutlich und klar, wanderte durch den Raum, erfasste die Gegebenheiten. Die Werkzeuge auf dem Tisch fielen ihm ins Auge. Der Gefangene bekam eine Höllenangst. Er wandte den Blick ab und senkte den Kopf auf seine Brust. Da fiel es ihm auf. Er musste sich verzählt haben. Wiederholte die Zählung: Eins, zwei, drei, vier, fünf, sechs, sieben, acht, neun. Er blieb bei neun hängen, wobei es doch zehn hätten sein müssen. Ihm fehlte ein Finger. Daher kam die ganze Zeit das Pochen, das er spürte. Ihm wurde wieder augenblicklich schwarz vor Augen und die Konturen waren verschwunden.

Es war eine gute Idee gewesen, sich die Clownsmaske überzuziehen, bevor er in den Keller ging. Nicht, dass sich das Opfer noch irgendwelche Details merken konnte. Bei dem zweiten Gefangenen verhielt es sich anders. Er hatte ihn schon ohne Maske gesehen und er konnte ihm offensichtlich vertrauen. Er zog sie ab und besuchte ihn.

Der zweite Gefangene lauerte geduldig in dem Heizungsraum. *Ist jetzt die Zeit gekommen?* Es stand viel auf dem Spiel. Ein Fehler würde katastrophale Folgen mit sich bringen. Die Tür schob sich nach innen auf und eine Person mit einem Tablett kam herein. Sollte er sein Glück jetzt versuchen? Doktor Pain stieß die Tür mit dem Fuß zu. Der Raum war wieder geschlossen.

Attacke oder Zurückhalten?

Doktor Pain überreichte das Tablett seinem Gefangenen, den er gut im Auge behielt. Dieser aß gierig die Brotscheiben, die sich darauf befanden, und leerte das Glas Wasser in einem Zug. Der Mann überlegte, jetzt zu agieren, doch ein Augenpaar fixierte ihn. Jede Bewegung wurde skeptisch beobachtet. Er war noch nicht soweit.

Die Zurückhaltung hatte gewonnen.

Beim nächsten Mal sähe es vielleicht anders aus. Doktor Pain verließ zufrieden den Raum. Netterweise ließ er für den Gefangenen eine weitere Flasche Wasser da, denn er brauchte ihn noch.

Die Stufen nach oben nahm er mit einer freudigen Leichtigkeit. Der Moment, der jetzt kommen würde, war der, auf den er sich seit der Entführung am meisten freute. Er legte das leere Tablett ab, setzte sich bequem auf einen Stuhl und fing an, eine Nachricht zu verfassen.

Jenny hatte in der Nacht kaum ein Auge zugedrückt. Die Geschehnisse aus den Videos verfolgten sie die ganze Zeit. Es gab nur eine positive Sache: Pierre lebte noch! Sie hoffte so sehr, dass der Horror endlich endete. Es gab nichts mehr, was sie besaß. Das komplette Geldvermögen hatte sie dem Erpresser überlassen. Eine weitere Sache brachte ihr Kopf- schmerzen ein: Wieso kam ihr dieser schwarz gekleidete Mann mit der grauen Leinen-Ballonmütze nur so bekannt vor? Ihr fiel keine plausible Antwort ein. Sie stand bekleidet mit einem Nachthemd auf. Die Sonne strahlte zwischen den Lamellen der Jalousie hindurch. Es herrschte ein Top-Wetter. Sie könnte heute mit Mel irgendetwas schönes unternehmen, um auf andere Gedanken zu kommen. *Noch mal zum Zoo? Oder schwimmen gehen?* Ein Blinken auf dem Nachttisch riss sie aus ihren Gedanken. Sie hoffte, dass die Nachricht eine Positive war. Sie nahm ihr Handy in die Hand und entsperr- te den Bildschirm.

Doktor Pain: Ihr Mann, Pierre, kommt frei.

Jenny machte einen Freudensprung. Der Spuk hatte wirk- lich ein Ende. *Scheiß auf das Geld, endlich kommt Pierre frei.* Ihre Füße standen wieder fest auf dem Boden und sie schrieb zurück.
JennybestMum: Wirklich? Danke! Wann denn?

Doktor Pain lachte sich ins Fäustchen. *Diese naive Frau wird sich gleich noch wundern.* Die Antwort, die sie geschrieben hatte, amüsierte ihn.

Doktor Pain: Es liegt ganz an Ihnen, wann Sie Pierre wiedersehen möchten.

JennybestMum: Sofort!

Doktor Pain: Kein Problem.

JennybestMum: Echt nicht?

Doktor Pain: Nein, wirklich nicht! Ist nur die Frage, ob tot oder lebendig? Lachsmiley.

JennybestMum: Lebendig natürlich.

Doktor Pain: Lebendig also. Okay, gut. Dann müssen Sie noch eine kleine Aufgabe erfüllen.

JennybestMum: Aber ich habe kein Geld und auch kein Gold mehr.

Doktor Pain: Ich weiß. Es geht auch um etwas oder soll ich besser sagen um jemand anderen.

JennybestMum: Um wen?

DoktorPain: Ach, die Kleine sieht Ihnen ganz ähnlich.

JennybestMum: Das dürfen Sie nicht. Sie ist alles, was ich habe. Sie krankes Schwein.

DoktorPain: Ich muss die Kleine nicht haben, aber dann sehen Sie Pierre nur noch tot wieder.

Jenny schluckte kräftig, die anfängliche Freude war wie vom Winde verweht. Er konnte es doch nicht Ernst meinen, oder doch? *Jedes Vergehen wurde bestraft. Eine Minute Verzögerung kostete Pierre einen Finger. 15000 Euro sorgten für eine hässliche Narbe.* Sie stand kurz vor der Verzweiflung.

JennybestMum: Also sehe ich Pierre nur wieder, wenn ich Ihnen Melanie gebe.

DoktorPain: Applaus, Applaus! Sie haben es kapiert. Ich erwarte von Ihnen eine Antwort um Punkt zwölf Uhr, das hat ja schon einmal gut geklappt. Zwinkersmiley. Falls Sie eine Sekunde zu spät schreiben – stirbt Pierre!

Die Verbindung wurde beendet. Jenny starrte weiterhin auf die Konversation. Sie wollte das alles nicht glauben. Es musste sich um einen Albtraum handeln. Sie kniff sich selbst. Sie spürte die Schmerzen. Es war also kein Traum, sondern Realität. Neunzig Minuten hatte sie Zeit für *die* Entscheidung. Sie überlegte, ob sie die Polizei anrufen sollte. Ihre Entscheidung war gefallen. Sie wählte 1-1-0. »Polizei

Dülmen, Lars Streitner am Apparat«, meldete sich eine tiefe Stimme auf der anderen Seite. Im selben Moment vibrierte das *Handy.* Sie schaute drauf.

DoktorPain: Sie rufen also die Polizei an, dann verabschieden Sie sich von Pierre.

Sie hatte einen weiteren Fehler begangen, dass »Hallo« und »Wer ist da am Telefon?«, überhörte sie. Sie legte ohne ein Wort gesagt zu haben auf. Sie hatte das Todesurteil für Pierre unterschrieben. Ihr Handy vibrierte erneut.

DoktorPain: Da haben Sie Pierre noch einmal gerettet.

Jennys Gedanken gingen wild durcheinander. Doch eine Sache blieb hängen: Wie konnte der Erpresser den Anruf bei der Polizei mitbekommen? Sie konnte es sich nicht erklären. Sie brauchte dringend Hilfe. Ihr fiel nur eine Person ein: Marc Eisenberg.

Kapitel 33

Seine Mutter forderte ihn unersättlich auf, für ihren Spaß herzuhalten. Er fühlte sich benutzt. Nur sein Talisman – seine kleine Clownsfigur – brachte ihn noch zum Lachen. Die Leichtigkeit wich aus seinem Leben. »Sohn, wo steckst du?«, rief seine Mutter, denn sie brauchte es anscheinend wieder. Der kleine Star blieb still in seinem Zimmer sitzen und schaute auf seinen Talisman. »Wo versteckst du dich? Ich finde dich früher oder später.«

Er wollte es nicht mehr und würde sich dieses Mal energisch dagegen wehren. Es war inzwischen zur Qual für ihn geworden. Er hoffte so sehr, dass sein Vater jeden Moment durch die Tür kommt und den Spuk beendete. Aber es müsste noch mindestens eine Woche dauern, bevor Wolfgang von seiner Arbeitsreise wieder zurückkam. »Ich finde dich!« Die Badezimmertür flog auf. Leer. Die Stimme seiner Mutter wurde immer lauter. Sie näherte sich ihm. »Wo bist du nur?«

Er schaute weiterhin auf den Clown. Seine Mutter riss die Tür zu seinem Zimmer auf. »Hier bist du! Hast du mich nicht rufen gehört?«

Er hatte die unerträgliche Stimme seiner Mutter die ganze Zeit über gehört, allerdings betete er innerlich unentdeckt zu bleiben. Er hatte tierische Angst und wollte nur noch weit weg von ihr. Seine Mutter näherte sich ihm in ihren aufreizenden Dessous. »Na, komm schon, lass uns noch eine Runde Sport treiben«, witzelte sie herum. Mit ihrer Hand berührte sie den kleinen Star an der Schulter. Er zuckte angeekelt zusammen.

»Neeiiinn. Ich will das nicht mehr!«, schrie er sie an.

Verdutzt fragte sie: »Was? Wieso nicht? Macht es dir keinen Spaß mehr?«

»Ich hasse es!«, brüllte er.

»Na, na, so was will ich von dir nicht hören. Du bist mein Sohn und hörst auf mich.«

»Nein, das tue ich nicht mehr!«

Sie sah, wie ihr Sohn krampfhaft den Talisman in der Hand hielt. Sie näherte sich weiter an. Legte eine Hand auf die Clownsfigur und entriss sie ihm.

»Neiiin! Gib mir meinen Talisman wieder!«

»Den bekommst du wieder, wenn wir Spaß gehabt haben!«

»Niemals!«

Die Mutter legte eine Hand auf den Kopf des Clowns und sagte: »Dann wird es der Clown nicht überleben!«

»Nein, bitte nicht!«, antwortete der kleine Star total resigniert und warf einen Blick auf seinen Talisman.

»Dann ist klar, was jetzt zu tun ist, oder?«

»Ja«, antworte er, wobei er sich die ersten Klamotten vom Leib riss.

Der Horror sollte heute noch kein Ende nehmen.

Die Mutter hatte ihren Sohn in der Gewalt. Die Erpressung, mit der Zerstörung des Talismans, hatte Wunder gewirkt. Sie kam auf ihre Kosten, wobei der kleine Star bei der Sache geistig abwesend war. Er hatte keinen Spaß und die Gedanken an seinen Vater waren die einzigen, die den Horror beenden konnten. Die Prozedur dauerte für ihn viel zu lange. Es mussten mindestens zwanzig Minuten gewesen sein. Sie hatte geschrien und war zufrieden. Er schämte sich zu Tode. Ihr war es egal, das, was sie brauchte, hatte sie bekommen. Der Talisman lag auf dem Boden. Der kleine Star entdeckte ihn, hob ihn auf und schwur ihn nie wieder kampflos herzugeben.

Kapitel 34

Untätigkeit war eine Tugend, die Marc Eisenberg nicht kannte. Er musste ständig beschäftigt sein, doch in diesem Moment befand er sich auf dem Campingplatz, denn er hatte Pascal versprochen mit ihm zusammen Grillfleisch für den heutigen Abend zu kaufen. Es passte ihm gar nicht, die Suche nach dem Mann mit den schwarzen Augen zu unterbrechen. Aber da er bei Pascal nächtigte, musste er ihm diesen Gefallen selbstverständlich tun. Frank Brakmann hatte gesagt, dass er sich bei Neuigkeiten melden würde. Mit dem Wissen, die Tatwaffe gefunden zu haben, waren die Ermittlungen einen Schritt weitergekommen. Es fehlten leider noch das Tatmotiv und der Täter. Marc Eisenberg wartete vor dem Campingwagen auf Pascal, der sich etwas Gescheites anziehen wollte. Mit Bermudashorts und einem T-Shirt bekleidet kam er heraus. »Na, dann lass uns mal Grillfleisch kaufen fahren.«

»Jo.«

Sie schwangen sich auf die Fahrräder, strampelten in Richtung Stadt und genossen die Sonnenstrahlen. Sie bekamen nichts von dem mit, was während ihrer Abwesenheit in der Nachbarschaft passierte.

Fest entschlossen ging Jenny mit ihrer Tochter zum Campingplatz. Sie wollte diesen Marc Eisenberg unbedingt finden, doch hatte er leider nicht erwähnt, wo genau er nächtigte. Der Fußweg von ihrem Haus zur Eingangsschranke des Campingplatzes zog sich wie eine Ewigkeit. Die Zeit lief gegen sie. In fünfzig Minuten musste sie sich entscheiden, ob sie lieber Melanie – ihre über alles geliebte Tochter –, oder ihren Ehemann, mit dem sie schon solange zusammen war und vieles erlebt hatte, retten würde. Sie war noch zu keiner Entscheidung fähig. *Pierre hat wegen mir schon so viel leiden müssen. Ich bin ihm eine gute Tat schuldig.* Ihr Vorhaben drohte zu scheitern, denn außer dem Aussehen des Kommissars war ihr nichts bekannt. An ein wichtiges Detail konnte sie sich jedoch erinnern: Es musste ein Campingwagen zur Seite ihres Gartens sein, denn bis an das Ende des Platzes konnte man sie bestimmt nicht hören. Sie liefen an den Campingwagen vorbei. Es standen beeindruckende Wagen auf dem Platz; sie sahen sehr groß und geräumig aus. Es war nicht viel los. Somit suchte sie leider die sogenannte »Stecknadel im Heuhaufen«. Plötzlich kam ein älterer Herr mit nacktem Oberkörper und einem starken Bierbauch aus seinem Wagen. Er grinste breit. Eine unvollständige, gelbliche Zahnreihe erschien. Sie ekelte sich bei dem Anblick, aber sie fasste all ihren Mut zusammen und sprach den Mann an: »Hallo.«

Irritiert, dass er angesprochen wurde, gab er ein »Hallo« zurück. Bei dem rauchigen Ton, der aus seiner Kehle kam, wich Melanie zwei Schritte nach hinten. Jenny drückte die Hand ihrer Tochter fester. War es ein Fehler gewesen diesen Mann anzusprechen?

»Ich hoffe Sie können mir weiterhelfen?«

»Warum sollte ich das tun?«, gab der alte Mann zurück.

»Weil ich jemanden suche und nicht weiß, wo ich ihn finde.«

»Ja und? Was geht mich das an?«

»Ich bitte Sie, es ist sehr wichtig.«

»Das sagen alle.«

Jenny versuchte es einfach auf gut Glück. »Ich suche einen Kommissar Marc Eisenberg.«

»Ohhh, auch noch einen Kommissar. Mit solchen Hütern der Gerechtigkeit hat man doch nur Stress.«

»Also kennen Sie den Herrn?«

»Zum Glück nicht. In die Fresse würde ich ihn spucken. Hab nur Ärger wegen solchen Blödmännern.«

Das Gespräch nahm eine Richtung an, die Jenny gar nicht gefiel. Ohne sich zu verabschieden, drehte sie sich mit Mel um und lief weiter. Der Mann war das komplette Gegenteil von dem netten Kommissar. Ihre Suche musste weitergehen. Die Uhr zeigte Viertel vor zwölf. Eine Entscheidung musste bald gefällt werden. Es zeigten sich keine weiteren Personen. Die Suche war hoffnungslos. Frustriert beendete sie ihr Vorhaben. Es musste einen anderen Weg geben.

Pascal und Marc kamen sehr gut voran. Sie erreichten ihr Ziel in wenigen Minuten. Sie stiegen von ihren Rädern und schlossen sie ab. Das Glas der Eingangstür glitt auseinander und gab den Weg ins Innere frei. Düfte von süßen Gebäckteilchen stieg ihnen in die Nase. Sie gingen, ungeachtet des Geruches, an der Bäckereitheke vorbei. Die klimatisierte Luft verpasste ihnen einen Schlag. Sie war das Gegenteil zur aufkommenden Schwüle draußen. Ihre Suche war erfolgreich: Zwei Nackensteaks, eine Packung Würstchen und ein

Kartoffelsalat fanden den Weg in ihre Arme. »Oh, Mann, ob wir das alles zu zweit schaffen?«

»Werden wir sehen, sonst essen wir die Reste morgen.«

»Ja, stimmt.«

Sie bezahlten und verließen den Laden. Marc Eisenberg klemmte den Salat auf den Gepäckträger; Pascal das Fleisch. Der Rückweg war etwas angenehmer. Es ging bergab und der Wind wehte eine erfrischende Brise in ihre Gesichter.

Auf Pascals Armbanduhr näherte sich der kleine und große Zeiger der zwölf, wobei der Größere noch etwas weiter weg-stand.

Die Uhr tickte gnadenlos. Jenny musste eine Antwort lie-fern. Sie hoffte, sie würde die richtige Entscheidung treffen, doch sie konnte nur verlieren, egal wie sie sich entschied. Zwei Minuten vor zwölf. Ihre Hand begann kräftig zu zit-tern. »Warum zitterst du, Mami?«

»Ich habe zu wenig getrunken. Und mir fehlt bestimmt nur Magnesium«, log sie ihre Tochter an.

»Ach so. Gut, dass wir gleich wieder Hause sind. Aber war-um wolltest du diesen Marc überhaupt finden?«

»Ich glaube, der hat bei uns etwas verloren. Ich wollte es ihm wiedergeben.«

Mel lief gerade ein paar Meter vor, als sie sich umdrehte und neugierig fragte: »Was hat er denn verloren?« Doch sie be-kam keine Antwort von ihrer Mutter. Sie ignorierte die Frage und starrte auf ein leuchtendes Display. Melanie sah dieses Handy zum ersten Mal. Ihre Mutter hatte sich anscheinend ein neues Handy gekauft. Zudem bemerkte sie die zittrigen

Hände ihrer Mutter, wie sie etwas eintippten. Zum Glück konnte sie die Worte nicht lesen. Sie hätte es nicht geglaubt, was ihre Mutter da schrieb.

JennybestMum: Ich ... Ich akzepeire die Bedeingung.

Aufgrund der zittrigen Finger wies der Satz viele Fehler auf. Eine Antwort folgte prompt.

Doktor Pain: Oh pünktlich! Wie schade! Also übergibst du mir deine Tochter und im Gegenzug kommt dein Mann frei.

JennybestMum: So soll es sein.

Eine Träne verließ ihr Auge und kullerte die Wange entlang. »Du weinst ja, Mami. Was ist los?«, hakte Mel nach, die die Träne in dem Auge ihrer Mutter entdeckte. »Nichts, Kleines. Das habe ich manchmal«, antworte Jenny nach Fassung ringend. Sie hatte eine folgenschwere Entscheidung getroffen. Nur war sie sich nicht sicher, ob es die Richtige war. Sie freute sich, ihren Pierre bald wieder küssen zu können.

Doktor Pain: Ich melde mich und gebe Bescheid, wann die Übergabe stattfindet.

JennybestMum: Okay.

Sie näherten sich ihrem Haus und Mel beschleunigte ihre Schritte, da ihr geliebtes Trampolin schon in Sichtweite war.

»Darf ich schon mal vorrennen. Ich möchte gerne aufs Trampolin.«

»Ja Schätzchen, mach das! Und spring, solange du willst.« Dass es für lange Zeit das letzte Mal sein könnte, verschwieg sie.

Marc und Pascal bogen auf die Straße »Zum Dülmener See« ein. Trotz Bergabfahrt kam Pascal ins Schwitzen. »Was bin ich froh, wenn wir die Fahrräder wieder abstellen und uns gemütlicheren Dingen zuwenden.«

»Das sieht man dir an. Dein Shirt ist ja schon voll verschwitzt.«

»Ich bin halt nicht so gut in Form wie du.«

»Kein Problem. Fahr schon mal vor. Ich mache einen kleinen Umweg und schaue bei den Goblins nach dem Rechten.«

»Immer der Gesetzeshüter.«

Pascal fuhr weiter zum Campingwagen; Marc bog ab. Die herumwirbelnden Haare sah er schon aus einiger Entfernung. Zumindest war die Kleine anwesend, aber nach der Reaktion von ihrer Mutter würde sie ihre Tochter bestimmt nicht mehr alleine lassen. Er stieg ab. Ging zur Haustür und klingelte.

Jenny erschrak. Der Ton, der aus dem Nichts kam, schrillte durch die Wohnung, sodass sie aus ihrer Bewegungsstarre erwachte. Sie glotzte vertieft auf das kurze Gespräch von vorhin. Wie konnte sie nur ihre Tochter opfern? Sie verstand es nicht. War es Hoffnung, dass Pierre den Täter erkennen und überführen kann, wenn er wieder frei kam? Wankend wie ein

Zombie, schritt sie zur Tür und öffnete. Hoffnung stand vor ihr. Am liebsten wäre sie Marc Eisenberg direkt um den Hals gefallen. »Hallo Frau Goblin, störe ich?«

»Auf gar keinen Fall. Kommen Sie doch herein.«

Er kam der Bitte nach und folgte ihr ins Haus. Die Anspannung, die von Jenny ausging, blieb ihm nicht verborgen. »Geht's Ihnen gut?« Dies war der Moment, auf den Jenny gehofft hatte. Sie brauchte nur Mut und ihn in ihre Geheimnisse einweihen. Aber was wäre, wenn auch dieses Gespräch mitgehört wurde? Es wäre eine riesige Katastrophe.

»Ich könnte ein wenig Luft gebrauchen.«

»Ja, das kann gut sein. Sie sind ganz blass im Gesicht.«

Sie verließen die Wohnung; der Garten breitete sich vor ihnen aus. Die Luft half etwas, denn Jenny bekam langsam wieder Farbe im Gesicht. »Ja, draußen ist es besser.«

»Ist sonst alles in Ordnung?«

Das wäre der richtige Moment mit »Nein« zu antworten, leider brachte Jenny es nicht über ihre Lippen. Stattdessen sagte sie: »Ja. Es ist nur die Wärme, die einen fertigmacht.«

»Okay. Wir haben auch lange kein Geschrei mehr gehört.«

Ihre Ängste hätte Jenny gerne lauthals herausgeschrien, sodass es jeder mitbekam, aber ihr fehlte die Kraft dazu.

»Ja, so sollte es auch sein.«

»Sehr gut, dann kann ich ja wieder fahren. Es ist wirklich alles in Ordnung hier. Auf Wiedersehen Frau Goblin.«

Er kehrte Jenny den Rücken zu und hatte bereits drei Schritte gemacht, als ihn eine Hand ganz fest am Arm hielt. Er drehte sich um. Das, was er sah, machte ihm Angst: leere, verängstigte Augen mit einer unausgesprochenen Bitte.

»Es ist nichts in Ordnung, oder?«, fragte er nach.

Ein zustimmendes Nicken.

»Möchten Sie darüber sprechen?«

Ein zaghafter Versuch glitt über Jennys Lippen. »Mein, mein Mann ...«

»Was ist mit ihm?«

» ... ist entführt worden.«

»Nicht ihr Ernst?«

»Doch, vor einigen Tagen.«

»Sind Sie schon zur Polizei gegangen?«

»Ich habe die Polizei angerufen, aber im selben Moment meldete sich der Entführer und drohte mit Pierres Tod, dann habe ich sofort aufgelegt.«

»Das klingt ja fast so, als würde man Sie abhören.«

»Keine Ahnung. Ich habe von solchen Dingen keinen Schimmer.«

»Wir gehen mal wieder rein und schauen uns leise um.«

»Okay.«

Sie gingen zurück ins Haus. Marc Eisenberg ließ seinen geschulten Blick schweifen. Er konnte nichts Auffälliges erkennen.

Doktor Pain amüsierte es, jedes Wort im Wohnzimmer mithören zu können. Es war eine geniale Erfindung – diese Abhörwanze mit SIM-Karte. Er brauchte nur die Nummer der SIM-Karte zu wählen und konnte jedes Wort verstehen. Diesem Teil war es zu verdanken, dass er dazwischen funken konnte, bevor Jenny der Polizei zu viel verraten konnte. Es war nur spärlich versteckt worden, aber bisher hatte sie es noch nicht entdeckt, denn sie wusste nicht, dass es existierte.

Marc Eisenberg zog Schubladen auf, drehte Bilder um und baute selbst eine Fernbedienung auseinander. Ohne Erfolg. Es musste irgendwo eine *Wanze* versteckt sein. Der rechte Schnürsenkel ging auf. Er bückte sich hinunter, band es wieder zur Schleife. Beim Aufstehen passierte es: Er stieß mit seiner Schulter unter den Wohnzimmertisch. Ein Schmerz durchfuhr ihn. Er fluchte laut: »Mist.«

Doktor Pain zuckte zusammen. Ein Fluchen war zu hören. Es war anscheinend dieser Marc Eisenberg, der sich Jenny Goblin vor ein paar Tagen vorgestellt hatte. Aber was zum Teufel hatte er dort verloren? Hatten die beiden eine Affäre? *Könnte sein,* dachte Doktor Pain. Es war nur eine männliche Stimme zu hören, sowohl Jennys als auch die süße Mädchenstimme von Mel fehlten. Er lauschte den weiteren Geschehnissen.

Es war eine Unachtsamkeit, die den ganzen Plan gefährdete, denn wenn jemand den Raum abhörte, wusste derjenige jetzt Bescheid. Es war nicht sein Tag. Denn auch sein Portemonnaie, welches in der Gesäßtasche steckte, rutschte auf einmal heraus und krachte zu Boden. *Pong.*

War es seine Wanze, die da zu Boden gefallen war? Doktor Pain lauschte weiterhin der Übertragung.

»Mami ich habe Durst.«

Die Übertragung funktionierte noch, also war es nicht die Wanze gewesen, sondern irgendetwas anderes. Doktor Pain war erleichtert.

»Ja gleich, Schätzchen.«

Jetzt war es endgültig mit der Stille vorbei. Der Plan, lautlos den Raum zu durchsuchen, war hinfällig. Marc Eisenberg bückte sich zu seinem Portemonnaie hinunter. Dieses Mal war er vorsichtiger. Er wollte nicht schon wieder mit seiner Schulter an den Tisch schlagen. Viel langsamer als vorher und mit sich umschauendem Blick, erhob er sich. Doch mitten in der Bewegung hielt er inne. Er hatte etwas gesehen – was kleines Schwarzes. Es hatte fast die Form einer Zigarettenschachtel. Seine Hand griff unter den Tisch zu dem schwarzen Etwas. Fast hätte er geschrien, verkniff es sich jedoch. Ein Abhörgerät lag in seiner Hand. Er schob das Gerät auf. Eine SIM-Karte kam zum Vorschein.

Mel erschien mit einem Wasser in der Hand, welches sie sich selbst aus der Küche geholt hatte. Marc Eisenberg nahm die SIM-Karte heraus und ohne lange nachzudenken, schmiss er sie in das Glas.

»Was machst du da?«, protestierte sie. »Jetzt muss ich mir was Neues zu trinken holen!«

»Tut mir leid.«

Durch den Kontakt mit dem Wasser war die SIM-Karte zu keiner Übertragung mehr fähig.

Doktor Pain wunderte sich erneut. Hatten im Wohnzimmer der Goblins nicht eben Gespräche stattgefunden? Und woher kam dieses Rauschen? Na ja, es wird schon nichts passiert sein. Er musste mit seinem Plan weitermachen und verschwendete keinen Gedanken mehr an die versteckte Wanze.

Kapitel 35

E r hatte in dieser Nacht keine schrecklichen Albträume gehabt und so sollte es für den kleinen Star der Tag der Erlösung werden. Er konnte die Rückkehr seines Vaters kaum erwarten. Endlich würde der Horror, den er durchleben musste, aufhören. Seinen Talisman hatte er mit ins Bett genommen und umklammerte ihn fest. Um acht Uhr morgens machte sich der Wecker bemerkbar. Er schlug langsam ein Auge nach dem anderen auf. Der erste Blick des Tages fiel auf den Clown. Somit begann der Tag schon einmal gut. Schlaftrunken stieg er aus dem Bett und zog sich an. Ein lautes Magenknurren signalisierte ihm Hunger, doch wollte er sich nicht alleine mit seiner Mutter an den Frühstückstisch setzen. Er hatte genug davon, mit ihr allein zu sein.

Inzwischen hasste er sie. Abgrundtief.

Er hatte auch keinen Spaß mehr daran, sich nackte Frauen in Zeitschriften anzuschauen. Er wollte endlich wieder seine Ruhe haben.

Die gemeinsame Autofahrt zum Flughafen Düsseldorf verlief wortlos. Der kleine Star schaute stur aus dem Fenster und nahm die Außenwelt, obwohl er sie sah, gar nicht richtig wahr.

Sie erreichten den Wartebereich im Flughafen zehn Minuten, bevor der Flieger landen sollte. Hier sah der kleine Star viele unbeschwerte Kinder, die mit ihren Eltern oder Großeltern ebenfalls auf Ankömmlinge warteten. Sie tollten lachend herum, ihnen war eine gewisse Unbeschwertheit anzumerken. Die Minuten zogen sich qualvoll in die Länge. »Na, freust du dich auf deinen Vater«, versuchte seine Mutter ein Gespräch anzufangen, aber es blieb bei dem Versuch. Der kleine Star würde erst wieder reden, wenn er seinen Vater wiedersah. Es herrschte eine Stimmung wie auf einer Beerdigung.

Das Flugzeug hatte ihre Räder ausgefahren und begann den Landeanflug. Eine Berührung kam zwischen Landebahn und den Reifen zustande und die Maschine bremste stark ab. Sie wendete und manövrierte sich zur Parkposition. Es lief alles glatt. Wolfgang wartete noch einige Minuten auf seinen Koffer, als er ihn endlich hatte, begab er sich zum Ausgang. Seine Frau kam direkt auf ihn zu. Sie umarmte ihn, küsste ihn heftigst auf den Mund und freute sich tierisch; der kleine Star ließ es langsamer angehen. Er war froh über den Abstand zu seiner Mutter.

»Na, kleiner Champ, wie geht's?«

»Ganz okay«, antwortete er mürrisch.

»Ja, unser Sohn hat momentan eine kleine Krise.«

»Wirklich? Warum denn das?«

»Er kann sich einfach nicht auf Sachen konzentrieren.«

»Oh, das ist aber doof. Zum Glück habe ich ihm etwas mitgebracht, was ihn aufmuntern wird.« Wolfgang zauberte ein Trikot des Lieblingsspielers seines Sohns hervor. »Hier, das ist für dich.« Wolfgang sah, wie sich die Miene seines Sohnes aufhellte.

»Ach, Papa. Schön, dass du wieder da bist.«

»Hast mich vermisst, was? Hast du denn auch ohne mich

fleißig weiter mit dem Ball geübt und die tollen Tricks nachgemacht, die du beim Training bewundern konntest?«

»Ja, ich habe dich total vermisst, Papa.«

»Wir müssen morgen direkt ein paar Bälle schießen gehen.«

»Oh, ja« antwortete der kleine Star, ohne jegliche Freude.

Während der Rückfahrt berichtete Wolfgang über seine Erlebnisse, wie es war, in einem asiatischen Land arbeiten zu müssen. Dort herrschten ganz andere Bedingungen und die Arbeitsmoral war ebenfalls anders. Er erzählte auch von den Sehenswürdigkeiten, die er in seiner Freizeit gesehen hatte. Rückwirkend hatte ihm dieses Erlebnis, trotz der vielen Arbeit, gut gefallen.

Die Stunden verflogen rasend schnell und es wurde schon dunkel draußen. Wolfgang hatte seinen Koffer geleert und die Wäsche häufte sich im Badezimmer, doch sie musste bis morgen warten, denn er hatte solange auf seine Frau verzichten müssen, dass er es nicht mehr aushielt.

Der kleine Star erkannte die schrillen Geräusche genau. Es waren dieselben, die er wochenlang aus nächster Nähe hören musste. Er zog seine Decke über den Kopf, aber es brachte nichts. Die Geräusche quälten ihn sehr. Immerhin hatte er etwas Glück, denn die ganze Aktion ging nicht allzu lange.

Wolfgang kam schnell. Es hatte sich eine Menge angestaut und er ergoss sich mit einem kräftigen Ruck.

Seine Frau war ein wenig enttäuscht. *Da konnte selbst dein Sohn länger,* dachte sie.

Es wurde wieder eine schlaflose Nacht für den kleinen Star.

Kapitel 36

Dülmen, 13. Juli 2016

Im Keller erwachte der Gefangene auf dem Stuhl. Er schlug erneut die Augen auf und hatte freie Sicht. Durch eine Unachtsamkeit hatte der Entführer den Jutesack vergessen. Der Gefangene sah viele nützliche Sachen herumliegen. *Ich muss nur irgendwo dran kommen, dann habe ich eine Chance.* Er sammelte seine verbliebenen Kräfte und stemmte seinen Körper nach oben, doch der Stuhl bewegte sich keinen Millimeter. *Seltsam.* Er schaute zu Boden und sah das Übel: eine Fixation. Es war unmöglich, so viel Kraft aufzubringen, dass die Verankerung sich löste. Er gab auf. In dem Moment, in dem er aufgehört hatte zu zappeln, ging die Tür auf und der Mann mit der Clownsmaske kam herein. *Mist,* fluchte er innerlich, denn der Gefangene saß ohne den Jutesack über dem Kopf auf dem Stuhl. *Gut, dass ich wenigstens die Maske aufgesetzt habe.*

»Ich hab eine gute Nachricht für dich: Du kommst frei!« Ungläubig schaute er direkt die Clownsmaske an. Er dachte, er hätte sich verhört und fragte noch mal nach: »Ich komme frei?«

»Ja, genau. Meine Bedingungen werden alle erfüllt und mehr wollte ich nie.«

Welche Bedingungen?, dachte der Mann auf dem Stuhl. *Warum musste ich so leiden? Gab es keine sanfteren Möglichkeiten?*

»Oder gefällt es dir bei mir? Du kannst auch gerne hier

bleiben!«, sagte der Mann mit der Maske und einem hämischen Lächeln im Gesicht.

»Nein, danke, Wichser.«

»Jetzt werde mal nicht frech hier. Noch bist du nicht frei.«

Der Gefangene musste dem innerlich zustimmen und drosselte seine Wut. Solange er noch hier saß, war er hilflos.

»Entschuldigung.«

»Schon besser. Ich komme nachher mit einer frischen Hose für dich. So kann man dich ja schlecht freilassen.«

»Danke.« Er konnte es immer noch nicht fassen, dass er wirklich freikommen wird. Wie lange war er hier unten gefangen? Stunden? Tage? Wochen? Er konnte es nicht einschätzen.

»Ich komme bald wieder. Schön brav bleiben.« Und wieder dieses unerträgliche, hämische Lachen. Der Mann verließ den Keller. Erneut hatte er den Jutesack vergessen.

Doktor Pain lief überlegend die Treppe nach oben. Ein guter Übergabeort musste her, dabei brauchte er genügend Fluchtmöglichkeiten. Den Prickingshof wollte er dafür nicht schon wieder benutzen. Fieberhaft arbeitete sein Gehirn. Unerwartet schnell bekam er einen Einfall. Er würde den Stadtpark als Übergabeort nehmen. Dieser hatte mehrere Ein- und Ausgänge, dazu noch einen kleinen Spielplatz für Kinder. Es war der perfekte Ort für sein Vorhaben.

Er verfasste eine kurze Nachricht an Jenny und freute sich schon innerlich auf sein neues Frischfleisch.

Doktor Pain: Heute Abend um 22:00 Uhr im Stadtpark findet die Übergabe statt. Und wehe Sie verspäten sich.

JennybestMum: Verstanden. 22:00 Uhr im Stadtpark. Und keine Sekunde später.

Doktor Pain: Und keine Polizei, sonst ist Ihr Mann tot.

JennybestMum: Keine Polizei! Ist klar!

Marc Eisenberg hatte mitbekommen, wie Jenny ihr Handy herauszog und einige Worte tippte.
Er fragte nach: »War das jemand Wichtiges?«
»Ohhh, ja! Es war der Entführer.«
»Das ist ja super, was hat er geschrieben?«
»Dass Pierre heute Abend um 22:00 Uhr im Stadtpark freigelassen wird.«
»Einfach so?«
»Nein.« Bei diesem Wort fiel Jenny wieder ein, welchem Deal sie zugestimmt hat. *Was habe ich mir nur dabei gedacht?*
»Was verlangt der Entführer für die Freilassung?«
»Meine ... meine ...«, sie brachte es nicht übers Herz, den Satz auszusprechen.
»Liebe?«, hakte Marc Eisenberg nach.
Ein verneinendes Kopfschütteln. »Meine To-.«
»Tochter? Also Mel?«
Das bestätigende Kopfschütteln erschütterte ihn zutiefst. Er suchte aufmunternde Worte: »Der Vorteil ist: Der Täter kommt aus seinem Versteck. Das ist unsere Chance, beide zu retten und den Entführer zu fangen.« Es klang selbst in seinen Ohren komisch, aber ihm fiel in diesem Moment nichts Besseres ein.

»Ja, vielleicht.« Sie hoffte so sehr, dass er mit seinen Worten recht behalten würde und klammerte sich mit letzter Kraft an diesen Strohhalm.

»Ich muss leider wieder zurück zu meinem Freund. Ich bin gegen 18:00 Uhr wieder hier, um die Vorgehensweise zu besprechen. Bis dahin versuchen sie, sich etwas zu beruhigen. Es wird alles wieder in Ordnung kommen.«

»Das hoffe ich auch. Bis gleich.«

Marc Eisenberg verließ das Gelände der Goblins mit einem mulmigen Gefühl im Bauch, doch endlich wusste er, warum Frau Goblin so lautstark ihm gegenüber wurde. Sie hatte gedacht, dass er der Entführer war. Ihm gingen die beherzten Worte nicht mehr aus dem Kopf. Und war es tatsächlich machbar den Entführer alleine zu stellen?

Sechs Minuten später erreichte er den Campingwagen von Pascal und sah, dass das Fleisch schon auf dem Grill lag.

»Da bist du ja endlich. Es hat ja eine Ewigkeit gedauert«, beschwerte sich Pascal bei ihm.

»Ja sorry. Es musste einiges besprochen werden. Gegen 18:00 Uhr muss ich noch einmal rüber.«

»Ah ha, ja dann. Wie beschäftigte ich mich dann alleine?« Es war eine rein rhetorische Frage, denn Pascal wusste ganz genau, was er am Abend machen würde.

»Ich weiß es nicht, Pascal. Ich hoffe, du findest etwas.«

Sie aßen schweigend das Grillfleisch, dabei bereiteten beide im Stillen ihre Pläne für den heutigen Abend vor.

Die eroberten Klamotten hatte Konstantin Kraft gründlichst gewaschen. Wer wusste schon, welche Krankheiten dieser junge Penner hatte? Da war eine Wäsche angebracht. Die Klamotten waren getrocknet und er probierte sie an. Sie passten perfekt. Sein geschultes Auge hatte es vor Tagen genauso gesehen. Er blickte in einen Spiegel und befand sich für sexy. Seine kleine fünfzig Quadratmeter Mietwohnung war die kleinste in der Mitte des Erdgeschosses eines Mehrfamilienhauses. Eine spartanische Einrichtung lieferte eine gewisse Gemütlichkeit. Jedoch parkte sein größter Besitz draußen: ein tiefergelegter 3er BMW mit schwarz-goldenen Felgen. Diesen nutzte er, um Frauen aufzugabeln, doch es fehlte ihm immer am nötigen Kleingeld. Die Beute auf dem Fußboden änderte es. Er war um 14.770 Euro reicher. Jetzt sollte er in der Lage sein, eine Freundin zu finden, die keine Angst beim Anblick seiner Augen empfand. Die geklauten, teuren Klamotten sollten einen guten ersten Eindruck hinterlassen. Die Wohnung konnte er sich nur leisten, weil er einmal eine große Stange Geld bei Wettspielen gewonnen hat. Dem Vermieter hatte er eine überzeugende ausgedachte Geschichte erzählt. Dieser war darauf reingefallen, aber da er regelmäßig seinen Betrag bekam, hatte Konstantin Kraft seine Ruhe. Das Geld für die Miete kam zu einhundert Prozent aus illegalen Geschäften. Was viel schlimmer als die Mietkosten war, waren die Unterhaltskosten für seinen Wagen. Mit seiner Fahrweise brauchte er locker über zehn Liter Benzin pro hundert Kilometer. So wurde sein Bares immer knapper. Dass dieser kleine Penner eine gewaltige Menge Geld besaß, war ein wahres Wunder gewesen. Es interessierte ihn nicht, woher dieser Kerl es hatte.

Er schaute weiter auf das viele Geld, als er eine SMS erhielt.

Heute Abend.
22:00.
Stadtpark.
Vermassel es nicht.

Kapitel 37

Mit rot geräderten Augen stand der kleine Star auf. In der Nacht hatte er sich nur umher gewälzt. Er war froh, dass es draußen hell wurde. Verschlafen tapste er die Stufen ins Erdgeschoss hinunter. Wolfgang, der total munter wirkte, begrüßte ihn: »Guten Morgen, Sohnemann.«

»Morgen.«

»Da hat aber jemand nicht gut geschlafen.«

»Ja, gar nicht!«

»Wieso das?«

»Hab halt schlecht geträumt.«

»Dann setz dich hin und iss was.«

Der kleine Star nahm Platz, trank einen Kakao und schmierte sich ein Brot mit Käse. Er aß es nicht auf, denn ein flaues Gefühl breitete sich in seinem Magen aus.

»Wirst du etwa krank?«, fragte Wolfgang, als er sah, dass sein Sohn das Frühstück nicht komplett aß.

»Nein, Papa, alles gut.«

»Gut. Sollen wir dann gleich zum Sportplatz?«

»Okay.«

Eine Stunde später fuhren sie mit einem Ball und Fußballschuhen im Gepäck zum Sportplatz. Wolfgang stellte sich zwischen die Pfosten. Der kleine Star sollte die Bälle kräftig aufs Tor schießen. Er legte los. Wolfgang brauchte keinen einzigen Ball halten, denn der kleine Star hatte es von 25, 20, 16 und 11 Metern versucht – alle Bälle flogen meterweit am

Tor vorbei. »Was ist mit dir los? Du triffst doch sonst alles.«

»Ach Papa, mir geht's doch nicht so gut.«

»Also wirst du doch krank.«

»Nein, das ist es nicht!«

»Was dann? Liebeskummer?«

Die Vermutung von Wolfgang ging in die richtige Richtung, doch es hatte nichts mit Liebe zu tun gehabt, was sein Sohn durchleben musste.

Er musste es seinem Vater beichten, obwohl er ihn bestimmt für verrückt erklären würde. »Papa?« Der Ton bedeutete schon nichts Gutes.

»Ja, Sohn?«

»Ich muss dir was ganz Schlimmes erzählen.«

»Und was?«

»Mama ... also Mama ...«, er brach ab, bohrte mit den Stollen im Rasen herum und sammelte seinen ganzen Mut zusammen, um den Satz zu beenden, »... hatte Sex mit mir!«

»Sag das noch mal«, bat Wolfgang seinen Sohn, in der Hoffnung sich verhört zu haben.

Der kleine Star wiederholte den Satz, mit feuchten Augen und einem Blick, der einen tief ins Mark traf. Geschockt von der Aussage, setzte Wolfgang sich auf den Rasen des Sportplatzes. Sein Kopf fing an, sich zu drehen. Ihm wurde für einen kurzen Augenblick schwarz vor Augen. Schnell konnte er den Schwindel loswerden und stand wieder auf. Wolfgang sah immer noch den traurigen Blick seines Sohnes vor sich, ging zu ihm und umarmte ihn fest. »Es wird alles wieder gut«, tröstete er seinen Sohn, obwohl der Schaden irreparabel war.

»Ich werde gleich zu Hause mit deiner Mutter reden und sie zur Rede stellen. Okay?«

»Okay.«

Sie brachen das Fußballspielen ab und fuhren nach Hause. Dort angekommen, machte sich Wolfgang für eine erbitterte Konfrontation bereit, die es in sich haben sollte. Seine Frau lag auf der Couch und schaute fern. »Hallo«, sagte Wolfgang in einem rauen Ton.

»Hallo Schatz, ist irgendetwas?«

»Ich hatte gerade ein Gespräch mit unserem Sohn und was er mir erzählt hat, hat mir die Sprache verschlagen.«

»Was hat er dir denn erzählt?«

»Kannst du dir das nicht denken?«

»Nein, kann ich nicht.« Ihr Ton wurde gereizter.

»Wirklich nicht?«, hakte Wolfgang nach.

»Nein, wirklich nicht.«

»Dann gebe ich dir mal einen Tipp: Es hat etwas mit deiner Sexsucht zu tun.« Ihre Kinnlade fiel herunter und ihre gesunde Gesichtsfarbe wich einem blassen Teint. Ihr Sohn hatte also geplaudert und das Schlimmste war: Wolfgang glaubte ihm.

»Unser Sohn lügt dich an. Ich habe ihn nicht berührt.«

»Warum sollte er mich anlügen? Es war zudem sein trauriger Blick, der mich erschütterte, als er es mir erzählte.«

»Also glaubst du ihm mehr als mir?«

»Ja! Weil ich deine Sexsucht selbst kenne, aber ich hätte nie gedacht, dass du unseren Sohn dafür missbrauchst. Du bist einfach nur krank.«

»Ihr mit euren mickrigen Schwänzen wisst doch gar nicht,

wie ihr eine Frau richtig befriedigen könnt«, schrie sie verzweifelt. Es war ein Versuch, die Schuld anderen zu geben.

»Du gehörst weggesperrt, obwohl du meine Frau bist.«

»Sei ruhig.«

Die Situation eskalierte. Wolfgangs Frau stürmte auf ihn los. Ein paar Schläge prasselten auf Wolfgang ein. Kopf und Körper wurden getroffen. Er versuchte, ruhig zu bleiben; seine Frau attackierte ihn zornig weiter. »Du Arschloch! Du liebst mich gar nicht!«

Es fiel ihm immer schwerer, nichts zu tun. Eine Faust kam seinem Kopf näher. Er wich aus und schlug mit der flachen Hand zurück. *Klatsch.* Der Knall, als die flache Hand die Wange traf, ließ beide erstarren. Bei ihr bildeten sich sofort Tränen; Wolfgangs Hand wollte nicht aufhören zu zittern – zum ersten Mal in seinem Leben hatte er eine Frau geschlagen. »Du brauchst professionelle Hilfe.«

Sie sah es inzwischen wohl ein, denn sie beruhigte sich.

»Wir kümmern uns in aller Ruhe morgen darum.«

»Meinetwegen«, antwortete sie nur.

Doch dazu sollte es nicht kommen. Im Laufe des Tages schnappte sie sich den Talisman ihres Sohnes und stieg ins Auto. Sie legte den Clown vorne aufs Armaturenbrett und fuhr los. Sie hatte ein Ziel vor Augen: den Pröbstingsee. Ungebremst raste sie durch die Vegetation ins kühle Nass. Das Wasser stieg immer höher im Auto.

Sie nahm den Talisman in die Hände und zerriss ihn.

Das Auto war voll mit Wasser gelaufen.

Ihre Lungen ebenfalls.

Kapitel 38

Dülmen, 13. Juli 2016

Für Marc Eisenberg wurde es Zeit, sich auf den Weg zu den Goblins zu machen. Die Uhr zeigte zehn vor sechs. Vorbereitet ging er die paar Meter mit entschlossenen Schritten herüber. Sein Plan war einfach und klar: Den Erpresser dingfest machen und Jennys Ehemann in Sicherheit bringen. Jenny wartete schon ungeduldig auf ihn und hoffte so sehr, dass heute Abend alles wieder gut werden wird. Sie hatte vollstes Vertrauen in Marc Eisenberg. Er hatte tatsächlich einen Abhörsender gefunden, doch kam ihr ein weiterer schrecklicher Gedanke. *Was ist, wenn das alles ein abgekartetes Spiel ist und er mit drin steckt?* Sie versuchte, den Gedanken schnellstmöglich wieder zu verdrängen. Es durfte nicht sein. Marc Eisenberg kam die letzten Meter etwas schneller angelaufen und Jenny öffnete ihm die Haustür, da sie ihn durchs Fenster gesehen hatte. Wenige Momente später stand er vor ihr. »Hallo, Frau Goblin.«

»Hallo, Herr Kommissar.« Sie fühlte sich wohl beim Aussprechen des Wortes »Kommissar«, es hatte eine beruhigende Wirkung und der schreckliche Gedanke von vorhin geriet wieder in Vergessenheit.

»Sind Sie bereit für heute Abend?«

»Eigentlich nicht. Ich habe Angst. Und mir wird schlecht, wenn ich daran denke.«

»Das ist normal. Wir wollen immerhin einen Austausch vorzutäuschen, ohne jemanden zu verlieren. Es muss alles klappen, so wie wir es uns vorstellen, sonst ...« Er lies den Satz unvollendet. Dann sprach er weiter: »Es wird aber sehr schwierig werden.«

»Aber nicht unmöglich, oder?«

»Nein. Wir werden es schaffen, dafür werde ich schon sorgen. Ich verspreche Ihnen, dass sie ihren Mann und ihre Tochter wiederhaben werden.« *Es hört sich nicht so an, als würde er mit dem Erpresser zusammenarbeiten.* Da war er schon wieder: dieser schreckliche Gedanke. Er wollte Jenny nicht komplett aus dem Kopf gehen. »Danke.«

»Bedanken können Sie sich, wenn alles geklappt hat.«

»Okay. Möchten Sie einen Kaffee?«

»Ja, ein Kaffee wäre gut. Das Koffein fördert meine Konzentration.«

Jenny ging in die Küche und rief ins Wohnzimmer: »Filter oder Kapsel?«

»Kapsel reicht.«

»Okay, gut.«

Die Kapsel wurde eingelegt. Sie drückte einen Knopf und ein paar Sekunden später lief eine schwarze Flüssigkeit in eine Tasse. Mit dem fertigen Kaffee kam Jenny aus der Küche zurück. Sie besprachen den Plan für heute Abend. Marcs Aufgabe dabei war: im Dunkeln versteckt einen Ausgang zu bewachen und gleichzeitig die Übergabe zu beobachten. Für Jenny war es hingegen einfacher, denn sie sollte, sobald Pierre in Sicherheit war, sofort zum nächstgelegenen Ausgang rennen und falls der Erpresser diesen wählte, sollte sie ihm ungeschickt den Weg versperren, ohne sich in Gefahr zu bringen. Es konnte klappen. Marc Eisenberg fand noch aufmunternde Worte für Jenny. Sie sog sie auf und fühlte sich dadurch sicherer. Mel wurde aus Vorsicht nicht in den Plan eingeweiht, damit sie sich dem Erpresser gegenüber nicht verplappern konnte.

Doktor Pain fuhr genüsslich zum Stadtpark. Er schaute sich in aller Ruhe um, ob es irgendwelche Veränderungen gab. Alle Wege existierten noch genauso, wie er sie in Erinnerung hatte. Vor allem der kleine Schleichweg, der ins Wohngebiet führte, war begehbar. Dort im Wohngebiet würde er parken und über einen ausgewählten Eingang den Park betreten. Seine Vorfreude auf die Kleine war riesig. Ab dem Moment, wenn sie sich in seiner Gewalt befand, sollte ihr Leben besser werden. Er hatte extra ein paar Sachen besorgt, die dann später zum Einsatz kommen sollten. Die Erinnerung an das Gespräch mit der Verkäuferin, als er ihr sagte, dass es für seine Kleine sei und sie viel Spaß damit haben werden, ließ ihn grinsen. Der Blick der Frau war Gold wert gewesen. Sie hatte erstaunt und erschrocken zugleich geschaut, obwohl sie jegliche Regung verkneifen sollte. Zufrieden und mit den Informationen, die er für heute Abend brauchte, fuhr er zurück. Sein gekauftes *Spielzeug* lag auf dem Wohnzimmertisch parat. *Oh ja, es wird mir Spaß machen*, dachte er, als er es sah. Seine Pläne für den weiteren Gefangenen standen fest, doch musste er sich noch gedulden, um mit der *Behandlung* zu starten. Zuerst musste er diesen Massakrierten gegen junges Fleisch tauschen. Die Hose, die er besorgt hatte, nahm er in die Hand und ging in den Keller. Ein erbärmlicher Gestank kam ihm von seinem Verlies, wie er es liebevoll nannte, entgegen. Er wunderte sich, denn den Uringeruch hatte er beseitigt. Nur dieser Geruch war noch extremer. Er öffnete die Tür und trat ein. Im selben Moment hob er seine Hand und verdeckte damit Mund und Nase. Die Bescherung konnte man nicht übersehen. Ein riesiger brauner Fleck schlängelte sich über den Boden. Die gelbliche nasse Hose, die ehemals weiß war, wies braune Flecken auf. Der Mann auf dem Stuhl hatte sich eingeschissen.

»Warum zum Teufel hast du das getan? Hast du so viel Angst?«, schrie Doktor Pain seinen Gefangenen an.

Er regte sich, schaute direkt in das Gesicht seines Peinigers und sagte: »Du? Dich kenne ich!«

Scheiße, ich habe meine Maske vergessen. Doch war es jetzt zu spät. Der Gefangene hatte sein Gesicht gesehen. Unmaskiert fragte er abermals: »Warum hast du das getan?«

»War da Käse auf dem Brot?«

»Ja, war es. Wieso?«

»Laktoseintoleranz.«

»Was? Du hast eine Laktoseintoleranz?«

»Ja.«

Doktor Pain kannte die Folgen dieser Unverträglichkeit – seine langjährige Freundin hatte dasselbe Problem gehabt und nur mit regelmäßiger Tabletteneinnahme war es möglich, Milchprodukte zu essen. Er hatte so etwas nicht mit eingeplant. Er wurde immer unvorsichtiger.

Die Saubermach-Prozedur war mühselig, denn er musste den Gefangenen entfesseln, aber nicht zu sehr, dass er auf falsche Gedanken kommen könnte und sich dann in seine unmittelbare Nähe begeben ohne selbst bewaffnet zu sein.

Es dauerte eine gefühlte Ewigkeit, den Schmutz mit Wasser abzuspritzen und ihm die Hosen zu wechseln. Es ekelte ihn an, doch musste er es tun. Mit der neuen Jeans, aber ohne Unterwäsche und dem stinkenden blauen Polohemd mit dem Krokodil auf der linken Brust, sah der Gefangene annehmbar aus. Die Hände hatte er vom Stuhl befreit und sie hinter dem Rücken gefesselt. Die Beine konnten von dem Gefangenen auch wieder bewegt werden. Es war das größte Risiko, denn, wenn der Gefangene anfing zu rennen, musste er ihm hinterher. Der Jutesack, den er ihm wieder über den Kopf zog, verhinderte zumindest eine klare Sicht. »Ich schwöre dir, versuchst du abzuhauen, dann spritze ich dir Säure in deine Augen!«

Der Gefangene blieb stumm.

»Hast du mich verstanden?«, fragte er nach, wobei er ihm zur Drohung die Spritzflasche an den Nacken hielt.

Jetzt nickte der Gefangene zur Bestätigung.

Die Folgen von der Säure hatte er auf seiner Haut gesehen. Sein Arm war ein grässlicher Anblick. Doktor Pain ließ kurz von seinem Gefangenen ab, holte etwas von seinem Beistelltisch, drehte es auf und übergoss sein Opfer damit. So gefiel er ihm besser. »Los mitkommen!«, befahl er.

Der Gefangene gehorchte und bei jedem Schritt tropfte die Flüssigkeit auf den Boden. Er nahm den Geruch wahr. *Warum hat er das gemacht?* Ihm war unwohl.

Die Treppe wurde krampfhaft überwunden, wobei Doktor Pain hinter ihm stand und ihm die Spritzflasche an den Hals hielt. Bei der dritten Stufe hatte er zu lange gebraucht, da drückte Doktor Pain auf die Flasche und ein paar Tropfen

Säure kamen in Kontakt mit der Haut. Es schmerzte sehr. Von da an konzentrierte er sich intensiver. Ohne weitere Säurespritzer kamen sie oben an. Ein Blick auf den Tisch blieb ihm verwehrt, sonst hätte er garantiert gefragt, wofür die Spielsachen gedacht waren. Schleppend ging es zum Auto – am liebsten hätte Doktor Pain Hilfe in Anspruch genommen –, doch den zweiten Gefangenen konnte er nicht schon wieder einbinden, es wäre ein großer Fehler. Das jetzige Opfer wehrte sich kaum, denn die Freude, endlich aus diesem Keller herauszukommen, schien ihn zu beruhigen. Unbequem, mit den Händen hinter dem Rücken, saß er nun auf dem Beifahrersitz. Er wurde festgeschnallt.

»Denk dran, wenn du zuckst oder etwas Doofes machst, wirst du nie wieder sehen können.«

Als Beifahrer blieb er ruhig. Die Fahrt dauerte nur wenige Minuten. Das Auto stoppte, er wurde abgeschnallt und aus dem Auto gezogen. Die Clownsmaske hatte Doktor Pain während der Fahrt abgelassen, aber jetzt trug er sie wieder. Es verlief alles nach Plan. Fünf vor zehn zeigte seine Armbanduhr an. Die Übergabe stand kurz bevor.

Marc, Jenny und Melanie kamen mit dem Opel Corsa am Parkplatz Hüttendyk an. Sie stiegen aus. Marc Eisenberg entfernte sich rasch und suchte sich einen guten Platz zum Observieren. Jede Sekunde, die er zusammen mit Jenny und Melanie gesehen werden konnte, wäre eine Gefahr für die bevorstehende Übergabe. Jenny und Mel gingen in Richtung Spielplatz. Sie liefen langsam, um Marc etwas Zeit zu verschaffen. »Mami was machen wir hier?«

»Papa möchte uns hier überraschen.«

»Wirklich? Papa ist wieder zurück?«

»Ja, Kleines.«

»Okay.« Es schwang wenig Begeisterung in ihrer Stimme mit, denn die Zeit alleine mit ihrer Mutter gefiel ihr sehr gut. Sie näherten sich dem Spielplatz.

Konstantin Kraft öffnete erneut die erhaltene SMS.
Heute Abend.
22:00.
Stadtpark.
Vermassel es nicht.
Dieser Job sollte ihm zehn Prozent von der verkauften Ware einbringen. Das Handelsgut im Wert von zweitausend Euro hatte er zuvor von einem Dealer, der ihn gerne beauftragte, abgeholt. Dieser war mit Konstantins Arbeit sehr zufrieden und zahlte ihm deswegen eine etwas bessere Beteiligung. Mit der Ware in der Bauchtasche seines Hoodies und der Mütze auf dem Kopf, fühlte er sich sicher. Der Käufer bevorzugte den Stadtpark als Tauschgebiet. Konstantin sah ihn ankommen. Es war derselbe wie beim letzten Mal. Der Tausch, Ware gegen Geld, ging schnell über die Bühne. Sie hielten sich nicht lange mit Einzelheiten auf. Den Briefumschlag, in dem das Geld überliefert wurde, fand denselben Platz wie zuvor die Drogen. Konstantin wunderte sich, warum eine Mutter mit ihrer Tochter um diese Uhrzeit im Stadtpark unterwegs war. Er holte eine Zigarette heraus und zündete sie an.

Doktor Pain lief hinter seinem Gefangenen und hielt ihm erneut die Spritzflasche in den Nacken. Sie kamen gemächlich voran. Durch seine Maskerade sah er die Kleine schon. Es konnte einfach nichts mehr schiefgehen. Die Parteien standen nur noch wenige Meter auseinander, als Doktor Pain rief: »Los schicken Sie die Kleine rüber! Dann schicke ich Pierre zu Ihnen.«

Irritiert schaute Mel ihre Mutter an: »Mama, das ist aber nicht Papa, der da ruft.«

»Stimmt. Dein Vater steckt unter dem Sack da. Erkennst du nicht sein Lieblingspolohemd?«

»Ja doch, Mama. Es ist aber eine komische Überraschung.«

»Ja, in der Tat. Also gehst du jetzt zu dem Mann rüber?«

»Okay, wenn es eine Überraschung werden soll, möchte ich sie nicht verderben.«

»Super Schätzchen, dann geh mal rüber.«

Mel machte sich auf den Weg zu dem Mann mit der Maske. Der Clown ließ den Mann mit dem Jutesack über dem Kopf los. Da er nichts sehen konnte, bewegte er sich vorsichtig Richtung Jenny.

Dies war genau der Moment, auf den Marc Eisenberg gewartet hatte. Denn Pierre und Mel befanden sich nicht in der Gewalt des Erpressers. Er beschleunigte seine Schritte, doch eine dritte Person näherte sich der Situation. Mit der Kapuze über dem Kopf sah man nicht viel von seinem Gesicht, doch für ihn schaute es so aus, als hätte der Mann keine Augen. Oder konnten es Schwarze sein? Die Aussage von dem Schwerverletzten aus dem Krankenhaus ging ihm durch den Kopf. *Schwarze Augen. Der Horror.* Schaute er tatsächlich in die Augen des brutalen Täters? Gehörte er zu dem Erpresser? Er vergaß den ausgeklügelten Plan für einen Moment und fixierte sich auf den Typen. »Halt, bleiben Sie stehen!«, rief er unbedacht.

Der Mann mit der Clownsmaske drehte sich zu den Rufen um und sein Herzschlag stieg gewaltig an. Er sah den Typen mit der Kapuze über dem Kopf und sein rasendes Herz beruhigte sich langsam wieder. *Der meint anscheinend nicht mich. Glück gehabt!*

Konstantin Kraft schreckte hoch. *Meint er mich?* Er zog kräftig an der Zigarette und schaute sich um. Er sah den Mann auf sich zu rennen. Panisch drehte er sich um und sprintete los. Mitten durch einen Spalt zweier Menschen: einem kleinen Mädchen und einem Mann mit einem Jutesack über dem Kopf. *Hier gehen schon komische Sachen vor sich.* Den Geruch, der ihm in die Nase stieg, konnte er nicht einordnen. Die Zigarette schmiss er weg, damit er schneller rennen konnte. Der rufende Mann kam rasch näher.

Doktor Pain hatte die Geschehnisse gesehen und erkannte, dass er schnell handeln musste. Er rannte die paar Meter zu dem Übergabeort, nahm die Kleine grob an der Hand und rannte schnell mit ihr zusammen den kleinen Weg entlang.

Jenny nahm es Sekunden zu spät wahr. Sie bewegte sich sofort in Richtung des Übergabeortes. Sie sah, wie der Clownsmann ihre Tochter an der Hand mitzog.

»Mel, Melanie!«, rief sie verzweifelt.

Marc Eisenberg musste entscheiden, ob er dem wegrennenden Mann oder dem Mann, der Mel an sich gerissen hatte, folgen sollte. Beim Näherkommen stieg ihm ein seltsamer

Geruch in die Nase. Im selben Augenblick sah er eine brennende Zigarette in der Luft, just in diesem Moment konnte er den Geruch zuordnen: Benzin.

Der Mann, mit dem Jutesack über dem Kopf, stand still auf dem Weg, die Rufe drangen an seine Ohren. Er hätte zu gerne gewusst, was gerade los war, aber die Fesseln hinter seinem Rücken, hinderten ihn daran, den Sack über den Kopf zu ziehen. Eine brennende Zigarette, die durch die Luft flog, näherte sich ihm. Plötzlich wurde ihm schlagartig am ganzen Körper warm. Er schrie laut auf.

Marc Eisenberg hatte sich entschieden: Er musste sich umentscheiden. Der Mann, an dem er hätte vorbeirennen müssen, stand in Flammen und seine Schreie waren qualvoll. Er brannte lichterloh.

Der Kommissar musste schnell handeln. Jenny, die den brennenden Mann wenige Meter vor sich sah, erstarrte. Marc Eisenberg rammte die Person zu Boden. Der Aufprall auf dem Boden war brutal, denn er kam überraschend. »Jenny hole Sand! Sand! Schnell!«

Sie erwachte aus der Erstarrung und holte so viel Sand, wie sie in ihren Händen tragen konnte. Währenddessen hatte Marc Eisenberg sein Shirt über den Kopf gezogen und versuchte damit die Flammen zu ersticken. Jenny kam mit einer Ladung Sand an. »Los, schmeiß es auf ihn, damit die Flammen ersticken. Und hole sofort Neuen!« Jenny schmiss den Sand auf den Mann und machte sich sofort auf den Weg, neuen Sand zu holen. Die Flammen wurden kleiner. Nach vier Ladungen Sand und dem Ausklopfen der Flammen, erloschen sie endlich. Die Schreie, die der Mann die ganze Zeit von sich gab, waren brutal. Er jammerte unaufhörlich. Als die Flammen erloschen waren, wurde es Zeit, einen Krankenwagen zu rufen. Marc Eisenberg holte sein Handy heraus und wählte: 112. Er forderte einen Notarzt an und schilderte die Geschehnisse, die wenige Sekunden zuvor passiert waren. »Pierre, Pierre endlich habe ich dich wieder. Es wird alles wieder gut. Ich liebe dich«, sagte Jenny mit Tränen in den Augen. Sie erhielt keine Antwort von dem Mann am Boden. Sie musste sein Gesicht sehen und fing an den Jutesack zu entfernen.

Wenige Sekunden später lag er auf dem Boden und der Blick auf das Gesicht war frei.

Die Augen, die sie sah, kannte sie nicht.

Kapitel 39

Mit der Kleinen an der Hand lief Doktor Pain den Schleichweg zu seinem Auto. Die Kleine wehrte sich.

»Ich will zu meiner Mami.«

»Deine Mami wollte dich nicht mehr haben! Und bei mir bist du besser aufgehoben.«

»Ich will zu meiner Mami«, wiederholte sie mit deutlich ängstlicher Stimme.

»Wir werden auch viel Spaß miteinander haben.«

Er zog sie kraftvoll am Arm und setzte Mel auf den Rücksitz. Er beeilte sich, selbst schnell vorne einzusteigen und die Kindersicherung zu aktivieren. Gerade noch rechtzeitig, bevor die Kleine fliehen konnte. Er verband ihr nicht einmal die Augen, so sehr wog die Freude über seinen Erfolg. Die wenigen Minuten Fahrt bis zu seinem Haus zappelte Mel kräftig herum, sie trat gegen die Rückenlehne, aber es störte ihn nicht. Er empfand Glück – das Richtige getan zu haben. Er stoppte den Wagen, schaltete den Motor aus und entriegelte die Kindersicherung. Mel bekam es mit, schnallte sich ab und öffnete die Tür. Ihr Versuch zu fliehen scheiterte, denn eine Hand hielt sie schon wieder fest am Arm und zog sie mit sich. Doktor Pain hatte schnell reagiert. »So Kleines, das ist mein Haus, in dem wir viel Spaß haben werden.«

»Mir doch egal!«, zischte sie zurück.

Sie betraten es und Mels Blick flog durch den Raum. Doktor Pain bekam es mit und sagte: »Ja Kleines, das ist für dich.«

Mels Blick wurde größer, sie erkannte die Sachen auf dem Tisch, denn sie hatte sie schon öfters in der Hand ihrer Mutter gesehen. »Nein, das geht nicht!«

»Doch!«

»Neeein, es geht wirklich nicht.«

»Auch wenn es dauert, es wird klappen! Glaub mir.«

Es war unfassbar und es verschlug ihr die Sprache.

»Schick, ne? Aber du musst dich noch gedulden Kleine. Wir werden erst morgen miteinander Spaß haben.«

Er sperrte sie in ein fensterloses Badezimmer.

Konstantin Kraft blickte sich um. Er hatte den rufenden Mann abgehängt, aber warum wurde er verfolgt? Hatte man ihn verpfiffen? Oder war es irgendein Penner, der das Geld wollte? Im Moment war es ihm egal, denn er hatte fliehen und die Summe sicher seinem Auftraggeber übergeben können. Die zugesicherten zehn Prozent durfte er behalten, somit hatte er weitere 200 Euro mehr in der Tasche. Die letzten Tage liefen wunderbar für ihn.

Total frustriert saß Jenny neben dem unbekannten Mann. Sie hatte alles riskiert und alles verloren. Pierre war nicht hier. Mel ebenfalls nicht, doch es gab etwas, was sie irritierte.

»Ist das Ihr Mann?«

»Was? Wie bitte?«, fragte sie, während sie sich den Kopf zerbrach und fieberhaft überlegte, was genau nicht stimmte.

»Ist das Ihr Mann?«, wiederholte Marc Eisenberg seine Frage.

»Nein, ist er nicht«, gab Jenny ernüchternd zurück.

»Ganz sicher?«

»Ja! Er trägt zwar das Lieblingshemd von Pierre, aber seine Augen sind anders. Es ist definitiv nicht Pierre.«

Und da war es auch schon, was sie irritierte, warum hatte dieser Mann das Polohemd von Pierre an? Zufall? Sie erinnerte sich an die Übergabe im Prickingshof zurück. War es dort auch dieser Mann? Sie musste eingestehen, dass es eine große Ähnlichkeit zwischen den beiden gab. Sie schaute auf die Hände des Mannes und zählte: Eins, zwei, drei, vier, fünf, sechs, sieben, acht, neun. Neun? Dem Mann fehlte ein Finger. Hieß das also: Dieser Person wurde ein Finger für die verspätete Minute abgetrennt und nicht Pierre?

Der geforderte Krankenwagen kam schnell. Die Sanitäter hievten den *gelöschten* Mann auf eine Trage und transportierten ihn zum Wagen. Sie beförderten die Trage in den Krankenwagen und fuhren davon. Der kurze Weg zum Krankenhaus reichte aus, damit alles Leben aus Jörg Haacke wich, dessen einziger Fehler es gewesen war, jemand anderem ähnlich zu sehen.

Marc Eisenberg nahm Jenny in den Arm und versuchte sie zu trösten: »Es wird alles wieder in Ordnung kommen.«

»Nein, wird es nicht!«, schrie sie Marc voller Entsetzen an und stieß ihn von sich.

Er kannte diese Mischung aus Wut und Trauer, deswegen fiel es ihm leicht, weiterhin ruhig zu bleiben.

»Der Mann mit der Clownsmaske hatte mich nicht als Bedrohung für ihn gesehen, daher haben wir noch einen Vorteil.«

»Bla, bla, bla.«

»Wir werden sie finden und befreien. Das verspreche ich!«

»Und was ist mit ihrem ersten Versprechen, das ging ja auch total schief. Jetzt habe ich niemanden mehr und zudem bin ich pleite. Mein komplettes Leben ist sinnlos geworden.« Der Zorn war ihr deutlich anzumerken. Es gab nichts, was sie beruhigen konnte.

Kapitel 40

D er Tod seiner Frau lag zwanzig Jahre zurück. Die Trauer, als die Polizei ihnen mitteilte, dass sie im Pröbstingsee durch Ertrinken ums Leben kam, hielt sich in Grenzen. Die Qualen, die sein Sohn erleiden musste, waren unvorstellbar. Er hatte nie wieder irgendwelche Auslandsaufgaben angenommen, aus Angst davor, dass sich sein Junge etwas antun würde. Der Jobwunsch seines Sohnes überraschte ihn sehr, er hatte diese Art von Job niemals für möglich gehalten, jedoch unterstützte er ihn beim besten Willen. So war es umso erfreulicher, als sein Sohn das Studium abschloss. Mit seinen 34 Jahren war er längst nicht mehr der kleine Star von früher, sondern ein erfolgreicher Mann im besten Alter.

Für seinen Sohn war die Zeit für einen Ortswechsel gekommen. Der kleine Star zog nach Dülmen. Dort kaufte er sich ein Haus, in das er zusammen mit seiner Freundin einzog. Sein Vater blieb in Borken wohnen, ein regelmäßiger Kontakt bestand weiterhin.

Silvia Berg war sechs Jahre jünger. Sie zog gerne mit ihrem reiferen Freund zusammen und genoss die Größe des Hauses. Sie fand den Blick aus dem Schlafzimmer unwiderstehlich und freute sich, wenn sie morgens Rehe sah. Silvia lernte ihren Freund im Internet über eine Partnerbörse kennen. Das erste Treffen lief so gut, dass es viele weitere gab. Auf Anhieb fühlte sie sich geborgen bei ihm und seine einfühlsame Stimme, mit der er sprach, war Balsam für ihre Ohren. Es war fast alles perfekt, bis auf eine Sache: dem Sex. Sie küssten sich zwar regelmäßig, aber sobald sie sich auszog und es von ihm auch verlangte, verkrampfte er sich und blieb schlaff. Sie vermutete schon, dass er eine *Jungfrau* war und sich schämte zu versagen, doch es war eher eine vage Vermutung. Sie konnte es sich nur schwer vorstellen, dass ein so gebildeter Mann noch nie Sex gehabt hatte. Sie machte es eine ganze Weile mit und versuchte, ständig die Verkrampfung mit allen möglichen Sachen zu lockern.

Es gelang ihr nicht.

Keuschheit war angesagt, doch sie kam damit nicht klar.

Kapitel 41

Sie lebten gemeinsam fast neun Jahre in dem Haus. Der Kinderwunsch von Silvia wurde immer größer und es gab tatsächlich die ein oder andere Nacht, in denen sie mit ihrem Freund geschlafen hatte. Ihr hatte es nicht gefallen. Er blieb die ganze Zeit inaktiv und man sah ihm deutlich an, dass es ihm kaum Spaß machte. Es frustrierte Silvia immer mehr und schließlich fragte sie ihn: »Warum magst du den Sex mit mir nicht? Bin ich dir zu schlecht? Was mache ich falsch?«

Er antwortete nur: »Das geht dich nichts an.«

»Doch, es geht mich was an. Ich liebe dich und möchte Kinder mit dir.«

»Verstehe.«

»Mehr hast du dazu nicht zu sagen als ›Verstehe‹, das soll wohl ein Witz sein, oder?«

»Nein.«

»Ah ha, komme erst mal mit dir selber klar und denk daran, dass ich bald mal Mutter werden möchte.«

Ob du eine gute Mutter sein kannst?, fragte er sich innerlich.

Im Streit gingen sie auseinander. Was brachte das große Haus, wenn man keine Kinder haben wollte? Hatte er Leichen im Keller? Ihr war nichts bekannt. Nach etlichen Überlegungen fand sie eine Lösung für sich selbst. Sie fing heimlich an fremde Männer zu daten. Einer war dabei, der ihr sehr gut gefiel. Während ihr Freund bei der Arbeit war, kam ihre Bekanntschaft immer regelmäßiger vorbei. Die Affäre fing mit Tagen an, ging dann über Wochen, bis hin zu Monaten. Der Sex war gigantisch. Die gammeligen, wenigen Male mit ihrem Lebensabschnittspartner vergaß sie schnell, bis zu dem Moment, als der Mann, der sie vögelte, seine Boxershorts vergaß.

Ihr Freund hatte sie entdeckt und gefragt: »Wessen Seidenboxershorts ist das?«

»Ach Mist! Jetzt hast du meine Überraschung für dich entdeckt.«

»Die soll für mich sein? Da passe ich doch gar nicht rein.«

»Klaro! Hab die Größe von deiner anderen Unterwäsche.«

»Wirklich?«

»Ja. Ich dachte, du freust dich.«

»Arbeit war stressig.«

»Oh, wie doof.«

Das Gespräch brach jäh ab, aber ihm war die ganze Sache nicht geheuer, denn es war überhaupt nicht sein Unterwäschegeschmack. Zudem roch es im Raum nach Schweiß und einem unbekannten Parfüm. Sofort fing er an, misstrauisch zu werden. Er beschloss seiner Silvia in der nächsten Zeit nachzuspionieren, obwohl sie die erste Frau war, die er, seit seiner Kindheit lieben konnte.

Kapitel 42

M el hatte die Nacht nicht schlafen können. Sie hatte versucht, es sich in der Badewanne bequem zu machen, doch fehlten ihr ein Kissen und eine gemütliche Decke. Die ersten Minuten nachdem sie eingesperrt worden war, hatte sie damit verbracht kräftig gegen die Tür zu hämmern und um Hilfe zu rufen. Erfolglos. Es gab auch kein Fenster im Zimmer, aus dem sie hätte herausklettern können. Ihr ging es schlecht. Sehr schlecht. Ihr fehlte das Trampolin und am allermeisten ihre Mutter; ihren Vater vermisste sie kaum. Sie schrie erneut mit ihrer kindlichen Stimme um Hilfe, als ein Schlüssel im Schloss herumgedreht wurde. Der Mann mit der Clownsmaske kam herein und sagte: »Na, ich hoffe, du hast gut geschlafen. Es geht nämlich los!«

»Nein, lass mich in Ruhe, du Monster.«

»Wer ziert sich denn da? Ich will doch nur spielen!«, gab er mit diesem hämischen Lachen zum Besten.

Er zog sie heraus, begutachtete sie von oben bis unten. *Welch ein schönes Kindchen. Schade, dass sie so etwas miterleben muss.* Gemeinsam gingen sie ins Wohnzimmer. Auf dem Tisch lag *es* immer noch bereit. »Na erkennst du es?«, fragte er zu der Kleinen.

»Ja. Ich kenne es von Mama.«

»Das ist ja wunderbar! Weißt du, wie es funktioniert?«

»Nein.«

»Sollen wir es gemeinsam machen?«, schlug er vor, wobei

sein Grinsen immer breiter wurde. Denn dies war genau der Moment, auf den er sich die ganze Zeit schon tierisch freute.

»Ich will aber nicht.«

»Dir wird es Spaß machen. Glaube mir.«

»Niemals! Ich habe Mama immer gesehen, wie sie dabei ihre Augen komisch verdreht.«

»Ach man braucht nur die richtige Technik, dann geht es von ganz alleine.«

»Hmmmm.«

Doktor Pain fesselte Mels linke Hand einen Stuhl im Wohnzimmer; ihre Beine baumelten in der Luft. Genüsslich packte er die Sachen aus. Mels Blick wurde immer größer. »Na, freust dich schon, was?« Er hatte ihren Blick gesehen. Er kam mit dem ausgepackten Objekt näher. »Na willst mal anfassen?«, fragte er, die Sache vor Mel haltend.

»Neeeeiiiin! «

»Aber ich will, dass du dabei Spaß hast, verstanden?«

»Hmmm.«

Er hielt es voller Vorfreude in der Hand, streichelte sacht darüber und fing an Bewegung ins Spiel zubringen.

Die Karten des Canasta-Spiels mischte er kräftig durch und teilte sie aus. »Also, deine Mutter kann das Spiel auch?«

»Ich meine, sie hat es mal gespielt.«

»Dann wird es Zeit, dass du es auch lernst.«

»Aber ich kann es doch gar nicht.«

»Nicht schlimm. Ich bringe es dir bei.«

»Okay«, willigte Mel ein, denn es blieb ihr in ihrer Lage nichts anderes übrig. Es war ein einfaches Spiel, doch bekam sie die Regeln nicht in ihren Kopf, denn sie fühlte sich unwohl und hatte Angst. Große Angst. Das ganze Spiel mit nur einer Hand zu spielen war eine äußerst schwierige Angelegenheit, da halfen auch die beiden aufgestellten Kartenhalter nichts.

Doktor Pain wurde sauer und meckerte: »Du gibst dir ja gar keine Mühe, Kleines.«

»Ich hab Kopfschmerzen und kann mich nicht konzentrieren. Außerdem habe ich Hunger.«

»Dann machen wir eine kleine Pause. Ich muss eh noch kurz etwas erledigen. Bin gleich wieder da.«

Er ging zur Kellertür, drückte sie auf und stieg die Treppenstufen hinunter. Hier unten musste noch jemand seine Behandlung erhalten.

Die Nacht war eine Katastrophe gewesen, so war es nicht verwunderlich, dass Jenny mit winzigen Augen und verschmiertem Make-up vor Marc Eisenberg stand. Er hatte seinem Freund Pascal gesagt, dass er die Nacht bei der traurigen Frau Goblin bleiben würde; er verstand es und wünschte ihm »Viel Glück«. Er lag die Nacht über unbequem auf der Couch, doch man merkte es ihm nicht an, so munter wirkte er. »Wie geht's Ihnen, Frau Goblin?«

»Beschissen.«

»Das verstehe ich, aber lassen Sie sich nicht unterkriegen. Wir werden Ihren Mann und Ihre Tochter finden.«

»Sie wiederholen sich«, zickte sie zurück.

»Wir sollten uns einen guten Plan überlegen. Konnten Sie eine Eigenart an der Person im Park erkennen.«

»Leider nein.«

»Okay, also beginnt unsere Suche bei null.«

»Ich bin so eine dumme Kuh, was habe ich mir nur dabei gedacht.«

»Nein. Sie haben mutig gehandelt, aber es passierten zu viele unvorhersehbare Dinge. Wenn die nicht gewesen wären, hätten wir zumindest den Erpresser geschnappt und erfahren können, wo Pierre festgehalten wird.«

»Dieses Schwein. Was wird er meiner Tochter antun?«

Der Kommissar wollte die Befürchtungen, an die er dachte, nicht preisgeben. Aber er sah Jenny an, dass sie dieselben Vermutungen anstellte.

»Er wird es tun, oder?«, fragte sie entsetzt.

»Nein, bestimmt nicht«, beschwichtigte er sie.

»Wir müssen meine kleine Mel schnell retten.«

»Das werden wir. Aber wir sollten die örtliche Polizei informieren und sie um Hilfe bitten.«

»Und wenn er davon erfährt?«

»Wird er nicht. Versprochen.«

»Sie haben mir auch versprochen, dass alles funktionieren wird – hat es aber nicht. Sie wissen überhaupt nicht, wie ich mich fühle.«

»Es tut mir auch so leid, deswegen werde ich alles daran setzen mein Versprechen einzuhalten.«

Marc Eisenberg informierte die Polizei und erzählte ihnen alles: Von der gescheiterten Übergabe im Stadtpark bis hin zur Sichtung des mutmaßlichen, brutalen Schlägers mit den schwarzen Augen.

Die Beschwerden musste er am Telefon hinnehmen, denn sie hatten recht, dass es eine schwachsinnige Aktion gewesen war, alleine zu handeln. Doch es half nichts, länger darüber zu diskutieren, es mussten Lösungen gefunden werden. Frank Brakmann versicherte ihm, dass jede verfügbare Kraft nach dem entführten Mädchen suchen wird.

Kapitel 43

Seine Mittagspause wollte er am heutigen Tag für etwas ganz Besonderes nutzen. Diese blöde Silvia war genauso besessen wie seine Mutter. Inzwischen hasste er sie gewaltig. Dieses penetrante Männerparfüm kroch jedes Mal, wenn er von Arbeit kam, in seine Nase. Die unlogischen Ausreden war er leid. Es wurde Zeit zu handeln. Seit zwei Monaten plante er das Ganze. Den ersten Versuch hatte er schon Mitte August unternommen, doch fehlten ihm der Mut, die Anfeuerungsrufe und sein Talisman. Er hatte sich eine Clownsmaske besorgt, sie aufgesetzt und im Spiegel angeschaut: perfekt. Es fühlte sich fast so gut an, wie seine kleine Clownsfigur von damals in den Händen zu halten. Hätte man ihn wie früher belächelt, wäre er in der Lage gewesen, das Lächeln aus dem Gesicht zu zaubern. Für sein besonderes Vorhaben hatte er eine Garrotte aus dem Internet bestellt – es ging erstaunlicherweise ganz einfach. Die weiteren Utensilien hatte er sich auch relativ problemlos besorgt, wobei er die Säurekonzentration durch Verdampfen von Wasser erhöhte. Dadurch war die Säure konzentrierter geworden. Und effektiver. Mit den ganzen Utensilien in der Jacke ging es heute zum vierten Mal zu seinem Vorhaben. Wo der Ersatzschlüssel versteckt war, wusste er ganz genau, denn er hatte ihn dort selbst deponiert. Er wollte es wie einen Einbruch aussehen lassen, aber trotzdem so wenige Spuren wie möglich hinterlassen. Mit den Worten seines Vaters im Kopf schritt er unaufhaltsam voran. Die

Worte hatten Recht behalten, denn er hatte es geschafft. Die Garrotte schnitt sich mühelos durch den Hals seiner langjährigen Freundin. Erleichterung und Freude breiteten sich aus. *Das hätte ich am liebsten auch mit dir gemacht, Mutter. Dafür, dass du mich missbraucht und meinen geliebten Talisman zerstört hast.* Es war eine Genugtuung für ihn, endlich befreit zu sein. Bei dem hässlichen Mann, mit der dicken schwarzen Brustbehaarung, fing er mit den Augen an. Die Säure wirkte schnell. Doch was danach kam, sollte mehr Überwindung kosten. Er massakrierte diesen Mann, der sich der Lust der falschen Frau hingegeben hatte, in handliche Stücke. Die alte rostige Säge schnitt sich nur bedingt durch Haut, Fleisch und Knochen.

Im Hintergrund lief dasselbe Lied wie im Schlafzimmer: Die Firma - die Eine.

Er konnte sich ein hämisches Lächeln nicht verkneifen und fing an mit zu singen:

Die Eine, die Eine oder keine.
Er hatte sich entschieden, denn es sollte keine mehr werden.

Für keine and're Frau ging ich lieber in den Bau.
Entweder er würde für sie in den Bau müssen oder für keine andere Frau der Welt. Er freute sich, es auszutesten.

Und keiner and'ren Frau trau ich mehr über den Weg.
Es passte wie die Faust aufs Auge. Er hatte sich entschieden: Es sollte keine Frau mehr an seiner Seite geben, denn sie konnten ihn nicht lieben, wie er es wollte. Für ihn waren sie

sexbesessen, die dadurch glückliche Lebensgemeinschaften zerstörten.

Die Säge gab den Geist auf und er holte aus dem Schuppen ein Beil, welches normalerweise zum Spalten von Holz eingesetzt wurde. Damit ging die Prozedur wesentlicher leichter. *Hätte ich es doch eher genommen.* Mit kräftigem Schwung saß jeder Schlag und die Knochen splitterten. Er ergötzte sich an der Geräuschkulisse. Er lies seinem Zorn freien Lauf. *Ich hasse dich Mama. Ich hasse dich so sehr.* Verschwitzt und erschöpft begutachtete er sein Werk.

Was mache ich nur mit den Einzelteilen?

Er sah sich um und entdeckte eine leere Regentonne in einer Kellerecke. Sie war älter, aber noch funktionsfähig. Die abgetrennten Gliedmaßen passten wunderbar hinein. Er verschloss die Tonne und wuchtete sie mit viel Kraft die Treppe hoch. *Boah, ist das anstrengend.* Mühevoll quälte er sich ab, bis ihm frische Luft entgegenkam. Mit noch mehr Kraft und etwas Hebelwirkung wuchtete er die Tonne in den Kofferraum seines Wagens. Es passte haargenau. Mit dem Toten im Kofferraum fuhr er zu einem Freund, den er erst seit ein paar Jahren kannte. Er wusste, dass dieser im Urlaub war, denn er hatte den Ersatzschlüssel bekommen, um ab und zu nach dem Rechten zuschauen. Er betrat die Wohnung und suchte etwas ganz Bestimmtes. Rigoros zog er die Schubladen der Kommode im Flur auf. *Es muss hier sein.* Da passierte es. Sein Blick erfasste die gesuchte Sache. Er nahm die Fabrikschlüssel heraus und steckte sie in seine Hosentasche. Überglücklich verließ er die Wohnung und fuhr weiter zur stillgelegten Fabrik. An dem imposanten Gebäude angekommen hievte er die Regentonne aus seinem Wagen. Er rollte sie bis zur Tür vor sich her, schloss sie auf und trat ein. Einige Meter im Inneren platzierte er die Regentonne, drehte um und verließ das Gebäude schnurstracks wieder. Schweißtropfen liefen ihm von der Stirn. Er war zufrieden mit seiner Arbeit. Nur hatte er vergessen, die Tür wieder abzuschließen.

Siebzehn Minuten später legte er den Schlüssel in die Wohnung seines Freundes zurück, dass er die alte Fabrik offengelassen hatte, fiel ihm selbst in diesem Moment nicht ein. Er machte sich auf den Weg nach Hause, dabei entspannte er sich bei rhythmischen Klängen seiner CD. Teil eins hatte er erledigt, fehlte nur der Zweite. Er musste seine getötete Freundin loswerden. Es kostete ihn abermals viel Schweiß und viele Stunden Arbeit, ein Loch in seinem Garten auszuheben. Als er fertig war, begutachtete er es. Es hatte eine Tiefe von einem Meter. Silvias leblosen Körper schmiss er ohne jegliche Zeremonie hinein. Das Lied *Die Eine* begleitete in innerlich, während er Erde auf Silvia schaufelte. Er hatte das Haus endlich für sich allein.

Jegliche Nachfragen, der Freundinnen von Silvia und ihren Eltern, beantwortete er alle gleich: »Silvia ist in einem Last-Minute-Urlaub. Sie brauchte etwas Sonne. Hier hat es ihr zu viel geregnet.«

Alle wussten, dass Silvia gerne verreiste, wunderten sich aber darüber, dass sie niemanden über ihren Urlaub informiert hatte. Ihm half das Glück des Tüchtigen, als es Flugzeugabsturz ohne Überlebende durch die Medien lief, wo es aus unbekannten Gründen keine Hinweise auf die Passagiere gab. Von diesem Vorfall hatte er Wind bekommen und direkt auf zerbrechlichen, unglücklichen Freund gemacht, der soeben seine langjährige Freundin verloren hatte. Er erhielt von allen Seiten Beileid.

Sein Plan war ein vom Zufall geprägtes Meisterwerk.

Kapitel 44

Hoch motiviert lief er die Kellertreppe hinunter. Jetzt war es endlich so weit! Der zweite Gefangene sollte herhalten. Er freute sich fast so sehr wie auf die Kleine. Würde der Gefangene laut schreien? Doktor Pain würde es jeden Moment erfahren. Er kontrollierte den leeren Kellerraum. Der Geruch schien neutralisiert zu sein, denn es roch nicht mehr nach Ausscheidungen. *Wunderbar* dachte er und ging zum Heizungsraum zurück. Es lief alles nach Plan. Gut gelaunt fummelte er am Schloss herum. Er trat ein und summte fröhlich: »La, le, lu ...«

Der Gefangene merkte die überschwängliche Freude seines Entführers und machte sich Gedanken. *Das ist der Moment, auf den ich solange gewartet habe.* Er wollte zielstrebig sein und jede Bewegung musste genau sitzen. Der eingetretene Mann summte weiter vor sich hin. Er bekam die schnelle Bewegung, die auf ihn zukam, erst zu spät mit. Er war zu unkonzentriert gewesen. Der Mann im Raum machte sich bereit.

Zielte.

Traf.

Der Schock beim Entführer saß tief, denn es war alles zu schnell gegangen.

Die beiden Lippen trafen punktgenau aufeinander. Ein sinnlicher Kuss. »Danke«, flüstere er ihm leise zu, »ich habe das Lied als Zeichen, dass alles geklappt hat, sofort erkannt.«

»Puh, Glück gehabt! Ich dachte schon, mein Summen ist zu undeutlich.«

»Nein, es war deutlich genug.«

»Super. Es hat zwar alles geklappt, aber nicht so wie erhofft, da jemand dazwischen gefunkt hat. Das sollte für uns jedoch uninteressant sein.«

»Okay, aber warum musste ich solange im Heizungsraum schmoren und durfte mich nicht frei im Haus bewegen?«

»Das diente alles unserem perfiden Spiel. Es sollte doch so real wie möglich sein.«

»Stimmt schon, aber meine Frau hätte mich fast erkannt, als ich sie im Prickingshof abgelenkt habe.«

»Deine Verkleidung war super. Sie hat noch nicht einmal deinen Namen gerufen, also hat sie dich auch nicht erkannt. Du warst einfach ein Unbekannter für sie.«

»Und warum das ganze Gehabe mit den Handschellen?«

»Eine weitere Sicherheitsmaßnahme, falls uns jemand erwischt hätte, sähest du wie mein Gefangener aus.«

»Clever. Aber ich wunder mich immer noch über mich selbst, wie ich diese krakelige Handschrift für den Brief hinbekommen habe.«

»Ja, das war eine bemerkenswerte Leistung. Deine Frau glaubte direkt an eine Entführung und die nötige Motivation habe ich ihr auch immer geliefert. Es tut mir etwas leid um dein Polohemd, aber wir brauchten es für diesen Jörg Haacke.«

»Kein Problem. Zum Glück bin ich einige Male zum Sport gegangen. Wir waren beide von der Ähnlichkeit begeistert. Bis auf winzige Details sahen wir aus wie Zwillinge. Da wir uns dort oft unterhalten haben, kannte ich auch irgendwann seinen Namen und wusste, wann er bevorzugt ins Fitnessstudio ging.«

»Die Uhrzeit, die du mir gesagt hattest, passte haargenau. Ich habe sofort die Ähnlichkeit bei der Entführung erkannt.«

»Und meine Frau hat wirklich alles gemacht, was von ihr verlangt wurde?«

»Ja, aber bei dem Geld fehlen 15.000 Euro. Ansonsten war sie sehr kooperativ. Ich kann sehr überzeugend sein.«

»Klasse. Also ist das restliche Geld, das Gold und meine Tochter hier im Haus.«

»Genau. Deine Tochter wartet oben. Ich musste sie leider mit einer Hand an einen Stuhl fesseln.«

»Kein Problem. Es wird eine riesige Überraschung für sie werden.«

»Willst du duschen gehen?«

»Das mache ich, nachdem ich meine Tochter gesehen habe.«

Sie küssten sich erneut und gingen nach oben. Doktor Pain lief vorweg und sagte zu Pierre: »Warte kurz hier!«

Pierre wartete und horchte. Er hörte eine männliche und eine weibliche, zierliche Stimme. »So, da bin ich wieder. Ich habe jemanden mitgebracht.«

»Wen denn?«, fragte Mel, so ruhig sie konnte. Sie hatte weiterhin große Angst.

»Jemanden, der dir das Spiel richtig beibringen kann, wenn du schon nicht auf mich hörst.«

Mel bekam noch größere Angst. Sie vermisste ihre Eltern, wobei sie ihre Mutter mehr vermisste als ihren Vater, der so sauer auf sie gewesen war in der letzten Zeit.

Doktor Pain rief zur Kellertreppe: »Los! Sie ist jetzt soweit.«
Pierre holte tief Luft, er konnte es kaum erwarten seine Tochter unter *besseren* Bedingungen wiederzusehen. Er machte die letzten Schritte auf der Treppe nach oben und betrat das hell erleuchtete Wohnzimmer.

Doktor Pain sagte zu Mel: »Na schau mal, wer da kommt.«
Mel weigerte sich.

»Hallo Mel, wie geht's dir?«
Sie erkannte die Stimme, sie war ihr vertraut, daraufhin drehte sie sich um und fragte verdutzt: »Papa? Papa bist du das wirklich?«

»Ja, Kleines. Ich bin es«, antwortete er Schritt für Schritt näherkommend.

»Wieso bist du hier, Papa?«, fragte sie total irritiert und mit einer winzigen Portion Freude.

»Ich bin freiwillig hier. Das ist mein neuer Freund – von dem Mama nichts erfahren soll.«

Doktor Pain hatte die Handschellen gelöst und sie kam ihrem Vater näher.

»Aber du bist doch mit Mama zusammen?«

»Ja, das habe ich auch gedacht, aber anscheinend nahm es deine Mutter auch nicht so genau mit dem Eheleben.«

»Was soll das heißen?«

»Ach Kleines, das erkläre ich dir, wenn du größer bist.«

»Ach, menno.« Sie verschränkte schnippisch ihre Arme vor der Brust.

»Ich verrate dir nur so viel. Hier ist es harmonischer und ruhiger.«

»Aber Mama war total durcheinander die letzten Tage.«

Geschieht ihr Recht. Was hat sie mich auch so schikaniert und zu blöden Sachen gezwungen. »Oh, das ist ja schade. Weißt du warum?«

»Sie hatte irgendwie Angst und hat mich total oft zu Oma gebracht. Sie hat sogar einen fremden Mann grundlos angeschrien.«

»Einen fremden Mann sagst du. Was für ein Mann war das?«

»Ein Kommissar oder so.«

»Echt? Hat der Mann das so gesagt?«

»Ja. Es stand auf einem Ausweis.«

»Hmm, okay.« Er wandte sich von seiner Tochter ab und flüsterte dem anderen Mann zu: »Wir könnten ein Problem bekommen.«

»Wieso?«

»Irgend so ein Kommissar war bei meiner Frau im Haus und ich glaube nicht, dass er rein zufällig dort gewesen war. Er muss also einen Grund gehabt haben.«

»Scheiße. Ich habe ein Gespräch belauschen können, in dem deine Frau mit einem gewissen Marc Eisenberg gequatscht hat. Seit geraumer Zeit kann ich das Wohnzimmer nicht mehr abhören, denn es kommt nichts mehr durch. Das lässt tatsächlich darauf schließen, dass wir es mit einem Polizisten zu tun haben, der das Abhörgerät gefunden hat.«

»Mist! Hoffentlich bekommen wir da keine Probleme.«

Die Recherche der Polizei ging voran. Sie befassten sich mit der Leiche, die in der Fabrikhalle gefunden wurde. Es konnte in einer ausgiebigen Obduktion festgestellt werden, dass es sich dabei um Silvio Fernando handelte. Er lebte erst seit drei Jahren in Deutschland und war aus Peru herge-kommen, um ein besseres Leben zu haben. Ihn hatte keiner vermisst gemeldet, daher fiel sein Tod auch gar nicht auf. Den Todeszeitpunkt datierte die Gerichtsmedizin auf den 18. bis 20. September, da eine noch genauere Angabe lei-der nicht mehr möglich war. Es fehlte auch jede Spur von einem Tatmotiv, aber eines war klar, es musste jemand gewe-sen sein, der einen Schlüssel zu den Türen der stillgelegten Fabrik besaß. Sie erstellten eine Liste möglicher Besitzer. Vier Leute kamen infrage, drei konnten ein stichfestes Alibi vor-weisen, denn sie hatten ihre Schlüssel einem Makler überge-ben. Dieser beschäftigte sich mit dem Verkauf der Immobilie und hatte nur einmal das Gebäude betreten, um Fotos vom Innenbereich zu schießen. Der Makler zeigte den Beamten die Aufnahmen; sie erkannten den Bereich, wo sie die Re-gentonne gefunden hatten wieder, aber die Tonne war auf den Fotos nicht zu sehen. Somit stand nur noch ein Name auf ihrer Liste: Max Gerlach.

Lars Streitner war mit einem Kollegen zur letzten Möglich-keit unterwegs. Nach einer kurzen Fahrt durch die Stadt er-reichten sie ihr Ziel und drückten den Klingelknopf. Max Gerlach öffnete persönlich die Tür. Ihm gegenüber standen zwei Polizeibeamte.

»Sind Sie Max Gerlach?«

»Ja, das bin ich.«

»Dürfen wir reinkommen?«

»Wieso denn?«

»Es wäre besser für Sie, wenn Sie uns hereinlassen.«

Total entgeistert ließ er die Beamten herein.

»Bitte setzen Sie sich doch, Herr Gerlach.«

Er kam der Aufforderung nach und fragte: »Was wollen Sie von mir?«

»Haben Sie früher in der Sportwagenmanufaktur in Dülmen gearbeitet?«

»Ja, einige Jahre sogar.«

»Besitzen Sie einen Schlüssel für das stillgelegte Gebäude?«

»Das kann ich Ihnen gar nicht so wirklich beantworten. Ich hatte früher zumindest mal einen Schlüssel von der Firma, aber ob ich den jetzt noch habe, weiß ich gar nicht mehr.«

»Schauen Sie mal nach! Oder ist das nicht möglich?«

»Doch es sollte möglich sein. Wenn ich den Schlüssel noch habe, dann sollte er nicht weit weg sein. Ich bewahre alle Schlüssel am selben Ort auf.«

»Bitte schauen Sie nach, ob er da ist.«

Max Gerlach stand auf und kramte in einer Schüssel herum.

»Sie haben aber viele Schlüssel«, bemerkte Lars Streitner.

»Ja, aber viele davon sind nutzlos. Es sind auch alte Fahrradschlüssel oder Schlüssel für die Arbeit dabei. Ich kann mich einfach nur schlecht von solchen Sachen trennen.«

»Aha. Ist denn auch der Schlüssel der stillgelegten Fabrik dabei?«

»Ich habe ihn noch nicht gefunden.« Er kramte ausgiebig in der Schüssel herum. Da rief er: »Moment mal, da unten, das könnte er sein.«

Ganz unten in der Schüssel lag tatsächlich der gesuchte Schlüssel. Sekunden später hielt er ihn in seiner rechten Hand und zeigte ihn den Beamten. »Was wollen Sie nun mit dem Schlüssel?«

Die Alarmglocken schrillten laut bei den Polizisten. Hatten Sie tatsächlich den barbarischen Mörder vor sich stehen? Lars Streitner zog seine Dienstwaffe aus dem Gürtelholster. »Herr Gerlach, sie werden des Mordes verdächtigt. Alles was sie jetzt sagen, kann und wird gegen sie verwendet werden ...«
»Das soll wohl ein Scherz sein, oder?«
Die ernsten Blicke der Beamten spiegelten leider das Gegenteil wieder. Handschellen klickten am Arm von Herrn Gerlach.

Kapitel 45

S chwarz-goldene Felgen strahlten Konstantin an, als er zu seinem Auto ging. Es wurde wieder Zeit die Reifen ordentlich einzuheizen. Er machte sich keine Sorgen, um den Gummiverbrauch, denn er hatte genügend Geld für einen neuen Reifensatz. Konstantin Kraft ließ die Reifen bei jeder roten Ampel durchdrehen und genoss die Blicke, die er von den Leuten auf den Bürgersteigen bekam. Er fuhr zu einem Autohändler und schaute sich dort um. Sein Traumauto – ein M3 in orange – stand mittig auf dem Gelände. Es lächelte ihn an, doch als er den Verkaufspreis sah, platzte sein Traum wie eine Seifenblase. 61.120 Euro sollte das Auto kosten. Um sich den M3 leisten zu können, müsste er noch viele Drogengeschäfte über die Bühne bringen. *Es muss andere Möglichkeiten geben.* Ihm fiel sogar etwas ein. Seine Überlegungen befassten sich mit Einbruch und Diebstahl. Fieberhaft dachte er nach. *Eine Lotto-Annahmestelle? Eine Bank? Nein, es muss noch einfacher gehen.* Da kam ihm ein Geistesblitz in den Sinn und die erste Örtlichkeit, wo er leicht einbrechen konnte, zeichnete sich glasklar vor seinen Augen ab. Er stieg in seinen BMW, fuhr Richtung Haltern am See und kurz vor dem Ortsausgangsschild Dülmen bog er rechts in die Straße »Zum Dülmener See«. Er parkte sein Auto so, dass niemand es sehen konnte, stieg aus und betrat den Campingplatz mit einer tief in die Stirn gezogenen Kapuze. Er wollte sich nicht lange aufhalten und hoffte, dass die Urlauber und Bewohner nicht in ihren Campingwagen waren. Er spähte in den ersten Wagen und sah eine moderne Einrichtung. Einen Bewohner konnte er nicht ausmachen. Er schaute sich hektisch um, sah niemanden herumlaufen. In dem unbeobachteten Moment schlug er schnell das Fenster ein, quetschte sich mühevoll hinein und durchwühlte den Campingwagen. Dort fand er Bargeld, eine Uhr – die mehrere hundert Euro wert war – und ein Handy. Er nahm alles an sich, verließ den Wagen durchs Fenster wieder und schlenderte weiter. Zwanzig Meter vor ihm stand ein Campingwagen mit geöffneter Tür. Er konnte nicht widerstehen und trat dreist ein. Auch in diesem Wagen hielt sich niemand auf. Er hatte eine Glückssträhne. Konstantin Kraft handelte schnell und fand einige Wertsachen. Er wollte gerade den Wagen verlassen, als er eine raue, tiefe Stimme hörte: »Ist da wer?«

Seine Glückssträhne fand ein jähes Ende. Konstantin Kraft verhielt sich still. Erneut rief jemand: »Ich bin ziemlich sicher, dass jemand in meinem Wagen ist. Also komm raus, Drecksau.«

Er lauerte geduckt im Inneren. Er hörte den Mann näher kommen. »Wenn ich dich erwische, dann haue ich dich zu Brei.«

Mit den Fingern suchte Konstantin Kraft nach einem geeigneten Gegenstand. Er tastete blind herum und erfühlte etwas Keramisches. Er griff zu und hielt einen großen Aschenbecher in seinen Händen.

»Ich sehe dich kleiner Pisser. Komm raus, dann klären wir das.«

»Okay, ich komme raus. Sie haben mich erwischt.« Konstantin Kraft versteckte den Aschenbecher hinter seinem Rücken, stand auf und ging auf den alten Mann zu. »Du wolltest mich also ausrauben? Das wirst du ...« Mitten im Satz stockte er, denn pechschwarze Augen schauten ihn bösartig an. Solche Horroraugen kannte er nur aus Filmen. Sekunden später traf ihn ein Aschenbecher mit voller Wucht an der Schläfe. Er verlor das Bewusstsein; Konstantin Kraft verließ mit der Beute den Wohnwagen. Es war ein mühevolles und zugleich unrentables Geschäft. Er hielt Ausschau, ob jemand das Geschrei gehört hatte, doch es schien niemanden zu interessieren. Einen letzten Campingwagen wollte er noch ausrauben, bevor er wieder den Rückzug antreten würde. Die Vorhänge waren zugezogen, obwohl es Mittag war und die Sonne strahlte. Ist der Bewohner ein Langschläfer? Oder war er nicht da? Konstantin Kraft hoffte, dass der Bewohner nicht zuhause war und deshalb die Vorhänge zugezogen waren. Es gab ein Problem: die Fenster. Sie waren zu klein, um hindurch zu passen. Er musste es mit der Tür versuchen. Es dauerte einige Momente, da er solche Sachen schon ewig nicht mehr gemacht hatte, aber er kannte die Kniffe noch von früher.

Die Tür sprang auf.

Geräusche drangen aus dem Inneren zu ihm. Besser gesagt: Schmerzensschreie. Er war irritiert. Die einzige Lichtquelle in dem abgedunkelten Wohnwagen war der Bildschirm eines Laptops. Der Bewohner hatte ihn anscheinend vergessen auszuschalten. Er ging näher zu den qualvollen Schreien. Noch näher. Abrupt blieb er stehen und sah jemanden mit heruntergelassener Hose auf der Couch liegen. Konstantin

Kraft fühlte sich unwohl, aber der Schlafende wirkte wie weggetreten. Also machte er sich an die Arbeit und kramte leise in den Schubladen herum. Seinen prüfenden Blick immer wieder zu der Person auf der Couch gerichtet. Sie schlief tief und fest. Es gab nicht viel zu holen, außer dem Laptop. Er hob ihn langsam vom Tisch hoch und machte sich zum Gehen bereit. Ein letzter Blick: Der Mann schlief weiterhin tief und fest. Er schlich leise zum Ausgang und verließ mit seiner Beute den Campingwagen.

Marc Eisenberg kam gerade von Frau Goblin zurück. Er hatte ihr Gesellschaft geleistet und wollte nun mit Pascal zu mittagessen. Er war nur noch wenige Meter von Pascals Wohnwagen entfernt.

Plötzlich kam ein unbekannter Mann mit einem Laptop unter dem Arm heraus. Sofort rief Marc Eisenberg laut: »Halt! Bleiben Sie stehen!« Der Mann schaute direkt in seine Richtung. Ihm kam die Person sofort bekannt vor. Sie hatte große Ähnlichkeit mit dem Mann aus dem Stadtpark. »Stehen bleiben!«, brüllte Marc Eisenberg noch lauter. Der Mann rannte weiter. Marc Eisenberg nahm die Verfolgung auf und die vielen Ausdauerstunden machten sich bezahlt. Er holte schnell auf. Kam näher. Es trennten sie nur noch wenige Meter, da stoppte der Mann und drehte sich um. Marc Eisenberg schaute in schwarze Augen, erstarrte für einen winzigen Augenblick zu Eis, fand aber sofort seine Fassung wieder und rannte weiter. Die letzten Meter. Vier. Drei. Zwei. Eins. Er überrumpelte den Mann, wie er es gelernt hatte, und verband seine Hände mit Kabelbinder auf dem

Rücken. Sie waren praktischer und leichter als Handschellen und erfüllten den gleichen Zweck, deswegen hatte er immer zwei Paare dabei. Konstantin Kraft und der Laptop lagen auf dem Boden. Marc Eisenberg öffnete neugierig den Laptop, da aus dem Spalt ein leichter Lichtschimmer schien. Er sah ein schwarzes Bild und drückte *Play*.

Er hätte es besser nicht getan. Grauenvolle Schmerzens-schreie drangen aus den Boxen. Peitschen hinterließen blu-tige Striemen. Er hatte nach wenigen Sekunden genug von diesem S/M-Video und verstand sofort, warum sich Pascal so merkwürdig verhalten hatte. Es war eine Leidenschaft, die für die meisten Menschen extrem komisch wirkte sowie auch für ihn. Den Überwältigten schien es nicht zu stören, denn er fing an, sich am Boden zu reiben. Marc Eisenberg schloss den Laptop und nahm ihn unter seine linke Achsel. »Los, aufstehen!«, befahl er dem Mann mit den schwarzen Augen. Dieser gehorchte. Marc Eisenberg ging hinter ihm her und hielt dessen zusammengebundene Hände mit seiner freien Hand fest. So liefen sie gemeinsam zum Wohnwagen und betraten das abgedunkelte Innere. Pascal wurde von den lauten Rufen wach, sah hinunter und zog sich wieder an. Er schaute zum Tisch, wo sein Laptop gestanden hatte. Er war nicht da. »Mist, wo ist nur mein Laptop? Ich habe ihn hier auf dem Tisch abgestellt«, fluchte er lautstark. Er konnte es nicht fassen, als zwei Männer in seinen Campingwagen ka-men. Einer von ihnen hatte seinen Laptop unter dem linken Arm, der andere hatte die Hände hinterm Rücken gefesselt. Marc Eisenberg konnte kaum etwas sehen und rief zu Pascal: »Zieh deine Vorhänge auseinander!«

Pascal erkannte die Stimme seines Freundes. »Marc, schön, dass du hier bist.«

»Ich habe auch jemanden mitgebracht. Dieser Kerl kam aus deinem Wohnwagen gerannt und trug deinen Laptop unterm Arm. Hast du es gar nicht gemerkt?«

»Nein. Ich habe tief und fest geschlafen. Danke.«

»Bitte. Pass mal kurz auf den Typen hier auf.«

»Klar.«

Er rief die Polizei an, berichtete von der Sicherstellung des vermutlichen Gewalttäters und forderte einen Streifenwagen an. Pascal war erleichtert, dass sein Laptop wieder da war – besonders gut fand er, dass der Laptop geschlossen war. *Es wäre schon sehr übel gewesen, wenn Marc meine Videos gesehen hätte.* Während des Wartens auf den Einsatzwagen behielt Marc Eisenberg den gefesselten Mann mit den schwarzen Augen fest im Blick. Die Aura, die von ihm ausging, war schon sehr bedrohlich und beängstigend. So war es eine Erleichterung, als es an der Tür klopfte und die Verstärkung eintraf. »So, das ist hoffentlich der gesuchte Mann«, sagte er, wobei er auf den Typen mit den schwarzen Augen zeigte.

»Das hoffen wir auch«, erwiderte Lars Streitner. Danach wand er sich dem Mann mit den schwarzen Augen zu und fragte: »Wen haben wir denn hier?«

»Verpisst euch!«

»Das ist ja ein interessanter Name. Nun gut, auch wenn Sie uns ihren Namen noch nicht verraten, werden Sie uns jetzt zum Revier begleiten! Wir bekommen ihren Namen schon heraus.« Der Mann ließ sich stumm abführen, doch strahlten seine schwarzen Augen etwas aus, dass Unwohlsein bei den Beamten hervorbrachte. Marc Eisenberg sagte zu ihnen: »Ich komme nachher vorbei. Ich muss erst mal einige Sachen erledigen.«

»Okay. Bis später.«

Ohne ein Wort gesagt zu haben, hatte Pascal das ganze Geschehen passieren lassen. Er wollte nur noch seinen Laptop zurück. »Marc, du hast immer noch meinen Laptop unterm Arm. Kannst du ihn mir wiedergeben?«

»Ja klar, Pascal. Aber bevor ich ihn dir wiedergebe, verrätst du mir, ob da wichtige Sachen drauf sind.«

»Es befinden sich keine wichtigen Sachen darauf.«

»Gut, dann war es wohl ein Gelegenheitsraub und vielleicht erfahren wir den Grund beim Verhör.«

»Bestimmt. Kannst du mir jetzt endlich den Laptop zurückgeben?«, bat Pascal energischer als beabsichtigt.

»Okay, hier hast du ihn«, sagte Marc Eisenberg und gab den Laptop zurück, wobei er noch weiter sprach: »Du willst dir bestimmt wieder deine grässlichen Videos anschauen.«

Pascals Gesicht färbte sich knallrot. Also war der Laptop doch nicht im Sperrmodus und das aktuelle Video, wobei er an sich selbst gespielt hatte, lief noch. Komischerweise war er so müde gewesen, dass er beim Anschauen eingeschlafen war. »Ich ... ich ... ich kann ...«, stotterte Pascal, auf der Suche nach den richtigen Worten.

»Was kannst du?«

»... das erklären.«

»Was willst du mir da erklären? Dass du auf S/M stehst und es dich geil macht, wenn Frauen leiden.«

»Ähmmm.«

»Und jetzt leugnest du es auch noch. Schäm dich!«

»Mich macht es total an«, flüsterte Pascal so leise, dass sich Marc Eisenberg anstrengen musste, es zu verstehen. »Du solltest es gar nicht erfahren. Ich hatte diese Reaktion erwartet.«

»Du hast doch keine Ahnung!«, schrie er seinen Freund an und sprach weiter: »Ich bin durch Zufall in einen Entführungsfall hineingeraten, dabei wird ein Mann brutal gequält und du schaust dir so eine Scheiße freiwillig an.«

»Ich hatte doch keine Ahnung.«

»Ja ja. So, ich muss mich wieder um wichtigere Dinge kümmern, anstatt mich über perverse Vorlieben aufzuregen.« Er hatte seine Dienstwaffe aus dem Koffer geholt, wo er sie – für den Fall der Fälle – gebunkert hat. Wütend verließ er mit leerem Magen den Campingwagen. Die Tür fiel krachend ins Schloss. Pascal versuchte erst gar nicht, ihn zu beruhigen, denn er kannte Marcs Art noch genau von früher. Sobald er wütend oder aufgewühlt war, ging man ihm besser aus dem Weg. Aufgebracht lief Marc Eisenberg mit schnellen Schritten zu den Goblins; seine durchtrainierten Muskeln bebten bei jeder Bewegung.

Jenny räumte gerade die Spülmaschine aus, als ein *Ding Dong* sie erschrak. Irritiert ging sie zur Tür. Wer mochte das wohl sein? Ein Postbote? Marc Eisenberg? Oder doch der Entführer? *Nein, nein, nein, der Entführer wird es bestimmt nicht sein, denn er hat alles, was er will.* Mit diesem Gedanken lief sie weiter zur Tür, öffnete sie. »Was machst du denn schon wieder hier? Wolltest du nicht mit deinem Freund zu mittagessen?«

»Ja schon. Aber es ist einiges passiert.«

»Was denn?«

»Ach lange Geschichte und ich habe keine Lust darüber zu reden. Eines steht fest: Ich brauche gerade etwas Abstand.«

»Okay. Hast du Hunger?«

»Ja.«

»Dann mache ich Spaghetti für uns, okay?«

»Okay.«

Jenny kochte die Spaghetti in einem Kochtopf. Zehn Minuten später waren sie fertig und Jenny servierte ihm eine ordentliche Portion mit Soße und Parmesan.

Sie aßen schweigend.

Kapitel 46

Auf dem Polizeirevier war einiges los, als Lars Streitner und sein Kollege mit dem komischen Mann hereinkamen. Die Anwesenheit dieser Person ließ der Mannschaft einen Schauer über den Rücken laufen. In den Augen des Verhafteten war kaum eine weiße Lederhaut zu sehen, lediglich eine riesige schwarze Regenbogenhaut. Den Übergang zur Pupille konnte man nur schwer erkennen. Seine Taschen wurden geleert. Eine teure Uhr, Geld und ein Handy kamen zum Vorschein. Wortlos und ohne Gegenwehr ließ er sich Fingerabdrücke abnehmen.

Die Datenbankanalyse zeigte einen Treffer an. Konstantin Kraft, 24 Jahre alt. Die festgenommene Person war ein vorbestrafter Kleinkrimineller. Sein Register enthielt unter anderem Festnahmen wegen Drogenverkauf, Körperverletzung und offene Bußgeldbescheide. »Sie sind also Konstantin Kraft? 24 Jahre alt?«, fragte ein Beamter der Form halber.

Die Frage wurde nur mit einem Blick gewürdigt, der alles andere als nett war, sondern voller Wut und Entschlossenheit.

»Okay, dann versuchen wir es mal anders. Was haben Sie zu Ihrer Verteidigung zu sagen?

Konstantin Kraft popelte unbeirrt in seiner Nase herum und schnipste den erbeuteten Popel in Lars Streitners Richtung. Dieser hatte sich im Griff und reagierte darauf gar nicht.

»Also haben Sie nichts zu Ihrer Verteidigung zu sagen? Es ist Ihre Entscheidung.«

Konstantin Kraft schaute versteinert weiter die Wand an, und tat so, als würde er die Worte des Polizisten nicht hören. Lars Streitner schien seine Sicherheit zu überschätzen, denn er hatte seinem Gegenüber, nach der Abnahme der Fingerabdrücke, keine Handschellen mehr angelegt. Lars Streitner erhob sich und sagte: »Na schön, dann bringen wir Sie vorerst in eine Gewahrsamszelle.« Der Polizist stand nur noch zwei Schritte von ihm entfernt. Da wanderte der versteinerte Blick von der Wand weg und richtete sich auf den Polizisten. Ein leichtes Grinsen entstand in seinem Gesicht. Er sprang blitzschnell auf und rammte seine Faust unter dessen Kinn. Es knackte laut. Der Polizist taumelte nach hinten und spürte einen gewaltigen Schmerz. Konstantin Kraft ergriff die Chance, rannte zur Tür und verließ den Raum. Lars Streitner folgte ihm mit schmerzendem Kiefer; seine Kollegen sahen den rennenden Mann und ihren Kameraden mit verzogenem Gesicht. Er zeigte auf Konstantin Kraft und brüllte: »Haltet ihn auf!« Die Anstrengung, diesen Satz so laut wie möglich herauszubringen, kostete viel Energie. Seine Kollegen reagierten sofort. Der Erste stellte sich ihm in den Weg, wurde kraftvoll mit der Schulter gestoßen und machte unfreiwillig einige Schritte zurück. Als Nächstes kam eine Polizistin. Sie schrie: »Bleiben Sie stehen! Sie haben keine Cha-.« Bevor der Satz komplett ausgesprochen war, traf ein Fuß die Polizistin in die Magengrube. Sie sackte zusammen. Aus einem Nebenzimmer kam Frank Brakmann heraus, der gerade selbst ein Verhör mit Max Gerlach durchführte. Er hatte den ganzen Tumult mitbekommen und sofort reagiert. Der Fliehende war nur noch wenige Meter von ihm entfernt. Konstantin Kraft erhob den rechten Arm zum Schlag. Drei Meter.

Zwei Meter.

Ein Meter.

Ein schmerzerfüllter Schrei hallte durch den Flur. Er ging mit schmerzendem Arm zu Boden, denn seine rechte Hand, die auf Frank Brakmann mit voller Wucht zuraste, wurde mit einem kräftigen Schlagstockschlag abgewehrt. Gemeinsam kesselten sie Konstantin Kraft ein, legten ihm Handschellen an und sperrten ihn sofort in eine Zelle. Es bestand kein Zweifel mehr, dass sie den richtigen Täter hatten – die Kostprobe war Beweis genug.

Frank Brakmann betrat wieder sein Zimmer und nahm vor Max Gerlach Platz.

»Was war da gerade los?«

»Ein Tatverdächtiger, der fliehen wollte. Also kommen Sie nicht auf so eine Art Idee. Sie sehen ja, dass es keinen Sinn macht und wir Sie wieder einfangen würden.«

»Ich hatte nie vor zu fliehen, aber ich verstehe nicht, warum ich hier sitze?«

»Haben Sie es wirklich noch nicht verstanden? Sie besitzen einen Schlüssel zur alten Sportwagenmanufaktur und in dieser haben wir eine zerstückelte Leiche gefunden. Sie werden des Mordes verdächtigt.«

»Eine Leiche? Ich war das nicht!«

»Das sagen sie alle. Wir haben Nachforschungen über Sie betrieben und sehr interessante Dinge erfahren.«

Max Gerlach wirkte sichtlich nervös und zappelte unruhig auf dem Stuhl hin und her.

»Sie arbeiteten als leitender Angestellter in der Sportwagen-manufaktur, daher besaßen Sie auch einen Schlüssel. Als die Firma Insolvenz anmeldete und schloss, haben Sie sich bei einer Baufirma beworben. Sie arbeiten seit fast zwei Jahren für einen gewissen Pierre Goblin. Ihre Ehe, aus der zwei Kinder hervorgehen, ging nach dem Jobwechsel nur noch bergab, da sie regelmäßig psychologische Hilfe in Anspruch nehmen müssen. Also sagen Sie mir endlich, welche Rolle Silvo Fernando gespielt hat?«

»Was? Wer? Diesen Namen kenne ich nicht.«

»Bestätigen Sie mir den Rest?«

»Ja, doch. Aber ich habe noch nie jemanden getötet.«

»Aber Sie haben schon mal daran gedacht, stimmt's?«

Max Gerlach schaute verlegen weg.

»Und solange Sie uns kein Alibi für den 18. bis 20. September 2015 vorweisen können, bleiben Sie der Hauptverdächtige. Nutzen Sie die Zeit und überlegen Sie gründlich, was sie damals gemacht haben könnten.«

»Mir steht doch ein Anruf zu, oder?«

»Es spricht nichts dagegen.«

»Dann würde ich gerne meine Frau anrufen und sie fragen, was wir an den Tagen gemacht haben. Sie trägt immer alles in ihren Kalender ein.«

Frank Brakmann ließ Max Gerlach den Anruf tätigen. Er wählte seine Festnetznummer und nach viermaligem Klingeln wurde abgehoben. »Gerlach.«

»Hi Schatz, ich bin's!«

»Max?«

»Ja. Wer denn sonst?«

»Wo steckst du? Ich wollte gleich Essen zubereiten.«

»Ich bin momentan auf dem Polizeirevier und werde verhört.«

»Du bei der Polizei, was ich nicht lache. Was werfen Sie dir vor? Völlerei? Mundraub?«

»Hör auf mit dem Quatsch. Mir wird Mord vorgeworfen.«

Es wurde für einige Momente ganz still in der Leitung, als sie die Worte verdaut hatte, fragte sie nach: »Mord? Wie kommen die denn auf so was?«

»Angeblich bin ich der Einzige ohne Alibi und mit einem passenden Schlüssel zur alten Sportwagenmanufaktur.«

»Wie kann ich dir da jetzt helfen?«

»Du notierst doch alles. Ich muss nur wissen, was wir vom 18. bis 20. September gemacht haben.«

»Was? Daran kannst du dich nicht mehr erinnern?«, fragte sie entsetzt.

»Nein, sonst würde ich dich nicht fragen.«

»Schäm dich, dass du *das* vergessen hast.«

»Warum?«

»Max, Max, Max, du enttäuscht mich wirklich. Wir haben am 18. September unseren Hochzeitstag. Und 2015 waren wir von Freitag bis Sonntag in Scheveningen in den Niederlanden.«

Er konnte sich daran tatsächlich nicht mehr erinnern, obwohl es der letzte Familienurlaub gewesen war. Er hatte es verdrängt, weil er sich selbst dort nicht richtig entspannen konnte. »Okay, danke Schatz. Du hast mir sehr geholfen.«

Max Gerlach legte auf und gab die Informationen an Frank Brakmann weiter. Dieser hakte nach: »Okay, also besitzen Sie wohl ein Alibi für den vermeintlichen Tatzeitpunkt. Gibt es denn irgendwelche Leute, die Zugriff zu dem Schlüssel haben oder während des Urlaubs auf ihre Wohnung aufpassen sollten?«

»Zurzeit fällt mir da niemand ein.«

»Dann geben Sie uns sofort Bescheid, sobald Ihnen jemand einfällt.«

»Das werde ich tun.«

»Gut, dann können sie jetzt das Revier verlassen.«

»Danke.« Max Gerlach stand auf, ging zur Tür und verließ den Raum. Mit einem flauen Gefühl schlurfte er durch den Haupteingang der Polizeistation nach draußen. Er fürchtete den Weg nach Hause, da dort sehr wahrscheinlich eine hitzige Diskussion auf ihn warten würde, wie er nur den Hochzeitstag vergessen konnte. Behäbig ging er zu Fuß heimwärts.

Die Szene fiel flach, da seine Gattin den Mordverdacht als Begründung gelten ließ und sich ernsthafte Sorgen um ihren Mann machte. Fieberhaft überlegte er, wem er den Schlüssel geliehen hatte. Er kam zu dem Schluss, dass es niemanden gab.

Der Mann muss mich kennen und von dem Schlüssel wissen. Er überlegte weiter, aber ihm fiel kein Name ein. Frustriert nahm er auf der Couch Platz und schaute fern. Das Fernsehprogramm langweilte ihn. Er stand auf, um sich einen Kaffee zu machen, da fiel es ihm wie Schuppen von den Augen. Es gab nur eine Person, die über ihn und seine Probleme Bescheid wusste. Diese wurde ein enger Vertrauter in den letzten paar Jahren und hatte auch von dem Schlüssel Kenntnis.

Er notierte den Namen auf einem Zettel und legte ihn neben das Telefon. Heute war er zu erschöpft, um ein weiteres Mal mit der Polizei zu reden, aber es sollte das Erste sein, was er morgen erledigen würde.

Kapitel 47

Die Stimmung war trotz des Erfolges angespannt, denn die drohende Konfrontation mit den Gesetzeshütern schien beiden nicht zugefallen. »Pierre, ich werde mich mal auf den Weg in die Stadt machen. Vielleicht bekomme ich etwas von den Ermittlungen mit. Man weiß ja nie, was die Leute alles so weitertratschen.«

»Ja, gute Idee. Ich bleibe dann bei meiner Tochter und spiele etwas mit ihr.«

»Okay, mach das. Falls du irgendetwas brauchst, bedien dich einfach. Fühl dich wie zu Hause.«

Doktor Pain verließ das Haus und ließ Pierre mit Mel alleine. Pierres Gegenwart war ein Segen für ihn. Er fühlte sich wohl bei ihm. Endlich war es keine Frau, die nur Sex im Kopf hatte, sondern ein erfolgreicher Architekt mit einer bestimmenden Art und Weise. Die Gespräche waren tiefsinnig und taten ihm gut. Er freute sich auf eine gemeinsame Zukunft.

Pierre wusste ganz genau, was er brauchte und wo er es finden würde. Er hörte die Tür ins Schloss fallen und lief zu seiner Tochter, die immer noch auf dem Stuhl saß. Sie wirkte nicht ganz glücklich. Er erkannte das und fragte: »Mel, was ist los?«

»Ach, Papa. Ich vermisse Mama.«

»Aber du hast doch mich und bald lernst du den netten Herrn von vorhin auch besser kennen.«

»Mama kümmert sich immer liebevoll um mich.«

»Mel, das kann ich auch. Sogar noch besser als vorher, da mir deine Mutter nicht mehr im Weg steht.«

»Wie meinst du das, dass Mama dir nicht mehr im Weg steht?«

»Davon hast du noch keine Ahnung.«

Wieder verschränkte Mel schnippisch die Arme vor der Brust und antwortete: »Mama würde mir das erzählen.«

»Ja ja, die gute Jenny kann viel quatschen. Ständig hat sie zu mir gesagt, dass sie mich liebt, aber hat sie es wirklich getan? Ich glaube nicht, sonst hätte sie mich nicht so behandelt. Und wenn ich immer auf dich aufpassen sollte, meinte sie immer, ich solle nicht zu zärtlich mit dir sein, was würden die Leute denken, wenn sie uns so innig sehen würden? Deshalb kam sie auf die glorreiche Idee mich zu diesem Psychologen für Familienprobleme zu schicken, um »mein Problem«, wie sie es nannte, in den Griff zu bekommen.«

»So etwas hat Mama nie erwähnt.«

»Ja, Jenny hat so einiges nicht erwähnt.«

»Und was machen wir jetzt. Hier habe ich kein Trampolin und möchte nicht den ganzen Tag drinnen verbringen.«

»Was hältst du davon, zu duschen?«

»Okay, Papa.«

Sie suchten das zweite Badezimmer, das luxuriösere mit Fenster, auf. Schwarze Fliesen zierten die Wände, eine Toilette, ein Waschbecken aus Keramik und ein weißer Schrank bedeckten Teile der linken Wand. Gegenüber befand sich eine separate Badewanne und eine bodentiefe Dusche. Die Schiebetüren wiesen keinen einzigen Wasserfleck auf. Sie mussten regelmäßig geputzt worden sein. »So Mel, hier kannst du dich frisch machen.«

»Okay ...« Das nahm Pierre nur noch so eben beim Verlassen des Badezimmers wahr.

Mel zog sich aus, betrat die Dusche und drehte das Wasser auf. Wasserdampf benetzte die Schiebetüren. Pierre blieb auf dem Flur stehen, machte kehrt und wollte nachschauen, ob Mel auch alles hinbekommt. Und da tauchten sie wieder auf. Die Gefühle, die er nicht unterdrücken konnte. Der kleine unschuldige Körper seiner Tochter, zierlich und faltenfrei. Er wusste, dass es nicht normal war, aber schon eine kurze Berührung löste eine innere Erregung aus. Lautlos schlich er ins Badezimmer. Er sah, wie sie ihren kleinen Körper einschäumte und das Wasser an ihr herunterlief. Der Anblick gefiel ihm sehr und die Hose wurde immer enger. *Ja, vielleicht hatte Jenny tatsächlich recht und ich stehe auf Mel. Sie hatte mit Scheidung gedroht, wenn ich mich nicht therapieren lasse, die blöde Kuh,* dachte Pierre. Er verließ erregt das Badezimmer, streichelte vor der Tür über seine Hose und genoss es. Es wurde immer schwerer für ihn, die Beherrschung nicht zu verlieren.

Wolfgang hatte seit ewigen Zeiten seinen Sohnemann nicht mehr gesehen, obwohl die Distanz zwischen Borken und Dülmen in weniger als einer Stunde zurückgelegt werden konnte. Die Falten in seinem Gesicht wurden immer größer und Haare befanden sich nur noch als Halbkreis auf seinem Kopf. Die restliche Glatze glänzte förmlich. Er war gerade dabei einen Brandy zu trinken, als er beschloss, morgen spontan mit seinem Mercedes eine Fahrt nach Dülmen zu-machen. Es sollte eine Überraschung werden. Die Zeit nach dem Selbstmord seiner Frau, war wegen der Geschehnisse eine Miserable gewesen. Zum Glück hatte es der kleine Star geschafft, einen Job zu finden. Er hatte die allerbeste Unter-stützung seines Vaters. Er war auch sehr positiv überrascht, als er damals Silvia kennenlernen durfte. Sie war eine schöne Frau und er freute sich für seinen Sohn. Jedoch sollte auch dieses Glück nicht ewig halten, denn er war selbst voller Trauer, als er von ihrem Tod erfuhr. Seitdem bröckelte die Beziehung zwischen Vater und Sohn etwas, da sein Spröss-ling sich anders verhielt. Vielleicht lag es auch einfach daran, dass man Silvias Leiche nie zu Gesicht bekam, und deswegen keine ordentliche Beerdigung stattfinden konnte. Hätte er die Wahrheit erfahren, hätte er sich selbst das Leben genom-men, denn er hätte sich die Schuld dafür gegeben, dass aus seinem Sohn ein Monster geworden ist.

Mel stellte das Wasser der Dusche ab, tapste heraus und rieb ihren kleinen Körper trocken. Sie hörte ihren Vater rufen:
»Bist du schon fertig, Kleines?«
»Ich trockne mich gerade ab, also brauche ich noch ein paar Minuten, bis ich fertig bin.« Sie hatte es gar nicht mitbe-kommen, dass ihr Vater zwischendurch mit im Badezimmer gewesen war.
»Kann ich dir helfen?«
»Nein, Papa, das bekomme ich schon selbst hin.«
»Okay. Lass dir Zeit.«
Drei Minuten später verließ Mel angezogen das Badezim-

mer. Sie zog eine süße Frische hinter sich her, die Pierre wahrnahm. Die kleinen, niedlichen Klamotten, die Mel trug, gefielen ihm. Sein Drang wurde intensiver und er näherte sich ihr. Als er bei ihr war, hob er sie schlagartig hoch. Wirbelte sie kräftig herum. Sie protestierte ein wenig, aber Pierre schleuderte sie noch weiter durch die Luft. »Papa, ich möchte gerne wieder runter«, bat Mel mit ihrer niedlichen Stimme.

»Ja, gleich. Noch zwei Runden.« Das blonde Haar von Mel drehte sich beim Herumwirbeln und berührte dabei Pierres Gesicht. Er genoss die zärtliche Berührung. Am liebsten hätte er Mel noch stundenlang weiter gedreht, nach den versprochenen zwei Runden ließ er sie runter. »Früher mochtest du das Herumwirbeln über alles.«

»Ich bin jetzt aber schon älter geworden.«

»Und jetzt magst du es nicht mehr?«

»Doch, aber ich bin müde.«

»Dann möchtest du also ein Schläfchen halten?«

»Ja, sehr gerne.«

Sie suchten gemeinsam ein schönes Plätzchen für ein Schläfchen und fanden das riesige Schlafzimmer. Pierre fühlte sich leicht unwohl beim Betreten des Schlafzimmers, schaute sich gründlich um, als er eintrat und sah: Ein riesiges Bett, einen großen Schrank und Bilder an den Wänden, die eher so aussahen, als wären sie von einer Frau ausgesucht worden. »So, Mel. Hier kannst du dein Schläfchen halten.«

»Okay«, gab sie zurück und sprang in das riesige Bett und vergrub ihren Kopf in das große Kissen. Es dauerte nur zwei Minuten, bis Mel eingeschlafen war; Pierre schaute sich seine

Tochter an, wie sich ihre kleine Brust hob und senkte. Der Körper lag friedlich in dem riesigen Bett. Wenn es nach seiner Schwäche gegangen wäre, hätte er sich dazugelegt, aber er beließ es dabei ihr die Haare und das Gesicht zu streicheln. Nach wenigen Minuten musste er das Schlafgemach verlassen, denn seine Gefühle wuchsen immer weiter an und er schaffte es gerade noch, sich zu beherrschen. Sein Kopf drehte durch und seine Vorstellungen fuhren Achterbahn. *Soll ich es wagen? Darf ich es wagen? Ich muss es einfach wagen. Aber nur wo? Hier? Nein, nicht im Schlafzimmer. Im Keller? Ja, das würde gehen.* Er versuchte, die Gedanken loszuwerden, doch seine Erektion ließ ihn die Vorstellungen noch vertiefen. Es bildete sich ein regelrechter Plan. Seine Schwäche übernahm die Kontrolle über ihn.

Kapitel 48

Marc Eisenberg aß gerade den letzten Bissen Spaghetti. Er kaute ausgiebig und schluckte sie herunter, danach brach er die Stille und fragte Jenny: »Wie hast du mit dem Erpresser kommuniziert?«

»Über ein Handy, das neben dem Erpresserbrief gelegen hat.«

»Und dann hat er immer angerufen?«

»Nein. Die meiste Kommunikation ging über ein Chatprogramm. Über dieses hat er mir auch einige Kurzvideos zugeschickt, in dem ein Mann zu sehen war, der gequält und massakriert wurde. Ich frage mich nur, was mit meinem Ehegatten passiert ist. Ist er schon vorher gestorben? Oder befindet er sich noch in der Gewalt des Erpressers? Und wie geht es ihm genau in diesem Moment?«

»Das sind ganz schön viele Fragen, auf die ich leider keine Antworten habe. Aber wie verlief eure Ehe? War sie gut oder schlecht?«

»Unsere Ehe verlief bis auf Kleinigkeiten ganz gut.«

»Und was wären das für Kleinigkeiten?«

»Na ja. Pierre ist ein Arbeitstier, daher ist ihm seine Arbeit wichtiger als die Familie. Zudem hatte ich das Gefühl, dass er Mel sinnlicher anschaute als mich. Deswegen fing ich irgendwann an mir Gedanken zu machen, ob er eventuell unsere kleine Tochter begehrt. Ich empfand seine innigen Berührungen länger und sinnlicher, als sie angebracht gewesen wären.

»Du befürchtest, dass dein Mann sich an eurer Tochter vergangen haben könnte.«

»Ich weiß nicht, ob er das schon mal gemacht hat, aber ich glaube, es könnte irgendwann passieren, deshalb haben wir uns öfters gestritten.«

»Habt ihr darüber gesprochen?«

»Indirekt. Ich habe ihn gebeten, einen Psychologen für Ehe- und Familienprobleme aufzusuchen.«

»Und kam er der Bitte nach?«

»Ja.«

»Wurde es danach besser?«

»Kann ich nicht genau sagen. Das Einzige, was mir aufgefallen war: Mel trat ihrem Vater immer öfters schlecht gelaunt gegenüber. Sie war lieber in meiner Nähe.«

»Das klingt nicht gut. Es können nur normale Stimmungsschwankungen gewesen sein. Oft fühlt sich eine Tochter in der Nähe ihrer Mutter eh sehr viel wohler. Nun zurück zum eigentlichen Thema. Ich habe eine Idee, wie wir Fortschritte machen können. Hast du das Handy parat?«

»Ja, warum?«

»Wir können versuchen, den Mann zu kontaktieren.«

»Okay, aber ich kenne nur seine Chat-ID.«

»Und wie sieht es mit einer Handynummer aus?«

»Die habe ich leider nicht, da er mich immer mit unterdrückter Nummer angerufen hat.«

»Mist, das wäre ja auch zu einfach. Dann schau mal nach, ob er online ist.«

Jenny tat es, doch der Versuch blieb ohne Erfolg.

»Okay. Ich habe noch einen weiteren Vorschlag: Wir müssen diesen Psychologen aufsuchen. Hast du einen Namen für mich?«

»Ja, den habe ich. Peter Stark.«

»Dann werde ich diesen Peter Stark mal besuchen. Wo erreiche ich ihn am wahrscheinlichsten?«

»In seiner Praxis im Ärztehaus am Krankenhaus. Sie müsste im zweiten Stock liegen.«

»Klasse! Dann fahre ich da direkt mal hin.«

Gesagt, getan. Er fuhr mit dem Rad zur Praxis von Peter Stark. Zwanzig Minuten später kam er dort leicht außer Atem an. Er stellte sein Rad in einen Fahrradständer und schloss es ab. Das Ärzte-Informationsschild zeigte an, dass die Praxis von Peter Stark tatsächlich im 2. Obergeschoss lag. Er ging, immer zwei Stufen auf einmal nehmend, die Treppe bis zum 2. Obergeschoss hinauf. Er stürmte durch die Milchglasscheibe und betrat den Empfangsbereich. Eine Dame schaute ihn irritiert an und fragte: »Kann ich Ihnen helfen?«

»Ja. Ich möchte zu Herrn Stark!«

»Haben Sie einen Termin bei ihm?«

»Nein, den brauche ich auch nicht, da es sich nicht um eine Behandlung handelt, sondern um etwas anderes.«

»Dann müssten Sie auch wissen, dass Herr Stark aktuell Urlaub hat und erst nächste Woche wiederkommt. Soll ich etwas für Sie ausrichten?«

»Nein. Können Sie mir wenigstens verraten, wo ich ihn erreichen kann?«

»Das kann ich nicht tun, da ich nicht weiß, wer sie sind.«

Marc Eisenberg überlegte kurz, ob er seinen Ausweis vorzeigen sollte, entschied sich letztendlich dagegen. Es bestand ja kein Verdacht gegen Peter Stark. Er wollte nur Auskünfte über Pierre Goblin erhalten.

»Auf Wiedersehen. Ich werde mein Glück dann ein anderes Mal versuchen.« Er verließ den Raum, ohne die Worte der Empfangsdame abzuwarten, und ging langsam die Treppe herunter. Frustriert wie er war, lief er mit gesenktem Haupt an einem Mann mit einer braunen Ray Ban Brille vorbei. Dieser trug trotz der Wärme ein schickes Jackett. Ohne diese Person weiter zu begutachten, stieg er weiter die Treppen hinab, bis er im Erdgeschoss ankam, sein Fahrrad aufschloss und davonfuhr.

Peter Stark hatte noch zwanzig Treppenstufen bis zu seiner Praxis. Unter seinem Jackett staute sich die Hitze und ihm wurde warm. Als er die Tür seiner Praxis aufdrückte, begrüßte er seine Empfangsdame: »Hallo Doris.«

»Oh, hallo, Herr Stark.«

»Alles gut bei Ihnen, Doris?«

»Ja, mir geht es gut. Aber was machen Sie denn hier?«

»Ich war in der Nähe und wollte mich erkundigen, ob alles in Ordnung ist oder ob es wieder schwerwiegende Notfälle gibt?«

»Sie haben doch Urlaub und sollen sich erholen. Doch da Sie schon mal hier sind, kann ich Ihnen ja berichten, dass vor wenigen Minuten jemand nach Ihnen gefragt hat.«

»Und was wollte der Mann? Einen Termin?«

»Das hat der Herr leider nicht gesagt.«

»Hat er wenigstens seinen Namen genannt?«

»Auch das hat er nicht.«

»Okay, also ging es bestimmt um einen Termin. Was hat er denn gesagt? Und hat er sein Anliegen näher erläutert?«

»Nur, dass er sein Glück ein anderes Mal versuchen wird.«

»Okay, danke Doris. Sie können mir ja Bescheid geben, wenn Sie mehr erfahren haben, was der Mann wollte.«

»Ja mache ich, Herr Stark.«

Peter Stark verließ seine Praxis mit gutem Gewissen, da noch alles in Ordnung zu sein schien. Er drückte den Knopf für den Aufzug und wartete. Wenige Sekunden später ertönte ein Summen und die Aufzugstür glitt auf. Er trat ein. Im Aufzug unterhielten sich zwei Personen über einen Bericht aus der Tageszeitung.

»Ich kann gar nicht glauben, dass jemand bei uns im Stadtpark bei lebendigem Leib angezündet wurde.«

»Ich kann es auch nicht glauben. So schrecklich. Es muss der Horror auf Erden für den Mann gewesen sein.«

»Diesem kranken Schwein sollte man das Gleiche antun. Hoffentlich wird er schnell gefasst.«

Peter Stark mischte sich ein und fragte: »Was ist denn genau passiert?«

Einer der beiden erkannte ihn und antwortete: »Hallo Herr Stark, haben Sie heute noch keine Zeitung gelesen? Da stand alles drin: Ein gewisser Jörg H. wurde in unserem Stadtpark bei lebendigem Leib angezündet und erlag seinen Verletzungen, während des kurzen Transports zum Krankenhaus.«

»Das ist ja grauenvoll. Gibt es Hinweise auf den Täter?«

»Bisher nicht. Anscheinend trug der Täter eine Clownsmaske und es gibt keine brauchbaren Zeugenaussagen.«

»Hoffentlich erwischt man diesen Kerl. Ich drücke den

Beamten die Daumen, dass Sie den Richtigen finden werden«, gab Peter Stark zum Besten. »Das hoffe ich auch«,
äußerten die anderen beiden synchron, als der Aufzug stehen
blieb und die Türen im Erdgeschoss auseinander glitten.

Kapitel 49

Melanie befreite sich aus der Umarmung der Bettdecke und rieb ihre Augen. Man hatte sie unberührt in dem großen Bett schlafen lassen. Sie tapste zum Badezimmer, ging auf die Toilette und wusch sich danach die Hände. In dem Pyjama, den sie trug und der sogar seltsamerweise genau passte, lief sie ins Erdgeschoss. Es war neun Uhr, ihr Papa und der komische Kerl saßen am Tisch und frühstückten, wobei Pierres linke Hand auf der rechten des anderen Mannes lag. »Hallo, Kleines«, begrüßte ihr Vater sie und fragte direkt weiter: »Hast du gut geschlafen?«

»Ja, tief und fest.«

»Wunderbar. Hast du Hunger?«

»Klaro.«

»Das habe ich mir gedacht und habe schon eine Kleinigkeit vorbereitet«, sagte Pierre, wobei er mit seiner rechten Hand zur Arbeitsplatte zeigte, auf der ein Brettchen mit zwei geschmierten Schnitten und ein Kakao standen. Mel ging hin, nahm es herunter und bedankte sich. Sie aß genüsslich. Mit vollem Mund fragte sie ihren Vater: »Papa kann ich wieder Trampolin springen gehen?«

»Kleines, das ist jetzt noch nicht möglich. Mein Freund hier wollte heute erst ein Trampolin kaufen gehen.«

»Ach so, also kann ich dann später wieder herumspringen?«

»Bestimmt.«

»Du kaufst sofort ein Trampolin für meine Tochter«, befahl

Pierre Doktor Pain, mit diesem Blick, der keine andere Möglichkeit zuließ.

»Sicher«, gab Doktor Pain zurück, wobei er von dieser dominanten Art und Weise angezogen wurde.

»Sehr gut.«

Mel hatte ihr Frühstück aufgegessen und begab sich wieder nach oben; Doktor Pain und Pierre küssten sich, als sie weg war. »Du bist das Beste, was mir je passiert ist«, sülzte Doktor Pain herum.

»Schön, freut mich.«

Doktor Pain enttäuschte die Antwort ein wenig, er hatte mit mehr Begeisterung gerechnet. Er hatte so viel für ihn gemacht und es würde üble Konsequenzen haben, falls jemand die Spur bis zu ihm zurückverfolgen konnte. So war es auch Pierres Idee gewesen, den Verkauf des Trampolins als übergeordnetes Element zu benutzen, um darauf die Entführung aufzubauen. Die Wanze hatte er selbst für Doktor Pain unter dem Tisch versteckt, damit sie erfahren konnten, was Jenny trieb. Das wesentliche Kunststück war es, die Schrift so krakelig hinzubekommen, als sähe es unter großer Angst geschrieben aus. Drei Versuche hatte er gebraucht. Pierre hatte vollkommen recht gehabt, als er meinte, dass seine Frau *das* Polohemd sofort als sein Lieblingshemd erkennt und daraufhin alles tun würde. Pierre war endlich froh, sein Geld ganz allein zur Verfügung zu haben, da Jenny immer nur sparen wollte. Jetzt war genug da, um schön leben zu können. Und zum Psychologen würde er bestimmt nimmer gehen müssen, da es keiner mehr von ihm verlangte. Doktor Pain verließ das Haus und ließ Pierre und Mel erneut allein. Pierre hörte die

Haustür ins Schloss fallen. Er war wieder mit Mel alleine. Er würde bestimmt einige Stunden Zeit haben, bis sein *Freund* mit einem gekauften Trampolin zurückkam. Pierre rief nach oben: »Mel, kannst du noch mal herunterkommen? Ich habe eine Überraschung für dich.« Es dauerte ein paar Momente, bis er leise Schritte hörte und Mel oben an der Treppe erschien. Sie trug weiterhin den niedlichen Pyjama.

»Kann das nicht warten, Papa? Ich wollte mir gerade die Zähne putzen.«

»Nein, Kleines. Ich möchte dir die Überraschung gerne jetzt zeigen.«

»Okay«, sagte sie und kam die Treppe herunter. Unten angekommen nahm Pierre sie an die Hand und zog sie mit sich.

»Papa, das tut weh«, protestierte Mel.

»Oh, Entschuldigung«, gab Pierre zurück und lockerte den Griff. Mit der anderen Hand hielt er Mel inzwischen die Augen zu.

»Nicht blinzeln, okay? Sonst ist die Überraschung dahin.«

»Okay, Papi.«

Die Hand von Pierre verdeckte die ganze Zeit die Augen von Mel, daher sah sie nicht, dass es durchs Wohnzimmer, vorbei an der Küche bis hin zu einer Tür, die zum Keller führte, ging. Die Tür wurde geöffnet und vier Füße stiegen die kalten Fliesen in das Dunkel hinab. »Papa, hier riecht es komisch«, bemerkte Mel, als ihre Nase einen leicht fauligen Geruch wahrnahm. Auch Pierre nahm den Duft wahr, doch interessierte es ihn nicht. »Wir sind auch gleich da. Es sind nur noch wenige Meter bis zur Überraschung«, sagte er zu seiner Tochter.

Sie gingen vorbei an dem Zimmer, in dem sich Pierre einige Tage aufgehalten hatte. Es hatte an nichts gefehlt, selbst wenn er zwischendurch Brot und Wasser gewollt hätte, hätte er es sofort bekommen. Er hatte gehofft, die Isolation würde seine innere Unruhe bezwingen können, doch der Drang nach seiner Tochter wuchs nur weiter.

»Sind wir endlich da?«, fragte Mel, die immer nervöser wurde.

»Ja, in einer Minute«, antwortete Pierre, während er die letzte Tür zum großen Kellerraum öffnete.

Er führte seine Tochter bis zu dem Stuhl – auf dem er selbst für das erste Video gesessen hatte –, hob sie hoch und setzte sie darauf. Es passierten jetzt zwei Dinge gleichzeitig, zum einen nahm Pierre seine Hand von Mels Augen und zum anderen führte er ihre kleinen Hände durch die Ösen an den Armlehnen und zog sie zu.

»Was machst du, Papa?« Mels Augen weiteten sich gewaltig und Angst stieg in ihr auf.

»Nichts. Ich wollte nur mal testen, ob dieser Stuhl funktioniert.«

»Und wo ist jetzt meine Überraschung?«

»Die zeige ich dir gleich. Ich muss nur kurz eine Kleinigkeit von oben holen. Ich bin gleich wieder da. Bleib schön hier sitzen und nicht schreien, verstanden?«

»Ich schreie nicht. Ich warte hier. Ich hoffe nur, es ist eine schöne Überraschung.«

»Ohhh, ja!«

Pierre lief die Treppe nach oben, ging dann noch ein Stockwerk höher und betrat das Schlafzimmer, dort in der

Schublade befand sich die Sache, die er gleich gebrauchen würde. Er atmete nochmals kräftig durch und holte ein eingeschweißtes Kondom heraus. Sein Herzschlag beschleunigte sich und er verlor die Beherrschung über sich. Es konnte losgehen.

Kapitel 50

Musik ertönte aus dem Wecker und Max Gerlach erwachte. War es schon wieder Zeit zum Aufstehen? Die Nacht kam ihm viel zu kurz vor. Er schaltete den Wecker aus, stand auf und zog Jeans, Hemd und Socken an. »Schatz, ich muss los.« Als Antwort bekam er nur ein gleichmäßiges Atmen. Die Musik aus dem Wecker störte ihren Schlaf nicht. Max Gerlach ging die wenigen Meter bis zur Küche, vorbei am Telefon. Er legte eine Kapsel in die Kaffeemaschine und drückte auf Start. Er nutzte die kurze Zeit, um auf Toilette zu gehen. Als er entleert wiederkam, war der Kaffee fertig und er trank ihn. Es war Freitag und der letzte Arbeitstag vor dem Wochenende; sein Chef Pierre Goblin war seit einigen Tagen nicht mehr bei der Arbeit gewesen. *Wo steckt er bloß?* Er packte sein Lunchpaket mit zwei Brotschnitten, Obst, Joghurt und einem Müsliriegel. Acht Schluck später war die Tasse geleert. Er stellte sie in die Spülmaschine. Gestärkt nahm er den Haustürschlüssel vom Sideboard, dabei fiel sein Blick auf den Zettel von gestern. Er hätte ihn fast vergessen. Er griff zum Hörer und wählte.

»Polizeistation Dülmen, Frank Brakmann am Apparat. Wie kann ich Ihnen helfen?«

»Mein Name ist Gerlach. Max Gerlach. Ich wurde gestern vernommen und ich sollte mich melden, sobald mir ein Name einfällt, der möglicherweise Zugriff zu meinem Schlüssel gehabt haben könnte.«

»Herr Gerlach, schön, dass sie sich melden. Ist Ihnen ein Name eingefallen?«

»Ja.«

»Bitte sagen Sie ihn mir.«

»Mir ist nur eine einzige Person eingefallen, der ich für den Notfall einen Ersatzschlüssel für unsere Wohnung gegeben habe. Und da ich nicht so viele Freunde habe, gab ich den Schlüssel meinem Psychologen ...« Ein Rauschen trat in der Leitung auf und der Beamte konnte den Namen nicht verstehen. Daher fragte er: »Können Sie bitte den Namen wiederholen.«

»Klar. Peter. Peter Stark.«

»Vielen Dank, Herr Gerlach. Wir werden dieser Spur nachgehen.«

»Bitte. Ich hoffe, dass ich Ihnen helfen konnte.«

»Ob es unser gesuchter Mann ist, werden wir feststellen. Schönen Tag noch, Herr Gerlach.«

»Danke.« Max Gerlach verließ zufrieden das Haus und fuhr zur Arbeit. Er überfuhr gerade eine Kreuzung, als ein Lkw von links kam und ihm ungebremst in die Seite krachte. Der Wagen überschlug sich mehrere Male und prallte gegen eine Straßenlaterne, die durch den Aufprall umknickte. Der Lkw-Fahrer realisierte die Situation und gab, ohne auch nur einen Blick nach dem Verletzten zu werfen, Gas.

Wolfgang hatte die vierzigminütige Fahrt von Borken nach Dülmen hinter sich gebracht. Er wollte seinen Sohn zuerst bei der Arbeit überraschen, bevor er es bei ihm zu Hause versuchen würde. Er stand gerade vor einer roten Ampel, da sah er ein Auto von links und einen Lkw von vorne kommen. Er wunderte sich über die komische Ampelschaltung. Noch bevor er den Gedanken weiterführen konnte, knallte es gewaltig. Der Lkw hatte den Pkw mit voller Kraft in die Seite gerammt. Wolfgang zählte: eins, zwei, drei. So oft überschlug sich der Pkw und krachte gegen eine Straßenlaterne. Er rechnete damit, dass der Lkw-Fahrer ausstieg, um nach dem Schaden und der Person zu schauen, aber er tat es nicht. Stattdessen gab er Gas und flüchtete. Unter Schock stehend, stieg Wolfgang aus und rannte zum Auto. Die Karosserie war total verzogen; die Fahrertür komplett nach innen gedrückt und der blutende Fahrer war eingequetscht. Er informierte den Rettungsdienst und beschrieb die Situation. Zudem berichtete er auch von dem flüchtigen Lkw-Fahrer. Notarzt, Krankenwagen und Polizei kamen sehr schnell am Unfallort an. Sie stellten fest, dass eine Bergung des Verletzen ohne Spezialwerkzeug nicht möglich war. So vergingen wichtige Minuten, bis die Feuerwehr mit ihren Spezialwerkzeugen eintraf. Der Verletzte hatte eine Platzwunde am Kopf und auf Fragen antwortete er nicht. Ein Hydrauliksreizer schaffte einen größeren Arbeitsbereich und die Fahrertür wurde mithilfe von einer Blechschere komplett vom Auto getrennt. So kamen die Einsatzkräfte gemeinsam zu dem Verletzten und konnten ihn mit Vorsicht bergen. Die Schwere der Verletzungen konnten sie nicht einschätzen, deswegen mussten sie sehr behutsam vorgehen, um weitere schwere Folgeschäden zu vermeiden. Es dauerte eine gefühlte Ewigkeit, bis Max Gerlach befreit war und auf eine Trage geschnallt werden konnte. Ein Arzt sprach ihn weiterhin an und da passierte es, dass er aus seiner Bewusstlosigkeit aufwachte. Ein Polizist befragte den wieder ansprechbaren Verletzten, was er gesehen habe. Nur konnte Max Gerlach sich an nichts mehr erinnern. Glücklicherweise lieferte Wolfgang den Beamten eine detaillierte Beschreibung des Unfalls und des Lkws. Dabei handelte es sich um einen dunkelblauen Hauber von Volvo – einem Lkw mit längerer Motorhaube – mit weißen Streifen auf jeder Seite. Das Kennzeichen konnte er nicht wiedergeben, aber es sah zumindest nicht deutsch aus. Der Polizist ging zu seinem Einsatzwagen und gab über Funk eine Suchmeldung heraus. Max Gerlach wurde ins Krankenhaus gefahren.

Wolfgang fuhr den restlichen Weg zur Arbeit seines Sohnes mit einem bebenden Körper und zittrigen Händen. Er war froh, als er den Wagen geparkt hatte und das Gebäude betrat. Als er in der Praxis im 2. Obergeschoss stand, stellte er sich vor und erkundigte sich nach seinem Sohn. Er bekam eine Abfuhr. Die Frau hinter dem Empfangstresen sagte ihm: »Ihr Sohn ist momentan nicht da.«

»Okay, dann besuche ich ihn zu Hause«, antworte er. Hätte er es sofort gewusst, dann wäre ihm der Anblick des schrecklichen Verkehrsunfalls erspart geblieben. Er machte kehrt und nahm sein neues Ziel ins Auge: das Haus seines Sohnes.

Pierre Goblin zog sein T-Shirt aus und ging mit nacktem Oberkörper in den Keller hinunter. Das verschweißte Kondom hielt er voller Vorfreude in der Hand. Er öffnete die letzte Tür zu seiner Tochter und betrat den Kellerraum. Sein gieriger Blick verschlang Melanie. Er ging vorbei an dem Tisch, auf dem verschiedenste Folterutensilien lagen. Er konnte sich bildhaft vorstellen, wie Jörg Haacke, der ihm so ähnelte, gequält wurde. Ein Gedanke ging durch seinen Kopf. *Vielleicht kann ich das ein oder andere Utensil auch gleich gebrauchen.* Die Distanz zu Melanie betrug nur noch zwei Meter. Ihre Augen wurden riesig. Pierre fummelte an seiner Hose herum, öffnete die Knöpfe und sie glitt zu Boden. »Bereit für deine Überraschung?«, fragte er selbstsicher. »Ich habe Angst, Papi! Große Angst.«

»Du brauchst keine Angst haben. Es wird schön werden.«

»Was soll schön werden. Es stinkt hier unten und es ist voll dunkel. Ich will zu Mama!«

»Mama würde es auch gefallen.«

»Was soll das heißen.«

»Ach egal. Es wird Zeit loszulegen.« Pierre ging näher an Mel heran. Hob ihr Becken an und riss ihren Pyjama und ihren unschuldigen, weißen Slip herunter. Ihr Unterkörper wurde nur noch von ihrem Pyjamaoberteil bedeckt. Pierres Erregung wuchs gewaltig. Er zog seine Boxershorts aus. Nackt riss er die Verpackung auf. Er wollte gerade das Kondom überstülpen, als plötzlich ein Klingeln von oben ertönte. Erschrocken schaute er sich um, rang nach Fassung und zog reflexartig seine Boxershorts und seine Hose wieder an. Seine Gedanken kreisten. *Wer ist da oben? Polizei? Bin ich aufgeflogen? Oder einfach nur ein Postbote? Ich muss es herausfinden, bevor ich hier in Ruhe weitermachen kann.* Er machte sich auf den Weg nach oben. Aus Angst vor den Folgen entdeckt zu werden, nahm er das Messer, welches auf dem Tisch lag, hinter seinem Rücken versteckt mit. Ein weiteres Klingeln ertönte. »Schon gut, ich komme ja«, sagte Pierre ohne zu wissen, ob man ihn hören konnte. Er öffnete mit seiner linken Hand die Haustür.

Ein älterer Herr stand vor ihm. Pierre fragte ihn: »Was möchten Sie hier?«

»Was ich hier möchte? Es muss eher heißen, was machen Sie hier? Wer sind Sie überhaupt? Und warum stehen sie mit nacktem Oberkörper vor mir?«

»Ich, ich bin ...«, fing Pierre an zu stottern.

»Gehen Sie mir aus dem Weg!«

Von der energischen Art des Mannes überrumpelt, ging er ein Stück zur Seite und machte ihm Platz.

»Geht doch«, sagte der Mann und betrat das Haus. »Ich schaue mich mal kurz um. Ich suche jemanden.«

Die Alarmglocken fingen an zu läuten. *War dieser alte Mann der Polizist, der bei Jenny war?* Er realisierte die Gefahr, dass dieser Alte die gefesselte, nackte Melanie entdecken konnte. Zum Glück hatte der Mann ihm die Rückseite zugedreht. Er holte seine rechte Hand hinter seinem Rücken hervor. Das Messer lag gut zwischen den Fingern. Stahl traf auf menschliches Fleisch. Einmal. Zweimal. Dreimal. Blut spritzte aus dem alten Mann wie ein kleines Feuerwerk. Die Klinge hatte sich brutal in den Rücken gebohrt. »Was zum Teufel ...«, hechelte er mit letzter Kraft, bevor Pierre die Klinge noch einmal kräftig im Rücken nach oben zog. Der letzte Hauch Leben entwich aus dem Körper. *Jetzt kann es weitergehen. Ich brauche es dringend.* Voller Geilheit ließ er den toten Mann im Flur liegen und ging zurück zum Keller.

Kapitel 51

Blaues Licht flackerte oberhalb des Polizeiwagens. Die Suche nach dem flüchtigen Verkehrsteilnehmer nahm ein schnelles Ende, da der Lkw beim Zusammenstoß gewaltigen Schaden davongetragen hatte. Er parkte auf einem Seitenstreifen und Qualm stieg aus der Motorhaube empor. Der Fahrer befand sich im Inneren und hatte den Kopf auf das Lenkrad gesenkt. Die wilden Rufe, die von draußen kamen »Führerschein und Fahrzeugpapiere« und »Steigen Sie bitte aus!«, ignorierte er getrost. Er war eingeschlafen, diesmal nicht nur für ein paar Sekunden wie vorhin, sondern länger. Ein Beamter rüttelte an der Tür. Vergebens. Die Verriegelung von innen verhinderte ein Eindringen von außen. Es wurde kräftig gegen die Scheibe geklopft.

Langsam erwachte der Fahrer. Die Polizeiuniformen, die die Männer draußen trugen, ließ ihn die Verriegelung aufheben. Die Tür wurde kraftvoll aufgerissen. »Aussteigen, sofort!«, befahl Lars Streitner.

Verschlafen stieg Wladimir Rabov aus dem Führerhaus. »Was Sie wollen«, fragte er mit stark polnischem Akzent.

»Sie haben einen Unfall verursacht und sind ohne Gewissen einfach weitergefahren.«

»Ich nich anders können.«

»Ja, das sagen alle.«

»Wirklich! Ich haben Zeittermin und wenn ich zu spät, dann entstandene Kosten abgezogen vom Geld für mich.«

»Wie lange sind Sie schon unterwegs? Haben Sie überhaupt die vorgeschriebenen Pausen eingehalten?«

»Ich fahren seit vierzig Stunden.«

»Also nein. Sie werden uns begleiten müssen!«

»Ich weiter müssen. Sonst ich Termin nicht einhalten können.«

»Sie begleiten uns! Verstanden? Ihr Lkw ist total beschädigt, damit dürften Sie gar nicht mehr weiterfahren.«

»Ich muss aber«, bettelte Wladimir Rabov, doch die Beamten blieben hart und nahmen ihn mit.

Nach seiner erfolglosen Rückkehr hatte er Jenny noch lange getröstet. So vergingen die Stunden und er war irgendwann auf der Couch eingeschlafen. Nun erwachte Marc Eisenberg im Wohnzimmer der Familie Goblin. Er schwang gerade seine Beine von der Couch, da vibrierte sein Handy und er hob ab. Aufmerksam hörte er dem Anrufer zu und fragte: »Sie meinen also wirklich dieser Peter Stark könnte ein Mörder sein?«

»Er ist der einzige Verdächtige in einem ungeklärten Mordfall.«

Peter. Peter Stark. Kann das sein?, dachte er nach. »Soll ich euch helfen?«

»Wenn das wirklich okay ist, dann wäre es super, da wir aufgrund der Sommerferien eine geringe Personaldichte haben und wir gerade einen schweren Verkehrsunfall mit Fahrerflucht hereinbekommen haben. Aber wir schicken Verstärkung, sobald wir es können.«

»Und was soll ich tun?«

»Peter Stark einen Besuch abstatten. Seine Privatadresse lautet Brokweg 150.«

»Gut. Ich fahre sofort dahin.«

»Danke, Marc.«

Doktor Pain hatte ein gutes Angebot in einem Prospekt gefunden, war direkt zum Laden gefahren und besorgte die Verpackung, in dem sich die Teile für das Trampolin befanden. Mit dem gekauften Trampolin im Kofferraum machte er sich auf den Rückweg. Nervosität stieg in ihm auf, ob er Pierre mit diesem Kauf zufriedenstellte. Er hoffte es sehr. Der Karton im Kofferraum rutschte hin und her, da er dieses Mal nicht so vorsichtig wie sonst fuhr. Jede kleine Unebenheit erwischte er mit ordentlicher Geschwindigkeit und die Stoßdämpfer arbeiteten hart. Es war ihm egal. Er wollte Peter so schnell wie möglich wiedersehen. Er befand sich auf dem Brokweg, nur wenige Meter von seinem Haus entfernt. Er betätigte die Bremsen, die lautstark quietschten, und der Wagen wurde langsamer. Das Steuer wurde scharf herumgerissen und das Fahrzeug folgte der Richtung. Die Reifen berührten sein Grundstück. Überrascht den Mercedes seines Vaters in der Einfahrt stehen zusehen, trat er blitzschnell auf die Bremse. Er hatte riesiges Glück, denn sein BMW kam Millimeter vor dem Heck des Mercedes zum Stehen. *Oh, was für eine tolle Überraschung. Mein lieber Papa besucht mich.* Freudig stieg er aus und rannte zur Tür. *Oh Papa, du erwartest mich bestimmt beim Kaffee in der Küche.* Die Eingangstür stand sperrangelweit offen. Aber warum? Er trat ein und wunderte sich, dass er keine Geräusche hörte. *Ist Pierre nicht hier? Verstehen sich Pierre und Papa nicht? Und wo ist die Kleine?* Die Freude, seinen Vater wiederzusehen, stieg immer weiter. Er hielt Ohren und Augen offen. Hörte nichts. Doch als sein Blick etwas tiefer wanderte, sah er jemanden auf dem Bauch liegen. Das Messer im Rücken und das viele Blut sprachen eine eindeutige Sprache. Dieser Mann wurde brutal erstochen. Peter ging in die Knie, drehte den Körper herum und blickte in die Augen, die seinen sehr ähnlich sahen. Es waren die Augen seines leblosen Vaters. »Papa! Papaaa, hörst du mich? Ich bin es, dein Sohn. Was war hier zum Teufel los? Rede mit mir! Los antworte mir!« Er erhielt keine Antwort.

»Was soll ich nur ohne dich machen? Steh auf Papa! Los, sofort!«, befahl er, langsam von Trauer durchdrehend.

Dieser Aufforderung kam der Tote nicht nach.

»Pierre, Pierre wo steckst du? Hier liegt ein Verletzter.«

Auch von ihm erhielt er keine Antwort. Anstatt selbst zum Telefon zu greifen, machte er sich auf die Suche nach ihm, um seinen Rat einzuholen.

»Pierre?«, rief er in jeden Raum des Erdgeschosses. Ohne Erfolg. Er ging ein Stockwerk höher. Dort rief er noch mal nach Pierre – ebenfalls erfolglos. *Wo steckst du?* Ihm fiel nur noch der Keller ein. *Ja, Pierre muss unten sein, sonst hätte er die Schreie meines Vaters gehört.* Aus ihm drangen selbst die Hilferufe des Folteropfers nicht heraus. Er ging in eine unheimliche Stille hinunter, vorbei am Heizungskeller und weiter zum großen Kellerraum. Die Geräusche, die dort herauskamen, ließen in noch nervöser werden. Unsicher setzte er seinen Weg fort. Plötzlich vernahm er undeutliche

Geräusche aus dem Raum. Er konnte sie nicht zuordnen. Leise näherte er sich der Tür und drückte vorsichtig die Klinke herunter. Ein kleiner Spalt entstand und er konnte ein paar Worte verstehen. »Du brauchst keine Angst haben. Es wird dir gefallen.« Peter Stark erkannte die Stimme von Pierre. Doch mit wem sprach er? Die Antwort kam prompt von einer zierlichen, weiblichen Stimme: »Ich will zu Mama!« Peter Stark schlich wie auf Samtpfoten in den Raum und näherte sich der Situation. Er schluckte kräftig, als er Pierre mit steifem Glied vor seiner gefesselten Tochter herumtanzen sah. Eine Sache störte Peter noch mehr: das Blut an Pierres rechter Hand. Er zählte eins und eins zusammen, schlich weiter, ging an dem Tisch mit den Folterutensilien vorbei und griff zur Säure-Spritzflasche. Erinnerungen an sein erlittenes Leid kamen in ihm hoch. »Hallo, Pierre«, flüsterte er leise, doch laut genug, dass dieser sich umdrehte. Das steife Glied zeigte wie eine Waffe auf ihn, bereit zu feuern. Noch bevor Pierre jedoch etwas sagen konnte, landete eine kräftige Ladung Säure in seinem Gesicht. »Was zum Teufel machst du hier? Wolltest du dich etwa an deiner eigenen Tochter vergehen? Du perverses Schwein!«

Die Säure brannte erbärmlich in Pierres Gesicht und er hielt die Hände vor seine Augen. In dieser Zeit griff Peter Stark erneut zum Tisch und nahm die Garrotte an sich. »Hast du eigentlich eine Ahnung, wie schrecklich es ist, einfach benutzt zu werden, ohne irgendetwas dagegen tun zu können.«

»Es ... es tut mir so le-«, begann Pierre sich zu rechtfertigen, aber die Schmerzen ließen ihn den Satz nicht beenden.

»Du verdammtes Arschloch! Du hattest die ganze Zeit bestimmt nur deine Tochter im Kopf. Ich Idiot habe dir dabei auch noch geholfen.«

»Nein, nein, so war es nicht«, antworte Pierre, wobei er die Hände immer noch vor seine Augen hielt.

»Sei ruhig, Perversling! Für mich sah es eindeutig aus. Ich hatte mir die große Liebe versprochen und gehofft, dass es mit einem Kerl endlich nicht nur um Sex geht und ich die elendigen Frauen vergessen kann.«

»Ich verstehe dich zu gut. Auch meine Frau hat mir nicht getraut und mich zu dir geschickt. Irgendwann habe ich mich dir gegenüber geöffnet und du hast mich sofort verstanden.«

»Ja, das stimmt. Ich war von deinem Blick fasziniert und fand deinen Vorschlag, wie wir alles arrangieren können, echt super. Es hat ja auch alles geklappt und jetzt sehe ich mit meinen eigenen Augen, dass es dir auch nur um Sex geht. Ich könnte kotzen!«

»Es tut mir leid. So bin ich nicht.«

»Das glaube ich dir nicht«, antwortete Peter Stark und legte die Garrotte von hinten um den Hals von Pierre. Er spürte die Kälte des Stahls. »Was soll das werden?«

»Meinen Frust, den ich seit Jahren in mir trage, loswerden. Ich hätte am liebsten meine Mutter damals selber umgebracht, aber sie zog es vor, einen feigen Selbstmord zu sterben. Immerhin hatte ich meinen Spaß mit meiner verlogenen Freundin. Sie ruht in aller Bequemlichkeit, die ich ihr geboten habe, in meinem Garten.«

Marc Eisenberg raste mit seinem Fahrrad zum Brokweg 150. Er kam bei der Adresse an und sah einen Mercedes und einen BMW auf dem Hof stehen. »Mal schauen, wer mich hier erwartet«, sagte er zu sich selbst. Er schaute in die Autos. Der eine Wagen war leer und in dem anderen befand sich ein großer Karton. Eine Trampolinabbildung war von außen dargestellt. Er lief weiter und kurz darauf kam er an zwei Fenstern vorbei. Das Erste gab den Blick auf eine Küche frei. Er ging zum Nächsten, schaute hinein und erkannte jemanden auf dem Boden liegen. Er klopfte gegen das Fenster. Keine Reaktion. Er holte sein Handy heraus und rief die Polizeistation an: »Hallo, hier spricht Kommissar Eisenberg. Ich stehe hier am Haus von Peter Stark und sehe eine verletzte Person am Boden liegen.«

»Hallo, Kommissar. Verschaffen Sie sich Zutritt. Ich schicke Ihnen sofort Unterstützung«, antwortete Frank Brakmann.

»Verstanden.« Er schaute sich um, fand einen Ziegelstein, hob ihn auf und wollte ihn gerade mit voller Kraft gegen das Fenster werfen, als er eine merkwürdige Lücke in der Hauswand bemerkte. Er ging zur Lücke und sah eine offenstehende Haustür. *Warum steht sie offen? Werde ich erwartet?* Er betrat das Haus und näherte sich leise dem Verletzten am Boden. Er erblickte ein Bild des Grauens: Blut bedeckte einen Teil des Bodens; der Rücken war mit Messerstichen übersät und ein großer Schnitt ging vom mittleren Rücken zwanzig Zentimeter hoch bis zum Trapezius, das Messer steckte noch. Er holte sein Handy heraus und informierte erneut die Polizeistation. Man antwortete ihm, dass die Verstärkung in wenigen Minuten da sein würde. Vorsichtig schlich er durchs Haus. Dabei fielen ihm vereinzelte rote Flecken auf, die in fast immer gleichen Abständen zu einer Treppe führten. Er folgte der Spur bis zu einer Tür, öffnete sie und schaute auf eine steinerne Kellertreppe. Er horchte und meinte Stimmen wahrnehmen zu können. Marc Eisenberg zog seine Waffe. Bewaffnet näherte er sich der Geräuschquelle. Tatsächlich wurde in einiger Entfernung gesprochen. »Meinen Frust, den ich seit Jahren in mir trage, loswerden. Ich hätte am liebsten meine Mutter damals selber umgebracht, aber sie zog es vor, einen feigen Selbstmord zu sterben. Immerhin hatte ich meinen Spaß mit meiner verlogenen Freundin. Sie ruht in aller Bequemlichkeit, die ich ihr geboten habe, in meinem Garten.«

Daraufhin sprintete er los, stieß die Tür mit seiner Schulter auf und positionierte sich mit erhobener Waffe im Raum. Er sah zwei Männer, die hintereinanderstanden. Der Vordere hielt sich die Hände vor sein Gesicht und hatte ein Kondom über seinem steifen Glied. Dahinter saß ein junges Mädchen gefesselt auf einem Stuhl. Ein Pyjamaoberteil verdeckte ihre Scham. Zudem fielen ihm die Gegenstände, die auf einem Tisch lagen, auf. Diese erkannte er sofort wieder, denn es waren die aus den Kurzvideos, die man Jenny Goblin geschickt hatte.

Die beiden Männer hatten ihn bemerkt und der hintere fragte: »Wer sind Sie? Und was machen Sie hier? Das ist mein Grundstück. Sie haben hier nichts verloren!«

»Das meinen Sie. Ich bin Kommissar Eisenberg«, sagte Marc,

»Helfen Sie mir! Der Typ ist verrückt«, brüllte Pierre.

»Halt's Maul, Perversling.«

»Wer ist der Mann, der tot oben im Wohnzimmer liegt? Haben Sie ihn auch getötet«, fragte Marc Eisenberg den hinteren Mann. »Der tote Mann oben ist mein Vater! Dieses Arschloch hat ihn erstochen und wollte danach seine Tochter vergewaltigen!« Er spannte die Garrotte fester, dann sagte er: »Senken Sie sofort die Waffe, sonst stirbt das perverse Schwein auf der Stelle.«

»Und wer sind Sie?«, fragte der Kommissar, der die Waffe in seiner Hand langsam senkte.

»Wer ich bin? Ich bin Peter Stark.«

»Zu Ihnen, Herr Stark, wollte ich. Beruhigen Sie sich bitte und legen Sie die Garrotte aus ihrer Hand.«

»Nein, das tue ich nicht. Legen Sie die Pistole auf den Boden! Sofort! Sonst ist es vorbei mit diesem Perversling.«

»Okay. Bitte beruhigen Sie sich«, gab er zurück, während er die Waffe zu Boden legte.

Die Sachlage war eine klassische Pattsituation.

Voller Angst beobachtete Mel das Geschehen. Sie versuchte, sich abzulenken, und dachte intensiv an ihr Trampolin. An die wilden Sprünge, hoch, runter, drehen und wieder hoch.

Marc Eisenberg machte zwei vorsichtige Schritte auf die Männer zu. Er wollte näher an die Situation kommen, um sich einen besseren Überblick zu verschaffen.

»Bleiben Sie, wo sie sind!«

»Okay, okay«, antwortete er mit nach oben gehaltenen Händen.

»So ist es gut!«

»Darf ich mich wenigstens um die Kleine kümmern.«

»Nein. Mel bleibt, wo sie ist.«

Marc Eisenberg hatte es vermutet, aber jetzt hatte er Gewissheit. Er stand dem Entführer von Melanie gegenüber. »Ich habe deiner Mutter versprochen, dass ich dich wiederfinde und nach Hause bringen werde«, sagte er zu Mel, die ihre Augen weit aufgerissen hatte. Ihr Blick drückte alles aus, denn sie war außerstande zu antworten.

»Meint sie immer noch, dass sie Angst um die Kleine haben muss«, brachte Pierre hervor.

»Schnauze«, befahl Peter Stark.

»Herr Stark lassen Sie bitte Herrn Goblin frei.«

»Nein, dieses Schwein ist genauso verdorben wie meine Mutter und meine Ex-Freundin. Ich habe gehofft, mit ihm eine wunderbare Beziehung haben zu können, aber auch er hatte nur Sex im Kopf. Jetzt habe ich nichts mehr zu verlieren und werde endlich Gerechtigkeit ausüben.«

Marc Eisenberg sah den Stahl, wie er sich langsam ins Fleisch bohrte und schrie: »Neiiiinn, tun Sie das nicht!«

Zwei Bewaffnete stürmten aus heiterem Himmel in den Keller und riefen: »Polizei! Werfen Sie die Waffe weg!«

Peter Stark interessierte es nicht mehr. Er zog die Garrotte tiefer ins Fleisch. Blut quoll aus Pierres Hals heraus.

»Lassen Sie sofort die Waffe fallen oder wir schießen.«

Unbekümmert von den Worten, zog er noch kräftiger. Dabei hatte er nur einen Gedanken im Kopf: *Mama, das ist für dich.*

Lars Streitner und sein Kollege erhoben ihre Dienstwaffen und drückten ab. Die Geschosse flogen durch den Raum und trafen die Stirn von Peter Stark. Er sackte mit zwei Kugeln im Kopf nach hinten und knallte zu Boden. Pierre Goblin versuchte die Blutung an seinem Hals zu stoppen.

In Sekunden waren seine Hände blutgetränkt. Das Blut floss unaufhaltsam aus seinem Hals. Er öffnete seinen Mund – dabei entstanden gurgelnde Geräusche – und hechelte: »Ich wollte meine Tochter missbrauchen, also habe ich es wohl ...« »Verdient?«, fragte Lars Streitner nach. Aber Pierre hatte so viel Blut aus der Halsschlagader verloren, dass er keine Antwort mehr geben konnte. Der zweite Beamte rannte aus dem Keller, hoch ins Wohnzimmer, um zu telefonieren, da hier unten die Handys keinen Empfang hatten. Marc Eisenberg sah die Pyjamahose und den Slip auf dem Boden, hob sie auf und ging damit zu Mel. Er zog ihr die Sachen wieder an und befreite sie vom Stuhl. Ihre Angst konnte man förmlich spüren, trotzdem brachte sie ein leises »Danke« hervor.
»Ich habe es deiner Mutter versprochen.«
Er nahm sie auf den Arm, damit sie nicht über die Leichen laufen musste. Sie ließ es geschehen. Eine Träne kullerte aus ihrem Auge, als sie an ihrem toten Vater vorbeikam. Doch schnell riss sie sich zusammen und wendete ihre Gedanken wieder an ihre Mutter und – an das Trampolin.

Der eingetroffene Notarzt konnte nur noch den Tod von zwei Personen feststellen. Peter Stark starb an zwei Kopfschüssen und Pierre Goblins Halsschlagader war durchtrennt worden und das besiegelte seinen Tod. Die Beamten dankten Marc Eisenberg für sein energisches Eingreifen und bedauerten zugleich, dass sie ihre Dienstwaffen wenige Sekunden zu spät abgefeuert hatten. »Ich glaube, beide waren Straftäter«, sagte Marc Eisenberg, um die Beamten zu beruhigen. »Trotzdem hätten wir eine Person lebendig festnehmen können.«

»Das Schicksal wollte es anscheinend so. Und ich habe gedacht, ich könnte mich hier erholen. Da habe ich mich gewaltig getäuscht.«

»Scheint so.« Die Beamten warteten auf die Spurensicherung für den Tatort. Mit Mel auf dem Arm berichtete er den Polizisten von den Worten, die er gehört hatte.

Dann verließen sie dieses *Höllenloch*.

Kapitel 52

Mel saß auf dem Fahrradsattel, während Marc Eisenberg es schob. Frischer Wind wehte ihnen ins Gesicht. Er versuchte, ein Gespräch anzufangen. »Es tut mir so leid.« Mel starrte weiterhin nur geradeaus, ohne ein Wort zu sagen. Dadurch, dass er schob, dauerte der Rückweg sehr viel länger. Er war froh, als er das Gelände des Campingplatzes von Weitem sah und wurde daraufhin etwas schneller. Mel blickte weiter starr in die Luft. Nach wenigen Minuten erreichten sie die Hofeinfahrt der Goblins. Marc Eisenberg stellte das Fahrrad ab und hob Mel herunter. »Deine Mutter wird sich freuen, wenn sie dich wieder hat.«

Im Hintergrund ragten die Streben des Trampolins in die Höhe.

Jenny saß in der Küche, da ertönte die Klingel. Sie stand auf und machte sich unmotiviert auf zur Tür. Atmete tief aus. Öffnete.

Schrie.

Sie konnte es nicht fassen. Marc Eisenberg stand gemeinsam mit Mel vor ihr. »Schätzchen! Da bist du ja wieder! Ich hatte solche Angst um dich.« Sie umarmte ihre Tochter voller Erleichterung und fing an zu weinen. Mel hingegen erwiderte nichts. Ihre Mutter ließ sie los und sie rannte weg. Ab nach draußen: zum Trampolin. Sie stieg hinauf und sprang herum. Jenny verfolgte die Sprünge mit und ging ihrer Tochter hinterher. Sie zog ihre Schuhe aus und betrat das

Trampolin. Gemeinsam machten sie freudige Sprünge, ohne ein Wort zu verlieren. Ein Lächeln breitete sich auf Mels Gesicht aus. Marc Eisenberg schaute den beiden zu. Nach zehnminütigem Springen stieg Jenny verschwitzt vom Trampolin. »Danke, Marc. Du hast Wort gehalten und mir meine Tochter zurückgebracht, dafür werde ich dir ewig dankbar sein.« Sie drückte ihn, so fest sie konnte.

»Gern geschehen«, antwortete er.

»Und was ist mit Pierre?«

Er schüttelte bedächtig den Kopf. Noch bevor er etwas sagen konnte, kam ihm Jenny zuvor: »Ich verstehe.«

Mel hielt es länger als ihre Mutter aus und sprang munter weiter, solange bis sie erschöpft war. Mit jedem Sprung versuchte sie, die Bilder in ihrem Kopf loszuwerden. Irgendwann endete das Herumspringen und sie stieg vom Trampolin. Sie ging auf ihre Mutter zu und sagte: »Schön wieder bei dir zu sein, Mami.« Jenny musste sich beherrschen, um nicht loszuheulen wie ein Wasserfall.

»Ich werde euch mal alleine lassen, damit ihr in Ruhe die Wiedervereinigung genießen könnt.«

»Nochmals danke. Und wenn ich mal was für dich tun kann, lass es mich wissen.« Ohne es zu realisieren berührte Jenny ihn am Arm, aber es war ihr egal.

»Ich habe nur mein Versprechen eingehalten. Macht es gut.« Marc Eisenberg ließ die beiden alleine und stieg auf sein Fahrrad, um die paar Meter nach Pascal zu fahren.

Zwei Minuten später kam er dort an. Pascal machte ihm die Tür des Campingwagens auf. »Ich wollte nur meine Sachen holen. Ich werde mich gleich auf den Rückweg machen.«

»Okay. Es war schön, dass du mal wieder hier warst.«

»Ja, die meiste Zeit war es echt schön, aber ich hätte am liebsten nie von deiner Vorliebe erfahren.«

»Du musst es ja nicht verstehen.«

»Ich rufe mir jetzt ein Taxi und lasse mich zum Bahnhof bringen.«

»Auf Wiedersehen, Marc. Komm gut nach Hause.«

»Ja, danke.«

Das gerufene Taxi kam wenige Minuten später und er stieg ein. Die Fahrt dauerte nicht lang, dann holte Marc Eisenberg Geld aus seinem Portemonnaie und bezahlte den Fahrpreis. Er verließ das Taxi mit seinen Sachen, besorgte sich ein Zugticket am Automaten und trat die Rückreise an.

Während Marc Eisenberg den Rückweg antrat, herrschte ein reges Treiben im Garten von Peter Stark. Die Beamten hatten ihren Vorgesetzten informiert und daraufhin wurde ein Bagger bestellt. Nun stand er im Garten und schaufelte vorsichtig eine Unmenge an Erde zur Seite. Es entstanden einige Löcher. Dann rief plötzlich jemand: »Halt!« Der Baggerfahrer stoppte aufs Wort. Lars Streitner winkte Frank Brakmann zu sich. Er sah es auch: Ein Arm ragte aus der Erde. Sie hatten die Ex-Freundin von Peter Stark gefunden. Ganz vorsichtig wurde die Leiche freigelegt. Die Leute von der Spurensicherung in ihren weißen Overalls standen parat und übernahmen die letzten Griffe. Der Fäulnisgestank, der von der Leiche ausging, war extrem unangenehm. Es dauerte eine ganze Weile, bis der Körper aus der Grube geholt werden konnte. Die Vorort-Begutachtung fand statt und die Todesursache konnte ohne nähere Obduktion definiert werden. Der Hals hatte einen tiefen Schnitt, ähnlich wie er bei Pierre Goblin durch die Garotte entstanden war. Die Halsschlagader wurde auch hier durchtrennt. Es war für alle schnell klar, dass Peter Stark nicht nur für den Mord an Pierre Goblin, der Erpressung von Jenny Goblin, der Entführung von Melanie Goblin, sondern ebenfalls für die Ermordung von seiner Ex-Freundin – mit der er jahrelang zusammen gewesen war und angegeben hatte, sie sei bei einem Flugzeugabsturz ums Leben gekommen – verantwortlich war.

Epilog

Die sichergestellten vier Goldbarren und das Bargeld in Höhe von 118.212 Euro wanderten nach einer genauen Überprüfung zurück zu Jenny Goblin. Sie freute sich gewaltig, ihr Vermögen wiederzuerlangen. Sie schrie vor Freude. »Oh, mein Gott! Ich fasse es nicht!« Das glänzende Metall, welches soviel Wert war, strahlte sie an. Sie berührte es sanft. Als die Beamten gegangen waren, fuhr sie gemeinsam mit Mel zur Bank und legte dort ein Konto für sie an. 50.000 Euro zahlte sie darauf ein. Das Gold wurde wieder in denselben Safe geschlossen. Die Bankmitarbeiterin, die Jenny wiedererkannte, fragte höflichst: »Haben Sie es sich anders überlegt?«

»Ja«, antworte Jenny kurz und knapp in einem höflicheren Ton, als es das letzte Mal der Fall gewesen war.

»Das freut uns, dass Sie uns wieder vertrauen.«

»Ja.«

Die fehlenden 15.000 Euro interessierten sie überhaupt nicht mehr. Das Geld war ihr unwichtig. Hauptsache ihre Tochter war gesund und heile wieder zurück. Über das Schicksal ihres toten Ehemannes verlor sie kein Wort. Die schockierende Beichte von Mel, was in dem Keller geschehen war, ließ keinen Platz für irgendwelche Mitleidsgefühle. Sie verspürte Abscheu gegenüber Pierre, wobei sie es schon befürchtet und ihn deshalb zu einem Psychologen geschickt hatte. Es war im Nachhinein der größte Fehler ihres Lebens gewesen, denn durch die Zusammenarbeit der beiden kranken Seelen waren sie und ihre Tochter durch die Hölle gegangen. Sie hatte erst einmal genug von Männern und wollte Mel eine gute Mutter sein.

Die Rückreise für Marc Eisenberg verlief ohne Verzögerungen – er hätte selbst nicht damit gerechnet. Vom Frankfurter Hauptbahnhof nahm er erneut ein Taxi, welches ihn in wenigen Minuten nach Hause brachte.

Zuhause schmiss er sein Gepäck achtlos ins Wohnzimmer, zog seine Schuhe aus und ließ sich aufs Sofa fallen. Er holte sein Handy aus der Hosentasche und wählte die Nummer von Lina Branco. Es klingelte. Einmal. Zweimal. Dann wurde abgehoben und eine Stimme meldete sich: »Lina Branco.«

»Hallo, Lina. Ich bin's Marc. Bist du immer noch im Krankenhaus?«

»Oh Marc, wie schön, dass du anrufst. Nein, ich bin heute Morgen aus dem Krankenhaus entlassen worden.«

»Das ist ja super! Also geht es dir wieder besser?«

»Ja mir geht es besser. Ich muss auf jeden Fall Walter einen Besuch abstatten und ihn fragen, wie es ihm so geht.«

»Ähm Lina, ich glaube, das ist keine so gute Idee.«

»Wieso nicht?«

»Möchtest du zu mir kommen, dann erzähle ich es dir persönlich.«

»Kannst du es nicht am Telefon sagen? Ist Walter etwa krank?«

»Komm bitte zu mir, dann erzähle ich es dir.«

»Okay. Ich bin dann in fünfzehn Minuten bei dir.«

»Bis gleich.« Damit endete das Gespräch und er überlegte,

wie er es Lina am besten beibringen konnte, dass Walter Branco nicht mehr lebte.

Fünfzehn Minuten später klingelte es an Marcs Wohnungstür. Er hievte sich vom Sofa hoch, ging zur Tür und öffnete. Lina stand vor ihm. Sie trug ein gelbes Sommerkleid und passende Sandalen. Ihre Fußnägel waren rot lackiert. Die braunen, kurzen Haare waren zu einer modischen Frisur gestylt. »Du siehst gut aus!«, begrüßte er sie.

»Du irgendwie nicht, als hättest du harte Tage hinter dir. Hast du zu viel gearbeitet?«

»Nein, ich war im Urlaub in Dülmen. Komm doch erst mal rein.«

Lina kam der Aufforderung nach und trat ein. »Du warst im Urlaub? Wie war es denn?«

»Anders als erhofft.«

»Das sieht man. Ist etwas in deinem Urlaub passiert?«

»Viel. Darüber sprechen wir gerne ein anderes Mal, okay?«

»Okay. Jetzt schieß mal los, wieso sollte ich denn persönlich vorbeikommen?«

»Setz dich lieber.«

Lina setzte sich hin. »Komm schon Marc. Was ist nun mit Walter?«

»Na ja, ich weiß nicht, wie ich es dir sagen soll?«

»Ach egal wie, Hauptsache du legst bald los.«

»Hmm. Also es ist so ... Möchtest du etwas zu trinken?«

»Jetzt lenk nicht ab. So schlimm wird es nicht sein. Ich werde es überstehen. Also spuck es endlich aus.«

»Das hoffe ich doch sehr. Also es ist so ... Willst du ganz sicher nichts?«

»Nein. Du tust so, als wäre Walter tot.«

Marc Eisenberg rollte mit seinen Augen und schaute verlegen weg.

»Los Marc, sag es mir endlich!«

»Es tut mir so leid. Wirklich. Aber Walter hat sich selbst das Leben genommen. Ich konnte es selbst nicht glauben, als ich ihn leblos vorgefunden habe«, brachte er die Worte nur mit Mühe über seine Lippen.

»Walter? Unser Walter ist tot?«, fragte Lina mit versagender Stimme. Ihre Lippen bebten unkontrolliert und sie verlor die Fassung. Sie sackte zusammen. Marc Eisenberg fing sie auf, bevor sie von der Couch fiel. »Ich bin für dich da, Lina. Es wird alles wieder gut. Einfach alles«, flüsterte er ihr ins Ohr, während er sie fest im Arm hielt.

Nach mehreren Minuten der Ohnmacht erwachte sie in seinen Armen. »Ist das wahr?«

»Ja, leider.«

»Okay«, antwortete sie, zu mehr Worten nicht fähig.

»Wir werden die schreckliche Zeit irgendwann vergessen können und neu beginnen.«

»Hoffentlich.«

GRAUSAMES VERGESSEN

PROLOG

Fledermäuse erzeugten am Himmel eine unheimliche Geräuschkulisse und jeder normale Mensch hätte sich geängstigt, doch er fürchtete sich nicht. Im tiefen Wald fühlte er sich wohl. Viele Leute waren erfreut darüber, als er Jahre lang verschwunden war. Aber im Laufe der Zeit kehrte er zurück. Man hatte ihn während der Nacht geknipst, doch das interessierte ihn nicht. Er schritt unaufhaltsam durch den Wald. Nach einigen Meter hörte er etwas an sein Ohr dringen. Daraufhin versteckte er sich tiefer im Gebüsch.

Eine Person, die sich alleine im Wald befand, hatte eine Hand am Ohr und schien zu telefonieren. Das Gespräch dauerte zwei Minuten. Leider konnte er aus seinem Versteck kein Wort verstehen. Seine Augen nahmen nur Bewegungen im Bauchbereich wahr. Die Person wirkte nervös, denn die Hände wirbelten unaufhörlich herum, ohne zum Stillstand zu kommen.

Ein paar Minuten später trafen zwei weitere Menschen in der Luderbachaue von Dreieich ein und entdeckten den Wartenden. Doch was niemand von ihnen ahnte, war die Tatsache, dass sie beobachtet wurden.

»Hey Franco, hi James, da seid ihr beiden ja endlich!«, begrüßte der vierzehnjährige Yuri seine jüngeren Brüder.

»Du meintest gerade am Handy, dass wir schnell zu unserem Lieblingsplatz kommen sollen, weil du uns etwas zeigen möchtest. Also, hier sind wir. Was war denn nun so wichtig, dass es nicht warten konnte.«

»Ja, genau. Ich wollte euch schnell hier haben. Und echt super, dass ihr so schnell kommen konntet.« Während er die Worte sprach, öffnete Yuri den Reißverschluss seiner leichten, blauen Sommerjacke und zog etwas Silbernes heraus.

»Was willst du denn damit?«, entfuhr es James.

»Ach, ich dachte, wir könnten damit herumspielen. Oder seid ihr ängstlich?«

»Nein, ich habe keine Angst, aber wenn Papa das erfährt, dass du seine Pistole geklaut hast, bekommen wir einen Haufen Ärger«, stieß Franco hervor.

»Ach, jetzt jammere nicht herum, wenn keiner von uns etwas ausplaudert, bekommt unser Herr gar nichts mit. Und bis er von seiner Fortbildung zurück ist, liegt die Waffe schon lange in seiner Schublade im Schlafzimmer.«

»Ja, das mag wohl sein«, stimmte James, der drei Jahre jünger als Yuri war, zu.

Die drei Brüder begutachteten die Waffe sehr genau, dieses kompakte Teil, mit so einer ungeheuren Faszination. Vorstellungen von Macht und Stärke durchzogen ihre Gedanken.

»Ist die Waffe geladen?«, fragte James in die Runde.

»Das ist eine gute Frage, das lässt sich wohl nur austesten, da ich nicht weiß, wie man so ein Ding lädt. So eine Pistole ist doch meistens gesichert, oder?«

»Denke schon.«

»Zeig mal her, so viele Möglichkeiten gibt es auch wieder

nicht. Und irgendwie wird es schon klappen, dass das Gerät funktioniert«, blaffte Yuri.

Die Pistole wanderte abwechselnd durch die Hände der drei Jugendlichen. Jeder zog mal hier und mal da. Doch niemand schien die Lösung zu finden. Von der versteckten Gefahr, die auf sie lauerte, ahnte niemand etwas. Die Gespräche übertönten das raschelnde Gebüsch.

»Ich muss pinkeln!«, war von James zu hören. Reflexartig drehte sich das Augenpaar aus dem Gebüsch zu dem laufenden Jungen und versuchte zu erkennen, was da vor sich ging.

»Dann geh doch eben. Ich tüftle hier noch etwas herum. Bestimmt finde ich gleich die Lösung«, behauptete Yuri siegessicher. James verzog sich hinter ein Gebüsch. Er wurde aus kurzer Entfernung beobachtet, doch davon merkte er nichts.

Kurze Zeit später huschte ein Schatten durch den Wald, dann ein Knall – so laut, dass Franco und Yuri zusammenzuckten.

»Ja endlich, ich hab's«, triumphierte Yuri, ohne den Schatten bemerkt zu haben.

»Das ist aber ganz schön laut gewesen. Ist das immer so laut? Ich hab jetzt so ein Piepen im Ohr«, beschwerte Franco sich.

»Das ist ein Zeichen von Kraft und Macht. Dieses Donnern und Knallen, wie bei einem Gewitter, wo viele Menschen auch zusammenzucken und sich am liebsten verstecken wollen. Wenn James wieder da ist, mache ich es noch mal!«

»Hey Bruder, deine Blase muss prall gefüllt sein oder hast du dich so erschrocken, dass du dir in die Hose gemacht hast? Komm endlich wieder zu uns. Wir warten!«

Allerdings war von James nichts zu hören und der Schatten

hatte sich blitzartig wieder versteckt, denn er hasste es gejagt zu werden.

»Ach, der lässt uns bestimmt nur zappeln, gleich wenn wir nach ihm suchen, erschreckt er uns von hinten, genauso wie er es zu Hause immer macht, und lacht sich dann schlapp.«

»Lass uns trotzdem mal nachschauen. Ich hab ihn hinter den Busch da gehen sehen«, meinte Franco zu Yuri.

»Ja meinetwegen, ich will ja endlich weiter herumschießen, das war schon ein geiles Gefühl.«

Die beiden machten sich auf den Weg zu dem Gebüsch, wo sie James vermuteten, als sie an dem Busch vorbeischauten, stach sie ihnen direkt ins Auge: Die große Pfütze, die James in den Boden gepinkelt hatte. Doch da war noch mehr. Viel mehr. Zu der Pfütze auf dem Boden bewegte sich ein roter Schwall zäher Flüssigkeit.

»Was ist das denn?«, spie Franco hervor.

Yuri sog das Bild in sich auf und jubelte: »Faszination pur! Dieses Muster, wie von Meisterhand geschaffen. So können es nur große Maler.«

»Ist das Blut? Und wenn ja, wo kommt es her?«, fragte Franco besorgt und schaute entgeistert zu seinem Bruder.

Yuri klopfte ihm nur auf die Schulter. »Franco, öffne deine Augen, du kannst dir die Frage selbst beantworten oder bist du auf den Kopf gefallen?«

»Nein, das bin ich nicht,« antwortete er, »aber ... aber das ist unser kleiner Bruder James, der dort liegt. Kommt das viele Blut von ihm?«

»Du hast es erfasst. Bist also wirklich nicht auf den Kopf gefallen. Der Schuss vorhin muss ihn wohl versehentlich getroffen haben. Aber schau es dir genau an. Was für ein schönes Bild auf dem Boden entstanden ist, das sieht so wunderbar aus. Diese intensive rote Farbe sieht fantastisch aus. Schade, dass ich kein Papier hier habe und es nicht nachzeichnen kann. Es sieht wunderbar aus und ich kann es nicht duplizieren, was für eine Tragödie.«

»James! James! James! Nun sag doch etwas. Lebst du noch? Der Spaß ist echt überzeugend, aber nun rede wieder mit uns!«

Von James war immer noch kein Laut zu hören.

Yuri hingegen schien die ganze Sache nichts auszumachen und er redete unbeirrt weiter: »Franco, unseren Bruder hat es wohl erwischt. Schau dir nur die Quelle des Rinnsales an, ein Loch in seiner Brust. Es muss durch die winzige Patrone entstanden sein. Unfassbar! Ich sag ja, es ist ein Zeichen von purer Kraft und Macht.«

»Er hat vor einer Woche erst seinen elften Geburtstag gefeiert. Und was sagen wir Papa? Papa, wir haben deine Waffe geklaut und damit den Kleinsten von uns beim Herumspielen einfach eine Kugel ins Herz gejagt«, plapperte Franco so panisch, dass sich die Worte beinahe überschlugen.

»Quatsch, davon erzählen wir Papa natürlich nichts. Wir erzählen ihm nur, dass James es zu Hause nicht mehr ausgehalten hat und auf große Entdeckungstour gegangen ist. Und er erst wiederkommen will, wenn er die ganze Welt gesehen hat.«

»Das soll uns Papa glauben?«, fragte Franco entsetzt. »Ja, sicher! James hatte sich schon immer sehr für Biologie und Geografie interessiert. Selbst alles erleben, kommt einem dann in den Sinn. Und kannst du dich noch an seine Worte erinnern, als er den Globus ausgepackt hat?«

»Ja, das kann ich. Er strich über den Globus, dann sagte er, dass er die ganze Welt, mit all seinen Fazetten, bereisen möchte.«

»Da hast du es. Er hatte eh vor zu reisen. Und warum nicht als Elfjähriger mit den Wäldern in Hessen beginnen?«

»Ja, keine Ahnung. Doch was machen wir jetzt mit dem Körper unseres Bruders?«, wollte Franco mit Tränen in den Augen wissen.

»Wir bedecken ihn mit Blättern und Hölzern. Mehr können wir nicht für ihn tun«, sagte Yuri mit fester Stimme. Sie fingen an den kleinen Körper mir Ästen, Zweigen und Blättern zu bedecken. Nach fünfzehn Minuten war von dem leblosen James nicht mehr viel zu sehen. Aufgewühlt machten sie sich auf dem Heimweg. Sie wechselten kaum ein Wort. Aber Yuri hielt die Pistole, die er wieder in seiner Jacke versteckt hatte, fest im Griff. Er fühlte sich machtvoll und schwärmte innerlich von dem Blutbild.

Es dauerte eine gefühlte Ewigkeit, bis Stille an seine Ohren drang, doch dann traute er sich aus seinem Versteck. Er machte sich erneut auf den Weg. Nach einigen Metern stieß er gegen einen kleinen Hügel aus Ästen, Zweigen und Blättern. Er schnupperte ausgiebig und Blutgeruch stieg ihm in seine Nase. Sein Kopf räumte die Hindernisse zur Seite und sein Mund begann sich zu öffnen. Seine Zähne bissen zu. Tief ins Fleisch. Immer und immer wieder. Es war ein Geschenk, so eine leichte und kräftige Mahlzeit zu ergattern.

Nach zwanzig Minuten ließ er mit blutverschmierten Zähnen von seinem Mahl ab und streifte weiter. Eine Schleifspur hatte er ungewollt hinterlassen, da er kräftig am Fleisch gezogen hatte. Immer mit der Angst von Jägern erschossen zu werden, denn Wölfe waren zu einer Rarität in den hessischen Wäldern geworden. Und sie sorgten für große Panik, vor allem bei Schäfern, die Angst um ihre Tiere hatten. Er lief gesättigt weiter. Nach dem Essen bekam er Durst. Seine vier Pfoten trugen ihn bis zu einer Wasserstelle: dem Luderbach. Er trank das Wasser gierig und dann verschwand er wieder in den dunklen Wald.

Yuri und Franco hatten nur noch wenige Meter vor sich. Franco lief gebeugt und tief erschüttert. Yuri strahlte breit über das Gesicht, als hätte er die schönste Sache der Welt gesehen.

Das Haus kam in Sichtweite. Nicht nur der Peugeot von Margret stand auf der Einfahrt, sondern ein weiteres Auto parkte dort ebenfalls. Ein Jeep. Besser gesagt: der Jeep ihres Vaters.

»Ist Dad schon wieder zu Hause?«, wunderte sich Franco.

»Das ist aber echt Mist! Ich habe seine Waffe noch in meiner Jacke. Du lenkst Papa gleich ab und ich lege die Pistole einfach zurück in die Schublade.«

»Meinetwegen.«

Sie betraten das Haus. Es war ein mittelgroßes ländlich gelegenes Einfamilienhaus, was gerade eben für fünf Personen reichte. Es war dunkel im Haus. Yuri traute sich nicht, das Licht anzuknipsen, und schlich leise zur Treppe, um ins

Obergeschoss zu gelangen. Nur diesen einen Gedanken im Kopf, nicht erwischt zu werden. Er umklammerte die Pistole, als würde sie sich dadurch unsichtbar machen lassen. Sein Ziel war das Schlafzimmer.

Franco ging in Richtung Küche, öffnete den Kühlschrank und nahm eine Packung O-Saft heraus. Er wollte sich gerade etwas eingießen, da passierte es: Ein ohrenbetäubender Knall schallte durch das Haus. Es war derselbe laute Krach wie im Wald. Der größte Teil des Saftes schwappte auf den Küchenboden. Er blieb wie angewurzelt stehen. *Was war jetzt schon wieder passiert?*, dachte er.

Yuri betrat das Schlafzimmer. Es herrschte Dunkelheit. Waren dort Geräusche zu hören oder spielten seine Ohren ihm einen Streich? Er ging weiter in den Raum hinein. Er glaubte, einen riesigen Schatten zu sehen. Dieser schien sich rhythmisch auf und ab zu bewegen.
Plötzlich wurde es hell.
Jemand musste den Schalter betätigt haben, daraufhin hatte Yuri sich so sehr erschrocken, dass er die Waffe instinktiv aus der Jacke riss, hoch hob und den Zeigefinger krümmte.
Peng!
Der Schuss aus der ungesicherten Waffe löste sich innerhalb von Millisekunden und suchte sich sein Ziel ohne Umwege. Die Zeit schien still zu stehen, doch dann durchschnitt dumpfes Geschrei die Stille im Raum, als wäre jemand mit einer großen Wucht getroffen worden.
Jetzt hatte sich Yuri an das Licht gewöhnt und sah den nack-

ten, blutüberströmten Körper, der auf dem liegenden Körper seines Vaters langsam dahin sank.

»Neeein! Was um Himmels willen hast du getan?«, brüllte Walter laut, die Situation noch nicht komplett realisierend. Er sah zwar seinen Jungen, doch irgendwie passte die Waffe in seiner Hand überhaupt nicht zu ihm.

»Ich habe doch nichts gemacht. Ich habe mich nur erschrocken«, resignierte Yuri mit der Waffe in der Hand, dabei machte er ein Unschuldsgesicht, als wäre es nicht sein Fehler. Doch im Inneren fand er das neue *Gemälde,* welches sich ihm bot, faszinierend.

Franco vermutete, dass der Knall von oben kam. Er rannte die Treppe hinauf. Nahm mit seinen kleinen Beinen drei Stufen auf einmal. Oben angekommen erblickte er nur einen erleuchteten Raum, zu dem er sofort hinrannte. Er sah Yuri, seinen Bruder, stocksteif mit der Waffe in der Hand im Schlafzimmer stehen und entdeckte die beiden Körper im Bett. Yuri drehte sich um. »Ich wollte das nicht. Die Pistole war nicht gesichert. Als das Licht anging, zuckte mein Finger. Es löste sich ein Schuss.«

»Jetzt steht nicht so dumm rum, eure Mutter verblutet sonst. Ruft einen Krankenwagen! Den Rest klären wir später«, rief Walter aufgeregt seinen Söhnen zu.

Franco stürmte zum Telefon und wählte: 112. Er gab die Adresse und eine kleine Beschreibung durch. Walter, der noch Blut von seiner Frau im Gesicht und auf seinem Körper hatte, stieg nackt aus dem Bett und kümmerte sich um sie. Yuri legte die Waffe auf die Kommode. Er fand wieder

Fassung und holte geistesgegenwärtig den Erste-Hilfe-Kasten.

Als Yuri zurück in das Schlafzimmer kam, war sein Vater mit einer Hose und einem T-Shirt bekleidet. Margret lag auf dem Rücken. Walter begutachtete die Wunde und mit den Utensilien aus dem Erste-Hilfe-Kasten verband er sie, wie er es gelernt hatte. Dreizehn Minuten später trafen der Krankenwagen und ein Polizeiauto an der genannten Adresse ein. Die Beamten der Polizei kannten sie, da es sich um Walter Brancos Haus handelte. Er war ein junger, aufstrebender Polizist aus den eigenen Reihen. Margret wurde, so schnell es ging, in das Hospital gefahren. Walter erzählte den Beamten, es sei ein Unfall gewesen. Ohne weitere Fragen zu stellen, begnügten sie sich in der jetzigen Lage mit der Lüge.

Walter, Franco und Yuri fuhren mit dem Jeep ins Krankenhaus. Dort angekommen, erreichte sie direkt die schlimme Nachricht. Margret ist an der Schwere der Verletzung gestorben. Der Schuss hatte lebenswichtige Organe getroffen und jeder Versuch der Rettung war verpufft.

»Erst James und jetzt noch unsere Mutter!«, platzte es verheult aus Franco heraus.

Walter drehte sich zu ihm um und fragte entsetzt: »Was erzählst du da?«

»Ja, wir hatten die Pistole schon im Wald mit und wollten damit etwas herumspielen. Da löste sich auch ein Schuss – dieser traf James –, als Yuri herumexperimentierte. Wir wollten dir erst das Märchen erzählen, dass James auf Abenteuertour ist«, flüsterte Franco seinem Vater zu.

»Stimmt das?«, fragte Walter, rot vor Wut, Yuri.

»Ja«, antwortete er seinem Vater. Und an Franco gerichtet: »Du alte Petze. Das werde ich dir nie verzeihen.«

»Das darf doch alles nicht wahr sein. Mein eigener Sohn tötet seinen Bruder und seine Mutter. Und das an einem Tag. Was hast du dir dabei gedacht?«

Yuri antwortete nicht und verzog kaum eine Miene. Franco hingegen war von Tränen übersät.

»Ist dir eigentlich klar, was du angestellt hast, die beiden werden nie wieder zurückkommen! Hast du verstanden? Nie wieder!«, schrie Walter seinen Sohn an und erhob die Hand vor Zorn. Er holte mit seiner Rechten zum Schlag aus, doch bevor er Yuri im Gesicht treffen konnte, stoppte er im letzten Moment die Bewegung. »Das wird Konsequenzen für dich haben! Ich will dich nie wieder in meinem Leben sehen!«, raunzte er ihn an. Danach verließen ihn die Kräfte und er brach zusammen. Es waren die letzten Worte von Walter an seinen ältesten Sohn. Denn dies war der Tag, an dem eine glückliche, fünfköpfige Familie zwei Mitglieder für immer verloren hatte. Doch auch die restlichen drei blieben nicht zusammen. Die Konsequenz für Yuri war, dass er in ein Heim für jugendliche Gewalttäter kam.

Für Franco und Walter waren von nun an Besuche bei einem Psychiater Routine.